庫

31-015-1

不　如　帰

徳冨蘆花作

岩波書店

目　次

第百版不如帰の巻首に

不如帰《ふじょき》が百版になるので、校正かたがた久しぶりに読んで見た。お坊ちゃん小説である。単純な説話で置いたらまだしも、無理に場面を賑《にぎ》わすためかき集めた千々岩《ちぢわ》山木《やまき》の安っぽい芝居がかりやら、小川某女の蛇足《だそく》やら、あらをいったら限りがない。百版という呼声《よびごえ》に対してももっとどうにかしたい気もする。しかし今さら書き直すのも面倒だし、とうとうホンの校正だけにした。

十年ぶりに読んでいる中《うち》に端《はし》なく思い起した事がある。それはこの小説の胚胎《はいたい》せられた一夕《いっせき》の事。もう十二年前《ぜん》である、相州逗子《そうしゅうずし》の柳屋という家《うち》の間《ま》を借りて仕んでいた頃、病後の保養に童男《こども》一人連れて来られた婦人があった。夏の真盛りで、宿という宿は皆塞《ふさ》がって、途方に暮れておられるのを見兼ねて、妻《さい》と相談の上自分らが借りていた八畳二室《ふたま》のその一《ひとつ》をご用立てることにした。夏のことで中の仕切は形《かた》ばかりの小簾《おす》一重《ひとえ》、風も通せば話も通う。一月ばかりの間に大分《だいぶ》懇意になった。三十四五の苦労をした人で、

(不如帰の小川某女ではない)大層情の深い話上手の方だった。夏も末方《すえがた》のちと曇《くも》ってしめやかな晩方の事、童男は遊びに出てしまう、婦人と自分と妻と雑談している内、ふと婦人がさる悲酸《ひさん》の事実譚《だん》を話し出された。もうその頃は知る人は知っていたが自分にはまだ初耳の「浪子《なみこ》」の話である。「浪さん」が肺結核で離縁された事、「武男《たけお》君」は悲しんだ事、片岡中将が怒《いか》って女《むすめ》を引取った事、病女のために静養室を建てた事、一生の名残《なごり》に「浪さん」を連れて京阪の遊《ゆう》をした事、川島家からよこした葬式の生花《しょうか》を突返《つっか》えした事、単にこれだけが話の中の事実であった。婦人は鼻をつまらせつつしみじみ話す。自分は床柱《とこばしら》にもたれてぼんやり聴いている。妻は頭《かしら》を低《た》れている。日はいつか暮れてしもうた。古びた田舎家《いなかや》の間内《まうち》が薄闇《うすぐら》くなって、話す人の浴衣《ゆかた》ばかり白く見える。臨終のあわれを話して「そうおいいだったそうですってね――もうもう二度と女なんかに生れはしない」――いいかけて婦人はとうとう嘘唏《きょき》して話をきってしもうた。自分の脊髄《せきずい》をあるものが電《いなずま》の如く走った。

婦人は間もなく健康になって、かの一夕の談《はなし》を置土産《おきみやげ》に都に帰えられた。逗子の秋は寂しくなる。話の印象はいつまでも消えない。朝な夕な波は哀音《あいおん》を送って、蕭瑟《しょうしつ》たる秋光の浜に立てば影なき人の姿がつい眼前《めさき》に現われる。可《か》愛想《あいそう》は過ぎて苦痛になった。どうにかしなければならなくなった。そこで話の骨に勝手な肉をつけて一篇未熟の小説を起草して国民新聞に掲げ、後《のち》一冊として民友社から出版したのがこの小説不如帰である。で、不如帰のまずいのは自分が不才の致す処《ところ》、それにも関せず読者の感を惹《ひ》く節《ふし》があるなら、それは逗子の夏の一夕にある婦人の口に藉《か》って訴えた「浪子」が自ら読者諸君に語るのである。要するに自分は電話の「線《はりがね》」になったまでのこと。

明治四十二年二月二日

昔の武蔵野今は東京府下
北多摩郡千歳村粕谷の里にて
徳冨健次郎識

小説 不如帰

上　篇

一の一

上州《じょうしゅう》伊香保《いかほ》千明《ちぎら》の三階の障子《しょうじ》開きて、夕景色を眺むる婦人。年は十八九。品好《よ》き丸髷《まげ》に結いて、草色の紐つけし小紋縮緬《こもんちりめん》の被布《ひふ》を着たり。

色白の細面《ほそおもて》、眉《まゆ》の間《あわい》やや蹙《せま》りて、頰《ほお》のあたりの肉寒げなるが、疵《きず》といわば疵なれど、瘠形《やさがた》のすらりと静淑《しお》らしき人品《ひとがら》。これや北風《ほくふう》に一輪勁《つよ》きを誇る梅花にあらず、また霞《かすみ》の春に蝴蝶《こちょう》と化けて飛ぶ桜の花にもあらで、夏の夕闇にほのかに匂う月見草、と品定めもしつべき婦人。

春の日脚《ひあし》の西に傾《かたぶ》きて、遠くは日光、足尾《あしお》、越後境《えちござかい》の山々、近くは、小野子《おのこ》、子持《こもち》、赤城《あかぎ》の峰々、入日を浴びて花やかに夕栄《ゆうばえ》すれば、つい下の榎《えのき》離れて唖々《ああ》と飛び行く烏《からす》の声までも金色《こんじき》に聞ゆる時、雲二片《ふたつ》蓬々然《ふらふら》と赤城の背《うしろ》より浮び出《い》でたり。三階の婦人は、そぞろにその行方《ゆくえ》を瞻視《うちまも》りぬ。

両手優《ゆた》かにかき抱《いだ》きつべきふっくりと可愛気《かあいげ》なる雲は、おもむろに赤城の巓《いただき》を離れて、遮《さえぎ》る物もなき大空を相並んで金の蝶の如《ごと》く閃《ひらめ》きつつ、優々として足尾の方《かた》へ流れしが、やがて日落ちて黄昏《たそがれ》寒き風の立つままに、二片の雲今は薔薇《ばら》色に褪《うつろ》いつつ、上下《うえした》に吹き離され、漸次《しだい》に暮るる夕空を別れ別れに辿《たど》ると見しも暫時《しばし》、下なるはいよいよ細りていつしか影も残らず消ゆれば、残れる一片《ひとつ》はさらに灰色に褪いて朦乎《ぼいやり》と空にさまよいしが、

果ては山も空もただ一色《ひといろ》に暮れて、三階に立つ婦人の顔のみぞ夕闇に白かりける。

一の二

「お嬢――おやどう致しましょう、また口が滑って、おほほほほ。あの、奥様、ただ今帰りましてございます。おや、真闇《まっくら》。奥様エ、どこにおいで遊ばすのでございます?」

「ほほほほ、ここにいるよ」

「おや、ま、そちらに。早くお入り遊ばせ。お風邪《かぜ》を召しますよ。旦那《だんな》様はまだお帰り遊ばしませんでございますか?」

「どう遊ばしたんだろうね?」と障子を開《あ》けて内《うち》に入りながら「何なら帳場《した》へそう言って、お迎人《むかい》をね」

「さようでございますよ」言いつつ手さぐりに燐寸《マッチ》を擦《す》りてランプを点《つ》くるは、五十あまりの老女。

折から階段《はしご》の音して、宿の女中《おんな》は上《のぼ》り来つ。

「おや、恐れ入ります。旦那様は大層ご緩《ゆっく》りでいらっしゃいます。……はい、あの先刻《いましがた》若い者をお迎えに差上げましてございます。もうお帰りでございましょう。――お手紙が――」

「おや、お父上《とうさま》のお手紙――早くお帰りなさればいいに!」と丸髷《まるまげ》の婦人はさも懐かし気に表書《うわがき》を打ちかえし見る。

「あの、殿様の御状《ごじょう》で――。早く伺いたいものでございますね。おほほほほ、きっとまた面白いことを仰ってでございましょう」

女中は戸を立て、火鉢の炭をついで去れば、老女は風呂敷包《ふろしきづつみ》を戸棚にしまい、立ってこなたに来《きた》り、

「本当に冷えますこと！　東京《あちら》とはよほど違いますでございますねエ」

「五月に桜が咲いている位《くらい》だからねエ。姥《ばあ》や、もっとこちらへお寄りな」

「有り難うございます」いいつつ老女はつくづく顔打眺《うちなが》め「嘘のようでございますねエ。こんなにお丸髷《まげ》にお結い遊ばして、整然《ちゃん》と坐《すわ》っておいで遊ばすのを見ますと、ばあやがお育て申上げたお方様とは思えませんでございますよ。先《せん》奥様がお亡《なく》なり遊ばした時、ばあやに負《おぶ》されて、母様《かあさま》母様ッてお泣き遊ばしたのは、昨日のようでございますがねエ」はらはらと落涙し「お輿入《こしいれ》の時も、ばあやはねエあなた、あのお立派なご容子《ようす》を先奥様がご覧遊ばしたら、どんなにお嬉しかったろうと思いましてねエ」と襦袢《じゅばん》の袖引出して眼を拭《ぬぐ》う。

こなたも引入れらるるように俯《うつぶ》きつ、火鉢に翳《かざ》せし左手《ゆんで》の指環《ゆびわ》のみ燦然《さんぜん》と照り渡る。

ややありて姥《うば》は面《おもて》を上げつ。「ご免遊ばせ、またこんな事を。おほほほ年が寄ると愚《ぐ》痴《ち》っぽくなりましてねエ。おほほほほ、お嬢――奥様もこれまでは色々ご苦労も遊ばしましたねエ。本当によくご辛抱《しんぼう》遊ばしましたよ。もうもうこれからはおめでたい事ばか

りでございますよ、旦那様はあの通りおやさしいお方様――」

「お帰り遊ばしましてございます」

と女中の声階段の口に響きぬ。

一の三

「やあ、草臥《くたび》れた、草臥れた」

足袋草鞋《たびわらじ》脱ぎ棄《す》てて、出迎う二人にちょっと会釈しながら、廊下に上《のぼ》りて来し二十三四の洋服の男、提燈《ちょうちん》持ちし若い者を見返りて、

「いや、ご苦労、ご苦労。その花は、面倒だが、湯に浸《つ》けて置いてもらおうか」

「まあ、奇麗《きれい》！」

「本当にま、奇麗な躑躅《つつじ》でございますこと！　旦那様、どちらでお採り遊ばしました？」

「奇麗だろう。そら、黄色いやつもある。葉が石楠《しゃくなげ》に似とるだろう。明朝《あすなみ》浪さんに活《い》けてもらおうと思って、折って来たんだ。……どれ、すぐ湯に入って来ようか」

＊　＊　＊　＊　＊　＊　＊

「本当に旦那様はお活溌《かっぱつ》でいらっしゃいますこと！　どうしても軍人のお方様はお違い遊ばしますねエ、奥様」

奥様は丁寧《ていねい》に畳みし外套《がいとう》をそっと接吻《せっぷん》して衣桁《いこう》にかけつつ、ただ含笑《ほほえ》みて無言なり。階段《はしご》も轟《とどろ》と上る足音障子の外に絶えて、「ああ好心地《いいきもち》！」と入り来る先刻の壮夫《わかもの》。

「おや、旦那様もうお上がり遊ばして？」

「男だもの。あはははは」と快よく笑いながら、妻がきまり悪げに被《はお》る大縞《おおじま》の褞袍《どてら》引かけて、「失敬」と座蒲団《ざぶとん》の上に胡坐《あぐら》をかき、両手に頰を撫《な》でぬ。栗虫《くりむし》のように肥えし五分刈頭の、日にやけし顔はさながら熟せる桃の如く、眉濃く眼いきいきと、鼻下に薄《うっ》すり毛虫ほどの髭《ひげ》は見えながら、まだどこやらに幼な顔の残りて、含笑まるべき男なり。

「良人《あなた》、お手紙が」

「あ、乃舅《おとっさん》だな」

壮夫はちょっと坐様《いずまい》を直して、封を切り、中を出《いだ》せば落つる別封。

「これは浪さんのだ――ふむ、お変りもないと見える……ははは滑稽《こっけい》を仰るな……お話を聞くようだ」笑《えみ》を含んで読み終えし手紙を巻いて側《そば》に置く。

「おまえにもよろしく。場所が変るから、持病の起らぬように用心おしって仰ってよ」と「浪さん」は饌《ぜん》を運べる老女を顧みつ。

「まあ、さようでございますか、有り難う存じます」

「さあ、飯だ、飯だ、今日は握飯《にぎりめし》二個《ふたつ》で終日歩行《いちんちあるき》づめだったから、腹が減ったこったら夥《おびただ》しい。……ははは。こらあ何ちゅう魚だな、鮎《あゆ》でもなしと……」

「山女《やまめ》とか申しましたっけ――ねエ姥《ばあ》や」

「そう？　甘《うま》い、なかなか甘い、それお代《かわ》りだ」

「ほほほ、旦那様のお早うございますこと」

「そのはずさ。今日は榛名《はるな》から相馬《そうま》が岳《たけ》に上って、それから二ツ岳に上って、屏風岩《びょうぶいわ》の下まで来ると迎えの者に会ったんだ」

「そんなにお歩《ある》行き遊ばしたの？」

「しかし相馬が岳の眺望《ながめ》は好《よ》かったよ。浪さんに見せたい位《くらい》だ。一方は茫々《ぼうぼう》たる平原さ、利根《とね》が遥《はる》かに流れてね。一方はいわゆる山また山さ、その上から富士がちょっぽり覗《のぞ》いてるなんぞはすこぶる妙だ。歌でも詠めたら、一《ひ》とつ人麿《ひとまろ》と腕比《うでつく》べをしてやる処だった。あはははは。そらも一とつお代りだ」

「そんなに景色がようござりますの。行って見とうございましたこと！」

「ふふふふ。浪さんが上れたら、金鵄勲章《きんしくんしょう》をあげるよ。そらあ急嶮《ひど》い山だ、鉄鎖《かなぐさり》が十本も下ってるのを、つたって上るのだからね。僕なんざ江田島《えたじま》*で鍛い上げた体で、今もすわというと檣《マスト》でも綱《リギング》でもぶら下る男だから、何でもないがね、浪さんなんざ東京の土踏んだ事もあるまい」

「まあ、あんな事を」嫣然《にっこり》顔を赧《あか》らめ「これでも学校では体操も致しましたし――」

「ふふふふ。華族女学校の体操じゃ仕方がない。そうそう、いつだっけ、参観に行ったら、琴だか何だかコロンコロン鳴ってて、一方で「地球の上に国という国《くうに》は」何とか歌うと、女生《みんな》が扇を持って起《た》ったり踞《しゃが》んだりぐるり廻《まわ》ったりしとるから、踊《おどり》の温習《さらい》かと思ったら、あれが体操さ！　あはははは」

「まあ。お口がお悪い！」

「そうそう。あの時山木の女《むすめ》と並んで、垂髪《おさげ》に結《い》って、ありあ何とかいったっけ、葡《ぶ》萄《どう》色の袴《はかま》はいて澄まして躍《おど》ってたのは、たしか浪さんだっけ」

「ほほほほ。あんな言《こと》を！　あの山木さんをご存じでいらっしゃいますの？」

「山木はね、内《うち》の亡父《おや》が世話したんで、今に出入しとるのさ。ははは、浪さんが敗北したもんだから黙ってしまったね」

「あんな言！」

「おほほほほ。そんなにご夫婦喧嘩《げんか》を遊ばしちゃいけません。さ、さ、お仲直りのお茶でございますよ。ほほほほ」

二

前回仮に壮夫《わかもの》といえるは、海軍少尉男爵《だんしゃく》川島武男《たけお》と呼ばれ、このたび良媒《りょうばい》ありて陸軍中将子爵片岡毅《き》とて名は海内《かいだい》に震える将軍の長女浪子《なみこ》とめでたく合卺《ごうきん》の式を挙げしは、つい先月の事にて、ここ暫時《しばし》の暇を得たれば、新婦とその実家よりつけられし老女の幾《いく》を連れて四五日前伊香保《ぜんいかほ》に来りしなり。

浪子は八歳《やっつ》の年実母《はは》に別れぬ。八歳の昔なれば、母の姿貌《すがたかたち》は歴々《はっきり》と覚えねど、始終笑《えみ》を含みていられしことと、臨終のその前にわれを臥床《ふしど》に呼びて、痩《や》せ細りし手にわが小さき掌《たなぞこ》を握りしめ「浪や、かあさんは遠い所《とおーとこ》に行くからね、成人《おとな》しくして、おとうさまを大事にして、駒《こう》ちゃんを可愛《かあい》がってやらなければなりませんよ。もう五六年……」といいさしてはらはらと涙を流し「かあさんが在《い》なくなってもかあさんを記憶《おぼ》えているかい」と今は肩過ぎしわが黒髪のその頃はまだ総《ふっ》さりと額際《ひたいぎわ》まで剪《き》り下げしをかい撫《な》でかい撫でしたまいし事も記憶の底深く彫《え》りて思い出ぬ日はあらざりき。

一年ほど過ぎて、今の母は来つ。それより後は何もかも変り果たることになりぬ。先《せん》の母は歴《れっき》としたる士《さむらい》の家より来しなれば、万《よろ》ず折目正しき風《ふう》なりしが、それにてもあのように仲好《よ》きご夫婦は珍らしと婢《おんな》の言えるを聴けることもありし。今の母はやはり歴とした士の家から来りしなれど、早くより英国に留学して、男まさりの上に西洋風の染《し》みしなれば、何事も先とは打《うっ》て変りて、すべて先の母の名残《なごり》と覚ゆるをばさながら打消すように片端より改めぬ。父に対しても事ごとに遠慮もなく語らい論ずるを、父は笑いて聞き流し「よしよし、乃公《おい》が負《まけ》じゃ、負じゃ」と言わるるが常なれど、或時《ある》ごく気に入りの副官、難波《なんば》といえるを相手の晩酌《ばんしゃく》に、母も来りて座に居しが、父はじろりと母を見てからからと笑いながら「なあ難波君、学問の出来《でく》る細君《おくさん》は持つもんじゃごわはん、いや散々な目に遭わされますぞ、あはははは」といわれしとか。さすがの難波も母の手前、何と挨拶《あいさつ》もし兼《か》ねて手持無沙汰《てもちぶさた》に盃《さかずき》を上げ下げしていしが、その後己《のちおの》が細君にくれぐれも女児《むすめ》どもには書物を読み過ごさせな、高等小学卒業で沢山《たくさん》といい含められしとか。

浪子は幼きよりいたって人なつこく、しかも怜悧《りこう》に、香炉峰《こうろほう》の雪に簾《すだれ》を捲《ま》く*ほどならずとも、三つの頃より姥《うば》に抱かれて見送る玄関にわれから帽をとって阿爺《ちち》の頭《かしら》に載すほどの気は利きたり。伸びん伸びんとする幼な心は、譬《たと》えば春の若菜の如し。よしや一たび雪に降《ふ》れしとて、蹂躙《ふみにじり》だにせられずば、自《おの》ずから雪融《と》けて青々とのぶるなり。慈母《はは》に別れし浪子の哀《かなしみ》は子供には似ず深かりしも、後の日だに照りたらば苦もなく育つはずなりき。束髪《そくはつ》に結《ゆ》て、側《そば》へ寄れば香水の香《か》の立ち迷う、眼少し釣りて口大きなる今の母を初めて見し時は、さすがに少したじろぎつるも、人なつこき浪子はこの母君にだに慕い寄るべかりしに、継母はわれから挟《さしはさ》む一念に可愛《かあ》ゆき児《こ》をば押隔てつ。世馴《よな》れぬわがまま者の、学問の誇り、邪推、嫉妬《しっと》さえ手伝いて、まだ八つ九つの可愛児《かあいこ》を心ある大人なんどのように相手にするより、こなたは取つく島もなく、寒さ淋《さび》しさは心に浸《し》みぬ。ああ愛されぬは不幸なり、愛することの出来ぬはなおさらに不幸なり。浪子は母あれども愛するを得ず、妹《いもと》あれども愛するを得ず、ただ父と姥の幾と実母の姉なる伯母はあれど、何をいいても伯母は余所《よそ》の人、幾は召使の身、それすら母の眼常《つね》に注ぎてあれば、少しよくしてもらいても、互に贔負《ひいき》の引倒《ひきだお》し、かえってためにならず。ただ父こそは、父こそは渾身《こんしん》愛に満ちたれど、その父中将すらもさすがに母の前をばかねらる る、それも思えば慈愛の一つなり。されば母の前では余儀なく叱りて、蔭へ廻《まわ》れば言葉少なく情深くいたわる父の人知らぬ苦心、怜悧《さと》き浪子は十分に酌《く》んで、ああ嬉しいかたじけない、どうぞ身を粉《こ》にしても父上のおためにと心に思《おもい》は溢《あふ》るれど、気がつくほどにすれば、母は自身の領分に踏み込まれたるように気を悪くするが辛《つら》く、光を韜《つつ》みて言寡《ことばすくな》に気もつかぬ体《てい》に控え目にしていれば、かえって意地悪のやれ鈍物のと思われ言わるるも情なし。或時はいささかの間違より、流るる如き長州弁に英国仕込の論理法もて滔々《とうとう》と言い捲《まく》られ、己のみかは亡き母の上までもおぼろ気ならず中傷《あてこす》られて、さすがに口惜《くや》しく嚙《か》んだ唇《くちびる》開かんとしては縁側にちらりと父の影見ゆるに口を噤《つぐ》み、或《あるい》はまたあまり無理なる邪推されては「母《おっか》さまもあんまりな」と窓帷《まどかけ》の陰に泣いたることもありき。

父ありというや。父はあり。愛する父はあり。さりながら家《うち》が世界の女の児《こ》には、五人の父より一人の母なり。その母が、その母がこの通りでは、十年の間には癖《くせ》もつくべく、艶《つや》も失《う》すべし。「本当に彼女《あのこ》はちっともさっぱりした所がない、いやに執念《しゅうねん》な人だよ」と夫人は常に罵《ののし》りぬ。ああ土鉢《どばち》に植えても、高麗交趾《こうらいこうち》*の鉢に植えても、花は花なり、いずれか日の光を待たざるべき。浪子は実に日蔭の花なりけり。

さればこのたび川島家と縁談整いて、輿入《こしいれ》済みし時は、浪子も息をつき、父中将も、継母も、伯母も、幾も、皆それぞれに息をつきぬ。

「奥様(浪子の継母)はご自分は華手《はで》がお好きな癖に、お嬢様には嫌《いや》ァな、じみなものばかり、買っておあげなさる」とつねに唸《つぶ》やきし姥《うば》の幾が、嫁入仕度《じたく》の薄きを気にして、先《せん》奥様がおいでになったらとかき口説《くど》いて泣きたりしも、浪子はいそいそとしてわが家の門《かど》を出《い》でぬ。今まで知らぬ自由と楽しさのこのさきに待つとし思えば、父に別るる哀《かなし》さもいささか慰めらるる心地《ここち》して、いそいそとして行きたるなり。

三の一

伊香保より水沢《みさわ》の観音《かんのん》まで一里《り》あまりの間は、一条《ひとすじ》の道、蛇《へび》の如く禿山《はげやま》の中腹に沿うてうねり、ただ二か所ばかり山の裂目《さけめ》の谷をなせるに陥《おちい》りてまた這《は》い上れる外《ほか》は、眼をねむりても行かるべき道なり。下は赤城《あかぎ》より上毛《じょうもう》の平原を見晴らしつ。ここらあたりは一面の草原《くさはら》なれば、春の頃は野焼《のやき》の痕《あと》の黒める土より、さまざまの草萱萩桔梗女郎花《かやはぎききょうおみなえし》の若芽など、生《は》え出でて毛氈《もうせん》を敷けるが如く、美しき草花その間に咲き乱れ、綿帽子《わたぼうし》着た銭巻《ぜんまい》、ひょろりとした蕨《わらび》、ここもそこもたちて、一たびここに下り立たば春の日の永《なが》きも忘るべき所なり。

武男夫婦は、今日の晴《はれ》を蕨狩《わらびがり》すとて、姥《うば》の幾と宿の女中を一人伴《つ》れて、午食後《ひるご》よりここに来つ。早《は》や一《ひ》としきり採りあるきて、少し草臥《くたびれ》が来しと見え、女中に持たせし毛布《ケット》を草の軟《やわ》らかなる処に敷かせて、武男は靴ばきのままごろりと横になり、浪子は麻裏《あさうら》草履を脱ぎ桃紅《とき》色の手巾《ハンケチ》にて二つ三つ膝《ひざ》のあたりを掃《はら》いながらふわりと坐《すわ》りて、

「おお軟《やわら》か！　勿体《もったい》ないようでございますね」

「ほほほお嬢――あらまた、ご免遊ばせ、お奥様の好《い》いお顔色《いろ》におなり遊ばしましたこと！　そしてあんなにお唱歌なんぞお歌い遊ばしましたのは、本当にお久しぶりでございますねエ」と幾は嬉し気に浪子の横顔を覗《のぞ》く。

「余り歌って何だか渇《かわ》いて来たよ」

「お茶を持って参りませんで」と女中は風呂敷《ふろしき》解きて夏蜜柑《なつみかん》、袋入りの乾菓子《ひがし》、折詰の巻鮓《まきずし》など取り出す。

「何、これがあれば茶は入《い》らんさ」と武男は衣兜《ポケット》よりナイフ取り出して蜜柑を剝《む》きな

がら「どうだい浪さん、僕の手際には驚いたろう」

「あんな言《こと》を仰るわ」

「旦那様のお採り遊ばしたのには、杪欏《へご》*が沢山雑《どっさりまじ》っておりましてございますよ」と、女中が口を出す。

「馬鹿《ばか》を言うな。負惜《まけおしみ》をするね。ははは。今日は実に愉快だ。好天気《いい》じゃないか」

「奇麗《きれい》な空ですこと、碧々《あおあお》して、本当に小袖《こそで》にしたいようでございますね」

「水兵の服にはなおよかろう」

「おお好い香《かおり》！　草花の香でしょうか、あ、雲雀《ひばり》が鳴いてますよ」

「さあ、お鮓《すし》を戴《いただ》いてお腹《なか》が出来たから、も一排《ひとかせぎ》して来ましょうか、ねエ女中さん」

と姥の幾は宿の女を促《うなが》し立てて、また蕨採りにかかりぬ。

「すこし残しといてくれんとならんぞ――健《まめ》な姥《ばあ》じゃないか、ねエ浪さん」

「本当に健でございますよ」

「浪さん、草臥はしないか」

「いいえ、ちっとも今日は疲れませんの、わたくしこんなに楽しいことは始めて！」

「遠洋航海なぞすると随分《ずいぶん》好い景色を見るが、しかしこんな高い山の見晴《みはらし》はまた別だね。実に爽々《せいせい》するよ。そらそこの左の方に白い壁が閃々《ちらちら》するだろう。あれが来時《きがけ》に浪さんと昼飯を食った渋川さ。それからもっとこっちの碧いリボンのようなのが利根川《とねがわ》さ。あれが坂東太郎た見えないだろう。それからあの、赤城の、こうずうと裊《たれ》とる、それそれ煙《けむ》が見えとるだろう、あの下の方に何だかうじゃうじゃしてるね、あれが前橋さ。何？　ずっと向うの銀の針《ピン》のようなの？　そうそう、あれはやっぱり利根の流《ながれ》だ。ああもう先きは霞《かす》んで見えない。両眼鏡《りょうがんきょう》を持って来る処だったたねエ、浪さん。しかし霞《かすみ》がかけて、先が明瞭《はっきり》しないのもかえって面白いかも知れん」

浪子はそっと武男の膝に手を投げて溜息《といき》つき

「いつまでもこうしていとうございますこと！」

黄色の蝶二つ浪子の袖を掠《かす》めてひらひらと飛び行きしあとより、さわさわと草踏む音して、帽子被《かぶ》りし影法師突然《だしぬけ》に夫婦の眼前《めさき》に落ち来《きた》りぬ。

「武男君」

「やあ！　千々岩《ちぢわ》君か。どうしてここに？」

三の二

新来の客は二十六七にや。陸軍中尉の服を着たり。軍人には珍らしき色白の好男子。惜しきことには、口のあたりどことなく鄙《いや》し気なる処ありて、黒水晶の如き眼の光鋭く、見つめらるる人に不快の感を起《おこ》さすが、疵《きず》なるべし。こは武男が従兄《いとこ》に当る千々岩安彦とて、当時参謀本部の下僚におれど、腕利《うできき》の聞えある男なり。

「突然《だしぬけ》で、喫驚《びっくり》だろう。実は昨日用があって高崎に泊まって、今朝渋川まで来たんだが、伊香保は一《ひ》と足と聞いたから、ちょっと遊びに来たのさ。それから宿に行ったら、君たちは蕨採《わらびとり》の御遊《ぎょゆう》と聞いたから、路《みち》を教わってやって来たんだ。なに、明日は帰らなけりゃならん。邪魔に来たようだな。はッはッ」

「馬鹿な。——君それから宅《うち》に行ってくれたかね」

「昨朝《きのう》ちょっと寄って来た。叔母様《さん》も元気でいなさる。が、もう君たちが帰りそうなものだってしきりと唸《こぼ》していなすッたッけ。——赤坂の方でもお変りもありませんです」と例の黒水晶の眼は炯乎《ぎらり》と浪子の顔に注ぐ。

先刻《さっき》から赧《あか》らめし顔はひとしお紅《あこ》うなりて浪子は下向きぬ。

「さあ、援兵が来たからもう負けないぞ。陸海軍一致したら、娘子軍《じょうしぐん》百万ありといえども恐るるに足《た》らずだ。――なにさ、先刻からこのご婦人方がわが輩一人を窘《いじ》めて、やれ蕨の採り方が少いの、採《と》ったのが蕨じゃないだの、悪口《あっこう》して困ったンだ」と武男は頤《あご》もて今来し姥と女中を指す。

「おや、千々岩様――どうして来《いら》ッしゃいまして？」と姥は喫驚《びっくり》した様子にて少し小鼻に皺《しわ》を寄せつ。

「乃公《おれ》が先刻電報かけて加勢に呼んだンだ」

「おほほほ、あんな言《こと》を仰るよ――ああそうで、へえ、明日はお帰り遊ばすンで。へえ、帰ると申しますと、ね、奥様、お夕《ゆう》飯の仕度《したく》もございますから、わたくしどもはお先に帰りますでございますよ」

「うん、それがいい、それがいい。千々岩君も来たから、沢山《どっさり》ご馳走《ちそう》するンだ。そのつもりで腹を減して来るぞ。はははは。なに、浪さんも帰る？　まあいるがいいじゃないか。味方がなくなるから逃げるンだな。大丈夫さ、決して窘めはしないよ。あははははは」

引とめられて浪子は居残れば、幾は女中《おんな》と荷物になるべき毛布《ケット》蕨など収拾《とりおさ》めて帰り行きぬ。

あとに三人《みたり》は一しきり蕨を採りて、それよりまだ日も高ければとて水沢の観音に詣で、先刻《さきに》蕨を採りし所まで帰りて暫《しばら》く休み、そろそろ帰途に上りぬ。

夕日は物聞山《ものききやま》の肩より花やかに射して、道の左右の草原は萌黄《もえぎ》の色燃えんとするに、そこここに立つ孤松《ひとつまつ》の影長々と横《よこた》わりつ。眼をあぐれば、遠き山々静かに夕日を浴び、麓《ふもと》の方は夕煙諸処《しょしょ》に立ち上る。遥か向うを行く草負牛《くさおいうし》の、叱られてもうと鳴く声空に満ちぬ。

武男は千々岩と並びて話しながら行くあとより浪子は従いて行く。三人は徐《しず》かに歩みて、今しも壑《たに》を渉《わた》り終り、坂を上りて眩《まば》ゆき夕日の道に出でつ。

武男はたちまち足をとどめぬ。

「やあ、失策《しま》った。ステッキを忘れた。なに、先刻《さっき》休んだ処だ。待っててくれたまえ、一《ひ》ト走り取って来るから――なに、浪さんは待ってればいいじゃないか。直《す》ぐそこだ。全速力で駆けて来る」

と武男は強《しい》て浪子を押とめ、手巾《ハンケチ》包の蕨を草の上にさし置き、急ぎ足に坂を下りて見えずなりぬ。

三の三

武男が去りし後に、浪子は千々岩と一間《けん》ばかり離れて無言に立ちたり。やがて谷を渉りてかなたの坂を上り果てし武男の姿小さく見えたりしが、またたちまちかなたに向いて消えぬ。

「浪子さん」

かなたを望みいし浪子は、耳元近き声に呼びかけられて思わず身を震わしたり。

「浪子さん」

一歩近寄りぬ。

浪子は二三歩引下りて、余儀なく顔をあげたりしが、例の黒水晶の目にひたと熟視《みつ》められて、側《わき》向きたり。

「おめでとう」

こなたは無言、耳までさっと紅《くれない》になりぬ。

「おめでとう。イヤ、おめでとう。しかしめでたくない奴もどこかにいるですがね。へへへへ」

浪子は俯《うつむ》きて、杖《つえ》にしたる海老《えび》色の洋傘《パラソル》の尖《さき》もてしきりに草の根を抉《ほじ》りつ。

「浪子さん」

蛇《へび》にまつわらるる栗鼠《りす》の今は是非《ぜひ》なく顔を上げたり。

「何でございます?」

「男爵に金、はやっぱり好《い》いものですよ。へへへへへ、いやおめでとう」

「何を仰るのです?」

「へへへへへ、華族で、金があれば、馬鹿でも嫁に行く、金がなけりゃどんなに慕っても唾《つばき》もひッかけん、ね、これが当今《いま》の姫御前《ひめごぜ》です。へへへへ、浪子さんなンざそんな事はないですがね」

浪子もさすがに血相変えてきっと千々岩を睨《にら》みたり。

「何を仰るンです。失敬な。も一度武男の目前《まえ》で言ってご覧なさい。失敬な。男らしく父に相談もせずに、無礼千万な艶書《ふみ》を吾《ひと》にやったりなンぞ……もうこれから決して容赦はしませせぬ」

「何ですと?」千々岩の額《ひたえ》は真暗くなり来り、唇《くちびる》を噛んで、一歩二歩寄らんとす。

突然《だしぬけ》に嘶《いなな》く声足下《あしもと》に起りて、馬上の半身坂より上に見え来りぬ。

「ハイハイハイッ。お邪魔でがあすよ。ハイハイハイハイッ」と馬上なる六十あまりの老爺《おやじ》、頬被《ほおかぶ》りをとりながら、怪しげに二人の容子《ようす》を見かえり見かえり行き過ぎたり。

千々岩は立ちたるままに、動かず。額の条《すじ》はやや舒《の》びて、結びたる唇の辺《ほと》りに冷笑のみぞ浮びたる。

「へへへへ、ご迷惑ならお返えしなさい」

「何をですか?」

「何が何をですか、お嫌いなものを!」

「ありません」

「なぜないのです」

「汚らわしいものは焼き棄《す》ててしまいました」

「いよいよですな。別に見た者はきっとないですか」

「ありません」

「いよいよですか」

「失敬な」

浪子は忿然《ふんぜん》として放ちたる眼光の、彼が真黒き眼の凄《すさま》じきに見返えされて、不快に得《え》堪《たえ》ず慄然《ぞっ》と震いつつ、遥かに眼を翳《そら》しぬ。あたかもその時谷を隔てしかなたの坂の口に武男の姿見え来りぬ。顔一点棗《なつめ》の如く赭《あか》く夕日に閃《ひら》めきつ。

浪子はほっと息つきたり。

「浪子さん」

千々岩は懲《こ》りずまにあちこち逸《そ》らす浪子の眼を追いつつ「浪子さん、一言いって置くが、秘密、何事《なに》も秘密に、な、武男君にも、ご両親にも。で、なけりゃ――後悔しますぞ」

電《いなずま》の如き眼光を浪子の面《おもて》に射つつ、千々岩は身を転じて、俛《ふ》してそこらの草花を摘み集めぬ。

靴音高く、ステッキ打振りつつ坂を上り来し武男「失敬、失敬。あ苦しい、走りづめだッたから。しかしあったよ、ステッキは。――う、浪さんどうかしたかい、ひどく顔色《いろ》が悪いぞ」

千々岩は今摘みし菫《すみれ》の花を胸の飾紐《ひも》に挿しながら、

「なに、浪子さんはね、君が余り隙取《ひまど》ったもンだから、大方迷子《まいご》になったンだろうッて、ひどく心配しなすッたンさ。はッははは」

「あははは。そうか。さあ、そろそろ帰ろうじゃないか」

三人《みたり》の影法師は相並んで道辺の草に曳《ひ》きつつ伊香保の方《かた》に行きぬ。

四の一

午後三時高崎発上り列車の中等室の一隅《かたすみ》に、人なきを幸い、靴ばきのまま腰掛の上に足さしのばして、巻莨《まきたばこ》を吹《ふか》しつつ、新聞を読みおるは千々岩安彦なり。

手荒く新聞を投げやり、

「馬鹿！」

歯の間より言う《ものい》拍子に落ちし巻莨を腹立し気に踏消し、窓の外に唾《つばは》きしまま暫《しば》らく彳《たたず》みていたるが、やがて舌打鳴らして、室《しつ》の全長《ながさ》を二三度往来《ゆきき》して、また腰掛に戻りつ。手を拱《こま》ぬきて、眼を閉じぬ。

真黒き眉は一文字にぞ寄りたる。

＊　＊　＊　＊　＊　＊　＊　＊

千々岩安彦は孤《みなしご》なりき。父は鹿児島の藩士にて、維新の戦争に討死《うちじに》し、母は安彦が六歳の夏その頃霍乱《かくらん》といいける虎列剌《コレラ》に斃《たお》れ、六歳の孤児は叔母——父の妹の手に引取られぬ。父の妹は即《すなわ》ち川島武男の母なりき。

叔母はさすがに少しは安彦を憐みたれども、叔父はこれを厄介者《やっかいもの》に思いぬ。武男が仙《せん》台平《だいひら》の袴《はかま》穿《は》きて儀式の座につく時、小倉袴《こくらばかま》の萎《な》えたるを着て下座にすくまされし千々岩は、身は武男の如く親、財産、地位などのあり余る者ならずして、全くわが拳《こぶし》とわが智《ち》慧《え》に世を渡るべき者なるを早く悟り得て、武男を悪《に》くみ、叔父を怨《うら》めり。

彼は世渡《よわたり》の道に裏と表の二条《ふたすじ》あるを見ぬきて、いかなる場合にも捷径《しょうけい》をとりて進まんことを誓いぬ。されば叔父の蔭によりて陸軍士官学校にありける間も、同窓の者は試験の、点数のと騒ぐ間《ま》に、千々岩は郷党の先輩にも出入油断なく、いやしくも交《まじわ》るに身の便宜《たより》になるべき者を選み、他の者どもが卒業証書握りてほっと息つく間に、早くも手蔓《てづる》つとうて陸軍の主脳なる参謀本部の囲い内《うち》に乗り込み、他の同窓生《なかま》はあちこちの中隊附《づき》となりてそれ練兵やれ行軍と追いつかわるるに引かえて、千々岩は参謀本部の階下に煙吹かして戯談《じょうだん》の間に軍国の大事も或《あるい》は耳に入る羨《うらやま》しき地位に巣くいたり。

この上は結婚なり。猿猴《えんこう》*のよく水に下るはつなげる手あるがため、人の立身するはよき縁あるがためと、早くも知れる彼は、戸籍吏《こせきり》ならねども、某男爵は某侯爵の婿《むこ》、某学士兼高等官は某伯の婿、某富豪は某伯の子息の養父にて、某侯の子息の妻《さい》も某富豪の女《むすめ》と暗に指を折りつつ、早くもそここと配れる眼《まなこ》は片岡陸軍中将の家に注ぎぬ。片岡中将としいえば、当時予備にこそおれ、驍名《ぎょうめい》天下に隠れなく、畏《かしこ》きあたりの御覚《おんおぼ》えもいとめでたく、度量闊大《かつだい》にして、誠に国家の干城《かんじょう》*といいつべき将軍なり。千々岩は早くこの将軍の隠然として天下に重き勢力を見ぬきたれば、いささかの便《たより》を求めて次第に近寄り、如才《じょさい》なく奥にも取り入りつ。眼は直《ただ》ちに第一の令嬢浪子を睨《にら》みぬ。一には父中将の愛自《おの》ずからもっとも深く浪子の上に注ぐを逸早《いちはや》く看《み》て取りし故《ゆえ》、二には今の奥様は自ずから浪子を疎《うと》みてどこにもあれ縁あらば早く片付けたき様子を見たるため、三にはまた浪子の謹《つつしみ》深く気高《けだか》きを好ましと思う念も雑《まじ》りて、即《すなわ》その人を目がけしなり。かくて様子を見るに中将はいわゆる喜怒容易に色に形《あら》われぬ太腹の人なれば、何と思わるるかはちと測り難《がた》けれど、奥様の気には確かに入りたり。二番目の令嬢の名はお駒《こま》とて少し跳《は》ねたる三五の少女は殊にわれと仲好なり。その下には今の奥様の腹にて、二人の子供あれど、こは問題の外《ほか》としてここに老女の幾とて先《せん》の奥様の時より勤め、今の奥様の輿入《こしいれ》後奥台所の大更迭《だいこうてつ》を行われし時も中将の声がかりにて一人居残りし女、これが始終浪子の側《そば》につきてわれに好意の乏しきが邪魔なれど、なあに、本人の浪子さえ攻め落さばと、千々岩はやがて一年ばかり機会を覗《うかが》いしが、今は待ちあぐみて或日宴会帰りの酔《えい》まぎれ、大胆にも一通の艶書《えんしょ》二重封《ふたえふう》にして表書を女文字に、ことさらに郵便をかりて浪子に送りつ。

その日命《めい》ありてにわかに遠方に出張し、三月《みつき》あまりにして帰れば、わが留守に浪子は貴族院議員加藤 某《なにがし》の媒妁《ばいしゃく》にて、人もあるべきにわが従弟《いとこ》川島武男と結婚の式すでに済みてあらんとは！　思わぬ不覚をとりし千々岩は、腹立まぎれに、色よき返事このようにと心に祝いて土産《みやげ》に京都より買うて来し友染縮緬寸々《ゆうぜんちりめんずたずた》に引き裂きて屑籠《くずかご》に投げ込みぬ。

さりながら千々岩はいかなる場合にも全くわれを忘れおわる男にあらざれば、たちまちにして敗余の兵を収めつ。ただ心外なるはこの上かの艶書《ふみ》の一条もし浪子より中将に武男に漏《も》れなば大事の便宜《たより》を失う恐れあり。持込みよき浪子の事なれば、まさかと思えどまた覚束《おぼつか》なく、高崎に用ありて行きしを幸い、それとなく伊香保に滞留する武男夫婦を訪《と》うて、やがて探りを入れたるなり。

忌々《いまいま》しきは武男――

＊　＊　＊　＊　＊　＊

「武男、武男」と耳近《みみちか》に誰《たれ》やら呼びし心地《ここち》して、愕《がく》と眼を開きし千々岩、窓より覗けば、列車はまさに上尾《あげお》の停車場《ステーション》にあり。駅夫が、「上尾上尾」と呼びて過ぎたるなり。

「馬鹿なッ！」

独《ひと》り自ら罵《ののし》りて、千々岩は起《た》ちて二三度車室を往《ゆ》き戻りつ。心に纏《まと》う或ものを振り落さんとするように身震いして、座に復《か》えりぬ。冷笑の影、眼にも唇にも浮びたり。

列車はまたも上尾を出でて、疾風の如く馳《はせ》つつ、幾駅か過ぎて、王子に着きける時、プラットフォムの砂利《じゃり》踏みにじりて、五六人ドヤドヤと中等室に入り込みぬ。中に五十あまりの男の、一楽《いちらく》＊の上下揃い白縮緬《しろちりめん》の兵児帯《へこおび》に岩丈《がんじょう》な金鎖を晃《きら》めかせ、右手《めて》の指に分厚《ぶあつ》な金の指環《ゆびわ》を挿し、赭顔《あからがお》の眼尻著しく垂れて、左の眼下《めした》にしたたかなる赤黒子《あかぼくろ》あるが、腰かくる拍子にフット眼を見合わせつ。

「やあ、千々岩さん」

「やあ、これは……」

「どちらへおいででしたか」いいつつ赤黒子は立って千々岩が側に腰かけつ。

「はあ、高崎まで」

「高崎のお帰途《かえり》ですか」ちょっと千々岩の顔を眺め、少し声を低めて「時にお急ぎですか。でなけりゃ夜食でもご一処《いっしょ》にやりましょう」

千々岩は頷《うなず》きたり。

四の二

橋場の渡《わたし》のほとりなるとある水荘《すいそう》の門に山木兵造《やまきひょうぞう》別邸とあるを見ずば、某《なにがし》の待合《まちあい》かと思わるべき家作《やづくり》の、しかも音締《ねじめ》の響《おと》しめやかに婀娜《あだ》めきたる島田の障子《しょうじ》に映るか、さもなくば紅《くれない》の毛氈《もうせん》敷かれて花牌《はなふだ》など落ち散るに相応《ふさわ》しかるべき二階の一室《ひとま》に、わざと電燈の野暮《やぼ》を避けて例の和洋行燈《あんどうランプ》を据え、取り散らしたる盃盤《はいばん》の間に、胡坐《あぐら》をかけるは千々岩と今一人の赤黒子は問うまでもなき当家の主人山木兵造なるべし。遠《とおざ》けしにや、側に侍る女もあらず。赤黒子の前には小形《こがた》の手帳を広げたり、鉛筆を添えて。番地官名など細かに肩書して姓名数多《あまた》記せる上に、鉛筆にてさまざまの符号《しるし》つけたり。丸。四角。三角。イの字。ハの字。五六七などの数字。或《あるい》は羅馬《ローマ》数字。点かけたるもあり。一たび消してイキルとしたるもあり。

「それじゃ千々岩さん。その方はそれときめて置いて、いよいよ定《き》まったら直《す》ぐ知らしてくれたまえ。――大丈夫間違はあるまいね」

「大丈夫さ、もう大臣の手許《てもと》まで出ているのだから。しかし何しろ競争者《あいて》が始終《しょっちゅう》運動しとるのだから例のも思い切って撒《ま》かんといけない。これだがね、こいつなかなか喰えない奴だ。しッかり轡《くつわ》を銜《か》ませんといけないぜ」と千々岩は手帳の上の一《いっ》の名を指しぬ。

「こらあどうだね?」

「そいつは話せない奴だ。僕はよく識《し》らないが、ひどく頑固《がんこ》な奴だそうだ。まあ正面から平身低頭で往《ゆ》くのだな。悪くすると失策《しくじ》るよ」

「いや陸軍にも、分った人もあるが、実に話の出来ン男もいるね。去年だった、師団に服を納めるンで、例の筆法でまあ大概は無事に通ったのはよかッたが。あら何とかいッたッけ、赤髯《あかひげ》の大佐だったがな、そいつが何のかの難癖《なんくせ》つけて困るから、番頭をやって例の菓子箱を出すと、馬鹿め、賄賂《わいろ》なんぞ取るものか、軍人の体面に関するなんて威《い》張《ば》って、とどのつまりあ菓子箱を蹴飛《けと》ばしたと思いなさい。例の上層《うえ》が干菓子で、下が銀貨《しろいの》だから、たまらないさ。紅葉《もみじ》が散る雪が降る、座敷中――の雨だろう。するとそいつめいよいよ腹立《はらあた》てやがッて、汚らわしいの、やれ告発するのなんの吐《ぬ》かしやがるさ。漸《やっ》と結局《まとめ》をつけはつけたが、大骨折らしアがッたね。こんな先生がいるから馬鹿馬鹿しく事が面倒になる。いや面倒というと武男さんなぞがやっぱりこの流《りゅう》で、実に話せないに困る。先日《こないだ》も――」

「しかし武男なんざ親父が何万という身代を拵《こしら》えて置いたのだから、頑固だッて正直だッて好きな真似《まね》していけるのだがね。吾輩《ぼく》の如きは腕一本――」

「いやすっかり忘れていた」と赤黒子はちょいと千々岩の顔を見て、懐中より十円紙幣《さつ》五枚取出し「いずれ何は後からとして。まあ車代に」

「遠慮なく頂戴《ちょうだい》します」手早くかき集めて内衣兜《ポッケット》にしまいながら「しかし山木さん」

「？」

「なにさ、播《ま》かぬ種は生えんからな！」

山木は苦笑《にがわらい》しつ。千々岩が肩ぽんと敲《たた》いて「喰えン男だ、惜しい事だな、せめて経理局長位《ぐらい》に！」

「ははは。山木さん、清正《きよまさ》の短刀は小供の三尺三寸よりか切れるぜ」

「甘《うま》く言ったな――しかし君、蠣殻町《かきがらちょう》＊だけは用心したまえ、素人《しろうと》じゃどうしてもしくじるぜ」

「なあに、端金《はしたがね》だからね――」

「じゃいずれ近日、様子が分かり次第――なに、車は出てから乗った方が大丈夫です」

「それじゃ――家内もご挨拶《あいさつ》に出るのだが、娘が手離されんでね」

「お豊《とよ》さんが？　病気ですか」

「実はその、何です。この一月《ひとつき》ばかり病気をやってな、それで家内が連れて此家《ここ》へ来ているですて。いや千々岩さん、妻《かか》だの子だの滅多に持つもんじゃないね。金儲《かねもう》けは独身に限るよ。はッははは」

主人《あるじ》と女中《おんな》に玄関まで見送られて、千々岩は山木の別邸を出で行きたり。

四の三

千々岩を送り終りて、山木が奥へ帰り入る時、かなたの襖《ふすま》すうと開きて、色白きただし髪薄くしてしかも前歯二本不行儀に反《そ》りたる四十あまりの女入《い》り来《きた》りて山木の側《そば》に座を占めたり。

「千々岩はんはもうお帰り?」

「今追っ払った処《とこ》だ。どうだい、豊は?」

反歯《そっぱ》の女はいとど顔を長くして「本当《ほんま》に良人《あんた》。彼女《あれ》にも困り切りますがな。――兼《かね》、御身《おまえ》はあち往《い》っておいで。今日もな良人、ちいと何かが気に喰わんたらいうて、お茶碗《ちゃわん》を投げたり、着物を裂いたりして、仕様《しよう》がありまへんやった。本当に十八という年をして――」

「いよいよもって巣鴨《すがも》だね*。困った奴だ」

「良人、そないな戯談所《じょうだんどころ》じゃござんせんがな。――でも可愛想《かあいそう》や、本当に可愛想や、今日もな、良人、竹にそういいましたてね。本当に憎らしい武男はんや、ひどいひどいひどいひどい人や、去年のお正月には靴下を編んであげたし、それからハンケチの縁を縫ってあげたし、それからまだ毛糸の手袋だの、腕ぬきだの、それ処か今年のご年始には赤い毛糸で襯衣《シャツ》まで編んであげたに、皆《みいな》自腹ア切ッて編んであげたのに、何《なアん》の沙汰《さた》なしであの不器量な意地悪の威張った浪子はんをお嫁に貰《もら》ったり、本当にひどい人だわ、ひどいわひどいわひどいわひどいわ、あたしも山木の女《むすめ》やさかい、浪子はんなんかに負けるものか、本当にひどいひどいひどいひどいッてな、良人《あんた》、こないにいって泣いてな。そないに思い込んでいますに、ああ、どうにかしてやりたいがな、良人」

「馬鹿をいいなさい。勇将の下《もと》に弱卒なし。御身《おまえ》はさすがに豊が母《おっかさん》だよ。そらア川島だッて新華族にしちゃよっぽど財産もあるし、武男さんも万更《まんざら》馬鹿でもないから、乃公《おれ》もよほどお豊を入れ込もうと骨折って見たじゃないか。しかし駄目で、もうちゃんと婚礼が済んで見れば、何もかもご破算さ。お浪さんが死んでしまうか、離縁にでもならなきゃア仕方がないじゃないか。それよりも馬鹿な事はいい加減に思い切ッてさ、外《ほか》に嫁《かたづ》く分別が肝腎《かんじん》じゃないか、馬鹿め」

「何が阿呆《あほう》かいな? はい、良人見たいに利口やおまへんさかいな。好年配《えいとし》をして、彼女《あれ》や此女《これ》や足袋《たび》とりかえるような――」

「そう雄弁滔々《とうとう》まくしかけられちゃア困るて。御身は本当に馬《ば》――だ。すぐ真面目《むき》になりよる。なにさ、乃公だッて、お豊は子だもの、可愛がらずにどうするものか、だからさ、そんなくだらぬ繰言《くりごと》ばっかりいってるよりも、別にな、立派な処《とこ》に、な、生涯楽をさせようと思ってるのだ。さ、おすみ、来なさい、二人でちっと説諭でもして見ようじゃないか」

と夫婦打連《うちつ》れ、廊下伝いに娘お豊の棲《す》める離室《はなれ》に赴きたり。

山木兵造というはいずこの人なりけるにや、出所定かならねど、今は世に知られたる紳商とやらの一人《いちにん》なり。出世の初《はじめ》、今は故人となりし武男が父の世話を受けしこと少なからざれば、今も川島家に出入すという。それも川島家が新華族中にての財産家なるが故なりという者あれど、そはあまりに酷なる評なるべし。本宅を芝桜川町《しばさくらがわちょう》に構えて、別荘を橋場の渡《わたし》の湉《ほと》りに持ち、昔は高利も貸しけるが、今は専《もっぱ》ら陸軍その他官省の請負《うけおい》を業とし、嫡男を米国波士頓《ボストン》の商業学校に入れて、女《むすめ》お豊はつい先頃まで華族女学校に通わしつ。妻はいついかにして持ちけるにや、ただ京都者というばかり、すこぶる醜きを、よくかの山木は辛抱するぞという人もありしが、実は意気婀娜《あだ》など形容詞のつくべき女諸処に家居《いえい》して、輪番《かわるがわる》行く山木を待ちける由《よし》は妻もおぼろげならず暁《さと》りしなり。

四の四

床《とこ》には琴、月琴《げっきん》、玻璃《ガラス》箱入りの大人形などを置きたり。一隅《すみ》には美しき女机あり、こなたには姿見《すがたみ》鏡あり。いかなる高貴の姫君や住みたもうらんと見てあれば、八畳の中央《まんなか》に絹布団敷かせて、玉蜀黍《とうもろこし》の毛を束《つか》ねて結ったようなる島田を大童《おおわらわ》に振り乱し、ごろりと横に臥《ふ》したる十七八の娘、色白の下豊《しもぶくれ》といえば可愛気《かあいげ》なれど、その下豊が少し過ぎて頬《ほお》のあたりの肉今や落ちんかと危ぶまるるに、ちょっぽりと開いた口は閉ずるも面倒といい貌《がお》に始終洞門《どうもん》を形づくり、薄《うっ》すりとあるかなきかの眉《まゆ》の下にありあまる肉を辛うじて二三分《ぶ》上下《うえした》に押分けつつ開きし眼の中《うち》いかにも春霞のかけたる如く、前の世からの長き眠りがとんと今もって醒《さ》めぬようなり。

今何かいいつけられて笑《わらい》を忍んで立って行く女の背《せな》に、「馬鹿」と一つ後矢《うしろや》を射つけながら、女《むすめ》はじれったげに掻巻《かいまき》踏《ふみ》ぬぎ、床の間にありし大形の——袴穿《はかまは》きたる女生徒の多くうつれる写真をとりて、糸の如き眼に瞬《まばた》きもせず見つめしが、やがてその一人の顔と覚しきあたりをしきりに爪弾《つまはじ》きしつ。なおそれにも飽き足らでや、爪もてその顔の上に縦横《じゅうおう》に疵《きず》をつけぬ。

襖《ふすま》の開く音。

「誰《たれ》？　竹かい」

「うん竹だ、頭の禿《は》げた竹だ」

笑いながら枕頭《まくらべ》に坐るは、父の山木と母なり。娘はさすがに狼狽《あわ》てて写真を押隠し、起きもされず寝もされずといわんが如く横になりおる。

「どうだ、お豊、気分は？　ちっとはいいか？　今隠したのは何だい。ちょっと見せな、まあ見せな。これさ見せなといえば。——何だ、こりア、浪子さんの顔じゃないか、ひどく爪痕《つめかた》をつけたじゃないか。こんな事するよりか丑の時参《うしのときまいり》*でもした方がよっぽど気が利いてるぜ！」

「良人《あんた》またそないな事を！」

「どうだ、お豊、御身《おまえ》も山木兵造の娘じゃないか。ちっと気を大きくして山気《やまき》を出せ、山気を出せ、あんな屑々《けちけち》した男に心中立《だて》——それもさこっちばかりでお相手なしの心中立するよりか、こら、お豊、三井か三菱、でなけりゃア大将か総理大臣の息子、いやそれよりか外国の皇族でも引《ひっ》かける分別をしろ。そんな肝ッ玉の小せエ事でどうするものか。どうだい、お豊」

母の前では縦横に駄々《だだ》をこねたまえど、お豊姫もさすがに父の前をば憚《はばか》りたもうなり。突伏《つっぷ》して答なし。

「どうだ、お豊、やっぱり武男さんが恋しいか。いや困った小浪御寮《こなみごりょう》*だ。小浪といえば、ねエお豊、ちっと気晴しに京都にでも行って見んか。そらア面白いぞ。祇園清水知恩院《ぎおんきよみずちおんいん》、金閣寺《きんかくじ》拝見が嫌なら西陣《にしじん》へ行って、帯か三枚襲《がさね》でも見立てるさ。どうだ、開いた口に牡丹餅《ぼたもち》より甘《うま》い話だろう。御身《おまえ》も久しぶりだ、お豊を連れて道行《みちゆき》と出かけなさい、なあおすみ」

「良人《あんた》も一同《いっしょ》に行《いき》なはるのかいな」

「乃公《おれ》？　馬鹿を言いなさい、この忙《せわ》しい中に！」

「それならわたしもまあ見合せやな」

「なぜ？　飛《とん》だ義理立《だて》さするじゃないか。なぜだい？」

「おほ」

「なぜだい？」

「おほほほほほ」

「気味の悪《わり》い笑い方をするじゃないか。なぜだい？」

「良人一人の留守が心配やさかい」

「馬鹿をいうぜ。お豊の前でそんな事いうやつがあるものか。お豊、母《おっか》さんの言ってる事《こた》ア皆嘘だぜ、真《ま》に受けるなよ」

「おほほほ。どないに口でいわはってもあかんさかいなア」

「馬鹿をいうな。それよりか——なお豊、気を広く持て、広く。待てば甘露《かんろ》じゃ。今に面白れエ事が出て来るぜ」

五の一

赤坂氷川《ひかわ》町なる片岡中将の邸内に栗《くり》の花咲く六月旬半《なかば》の或土曜の午後《ひるすぎ》、主人子爵片岡中将は小絨《ネル》の単衣《ひとえ》に鼠縮緬《ねずみちりめん》の兵児帯《へこおび》して、どっかりと書斎の椅子《いす》に倚《よ》りぬ。五十に間はなかるべし。額《ひたえ》のあたり少し禿《は》げ、両鬢《りょうびん》霜漸《ようや》く繁《しげ》からんとす。体量は二十二貫、亜剌比亜《アラビア》種《だね》の逸物《いちもつ》＊も将軍の座下に汗すという。両の肩怒りて頸《くび》を没し、二重《ふたえ》の頤《あぎと》直《ただ》ちに胸につづき、安禄山《あんろくざん》＊風の腹便々《べんべん》として、牛にも似たる太腿《ふともも》は行くに相擦《あいす》れつべし。

顔色《いろ》は思い切って赭黒《あかぐろ》く、鼻太く、唇《くちびる》厚く、鬚《ひげ》薄く、眉《まゆ》も薄し。ただこの体に似げなき両眼《りょうがん》細うして光り和《やわ》らかに、さながら象の眼に似たると、今にも笑《え》まんずる気《け》はいの断《た》えず口辺《くちもと》にさまよえるとは、いうべからざる愛嬌《あいきょう》と滑稽《こっけい》の嗜味《しみ》をば著しく描き出《いだ》しぬ。

或年の秋の事とか、中将微服《びふく》*して山里に猟《か》り暮らし、姥独《ばばひと》り住む山小屋に渋茶一碗《わん》所望しけるに、姥つくづくと中将の様子を見て、

「でけえ体格《からだ》だのう。兎《うさぎ》の一疋《ひとつ》も獲《と》れたんべいか?」

中将莞爾《かんじ》として「ちっとも獲れない」

「そねエな殺生《せっしょう》したあて、あにが商売になるもんかよ。その体格で日傭取《ひようとり》でもして見ろよ、五十両は大丈夫だあよ」

「月にかい?」

「あに! 年によ。悪《わり》いこたあいわねえだから、日傭取るだあよ。いつだあて此婆《おら》が世話あしてやる」

「おう、それはありがたい。また頼みに来るかも知れん」

「そうしろよ、そうしろよ。そのでけえ体格で殺生は惜いこんだ」

こは中将の知己《ちき》の間に一つ話《ばなし》として今も時々出《いず》る佳話なりとか。知らぬ眼よりはさこ

そ見ゆらめ。知れる眼よりは、この大山巌々《たいさんがんがん》として物に動ぜぬ大器量の将軍をば、まさかの時の鉄壁と恃《たの》みて、その二十二貫小山の如き体格と常に怡然《いぜん》たる神色とは洶々《きょうきょう》たる三軍の心をも安からしむべし。

肱近《ひじちか》の卓子《テーブル》には青地交趾《せいじこうち》の鉢《はち》に植えたる武者立《むしゃだち》の細竹《さいちく》を置けり。頭上には高く両陛下の御影《ぎょえい》を掲げつ。下《くだ》りてかなたの一面には「成仁《じんをなす》」の額あり。落款《らっかん》は南洲《なんしゅう》＊なり。架上に書あり。煖炉縁《マンテルピース》の上、隅なる三角棚の上には、内外人の写真七八枚、軍服あり、平装のもあり。

草色の帷《カーテン》を絞りて、東南二方の窓は六《む》つとも朗《ほが》らかに明け放ちたり。東の方《かた》は眼下に人蠢《うご》めき家累《かさ》なれる谷町《たにまち》を見越して、青々としたる霊南台《れいなんだい》の上より、愛宕塔《あたごとう》の尖《さき》、尺ばかり露《あら》われたるを望む。鳶《とび》ありてその上を盤《めぐ》りつ。南は栗の花咲きこぼれたる庭なり。その絶間《たえま》より氷川社《ひかわやしろ》の銀杏《いちょう》の梢青鉾《こずえあおほこ》を樹《た》てしように見ゆ。

窓より見晴らす初夏の空碧《あ》蒼《お》碧《あ》蒼《お》と浅黄繻子《あさぎじゅす》なんどのように光りつ。見る眼清々《すがすが》しき緑葉《あおば》のそこここに、卵《たまご》白色の栗の花総々《ふさふさ》と満樹《いっぱい》に咲きて、画《えが》ける如く空の碧《みどり》に映りたり。窓近くさし出でたる一枝《ひとえだ》は、枝の武骨なるに似ず、日《ひ》光の射すままに緑玉、碧玉《へきぎょく》、琥珀《こはく》さまざまの色に透《す》きつ幽《かす》めるその葉の間々《あいあい》に、肩総《エポレット》そのままの花揺々《ゆらゆら》と枝も撓《たわわ》に咲けるが、吹くとはなくて大気の顫《ふる》うごとに香《か》は忍びやかに書斎に音ずれ、薄紫の影は窓の閾《しきみ》より主人が左手《ゆんで》に持てる「西比利亜《サイベリア》鉄道の現況」の頁の上にちらちら躍《おど》りぬ。

主人はしばしその細き眼を閉じて、太息《といき》つきしが、またおもむろに開きたる眼を冊子の上に注ぎつ。

いずくにか、車井《くるまい》の響《おと》珂々《からから》と珠《たま》を転《まろ》ばすように聞えしが、またやみぬ。

午後の静寂《しずけさ》は一邸に満ちたり。

たちまち虚《すき》を覗《ねら》う二人の曲者《くせもの》あり。尺ばかり透きし扉よりそっと頭《かしら》をさし入れて、また引き込めつ。忍笑《しのびわらい》の声は戸の外に渦まきぬ。一人の曲者は八《やっ》ばかりの男児《おのこ》なり。膝《ひざ》ぎりの水兵の服を着て、編上げ靴をはきたり。一人の曲者は五《いつ》つか、六《むっ》なるべし、紫矢絣《やがすり》の単衣《ひとえ》に紅《くれない》の帯して、髪ははらりと眼の上まで散らせり。

二人の曲者は暫《しば》し戸外《とのそと》に躕躇《たゆた》いしが、今は堪《こら》え兼ねたるように四《よっ》の手斉《ひと》しく扉を排《おしひら》きて、一斉に突貫し、室の中ほどに横《よこた》わりし新聞綴込《とじこみ》の堡塁《ほうるい》を難なく乗り越え、真一文字に中将の椅子に攻め寄せて、水兵は右、振分髪《ふりわけがみ》は左、小山の如き中将の膝を生擒《いけど》り、

「おとうさま！」

五の二

「おう、帰ったか」

いかにも緩々《ゆったり》とその便々たる腹の底より押しあげたようなる乙音《ベース》を発しつつ、中将は莞爾《にっこり》と笑《え》みて、その重やかなる手して右に水兵の肩を拍《たた》き、左に振分髪のその前髪をかい撫《な》でつ。

「どうだ、小試験は？　出来《でけ》たか？」

「僕アね、僕アね、おとうさま、僕ア算術は甲」

「あたしね、おとうさま、今日は縫取《ぬいとり》がよく出来たッて先生お誉めなすッてよ」

と振分髪は懐《ふところ》より幼稚園の製作物《こしらえもの》を取出《とりいだ》して中将の膝の上に置く。

「おう、こら立派に出来たぞ」

「それからね、習字に読書が乙で、あとは皆丙《へい》なの、とうと水上《みなかみ》に負けちゃッた。僕ア口惜《くやし》くッて仕方がないの」

「勉強するさ――今日は修身の話は何じゃッたか？」

水兵は快然と笑みつつ、「今日はね、おとうさま、楠正行《くすのきまさつら》の話よ。僕正行ア大好き。正行とナポレオンはどっちがエライの？」

「どっちもエライさ」

「僕アね、おとうさま、正行ア大好きだけど、海軍がなお好きよ。おとうさまが陸軍だから、僕ア海軍になるンだ」

「ははははは。川島の兄君《にいさん》の弟子になるのか？」

「だッて、川島の兄君なんか少尉だもの。僕ア中将になるンだ」

「なぜ大将にゃならンか？」

「だッて、おとうさまも中将だからさ。中将は少尉よかエライんだね、おとうさま」

「少尉でも、中将でも、勉強する者がエライじゃ」

「あたしね、おとうさま、おとうさまてばヨウおとうさま」と振分髪はつかまりたる中将の膝を頡頏台《はねだい》にして体を上下《うえした》に揺《ゆす》りながら、「今日はね、面白いお話を聞いてよ、あの兎と亀のお話を聞いてよ、いって見ましょうか、――或所に一疋《ぴき》の兎と亀がおりました――あらおかあさまいらッしてよ」

柱時計の午後二点《にじ》をうつ拍子に、入り来りしは三十八九の丈《たけ》高き婦人なり。束髪の前髪をきりて、縮《ちぢ》らしたるを、隆《たか》き額《ひたえ》の上にて二つに分けたり。やや大きなる眼少しく釣りて、どこやらちと険なる所あり。地色の黒きに薄《うっ》すり刷《は》きて、唇を稀《まれ》に漏《も》るる歯は眩《まば》ゆきまで皓《しろ》く磨《みが》きぬ。パッとしたお召の単衣《ひとえ》に黒繻子《くろじゅす》の丸帯、左右の指に宝石《たま》入の金環《きんかん》価《あたえ》高かるべきをさしたり。

「またおとうさまに甘えているね」

「なにさ、今学校の成績を聞《きい》てた所じゃ。――さあ、これから乃父《おとっさん》のお稽古《けいこ》じゃ。皆《みんな》外で遊べ遊べ。後で運動に行くぞ」

「まあ、嬉しい」

「万歳！」

両児《ふたり》は嬉々《きき》として、互に縺《もつ》れつ、搦《から》みつ、前になり後になりて、室を出で去りしが、やがて「万歳！」「兄さまあたしもよ」と叫ぶ声遥《はるか》に聞えたり。

「どんなに申しても、良人《あなた》はやっぱり甘くなさいますよ」

中将は含笑《ほほえ》みつ。「何、そうでもないが、子供は可愛《かあい》がッた方がいいさ」

「でも良人、厳父慈母と俗にも申しますに、良人が可愛がッてばかりおやンなさいますから、本当《ほんと》に逆様《さかさま》になッてしまッて、わたくしは始終叱り通しで、悪《にく》まれ役はわたくし一人ですわ」

「まあそう短兵急《たんぺいきゅう》に攻めンでもええじゃないか。どうかお手柔らかに――先生は先《ま》ずそこにおかけ下さい。はははは」

打笑いつつ中将は立って卓子《テーブル》の上よりふるきローヤルの第三読本《リードル》*を取りて、片唾《かたず》を呑みつつ、薩音《さつおん》まじりの怪しき英語を読み始めぬ。静聴する婦人――夫人はしきりに発音の誤《あやまり》を正しおる。

これは中将の日課なり。維新の騒ぎに一介の武夫《ぶふ》として身を起したる子爵は、身生《しんせい》の匆忙《そうぼう》に逐《お》われて外国語を修むるの閑《ひま》もなかりしが、昨年来予備となりて少し閑暇《かんか》を得てければ、この機《おり》にと先ず英語に攻めかかれるなり。教師には手近の夫人繁子《しげこ》。長州の名ある士人《さむらい》の娘にて、久しく英国竜動《ロンドン》に留学しつれば、英語は大抵《たいてい》の男子も及ばぬまで達者なりとか。げにも竜動の煙《けむ》にまかれし夫人は、何事に寄らず洋風を重んじて、家政の整理、子供の教育、皆わが洋の外《ほか》にて見もし聞きもせし通りに行わんとあせれど、事大方《おおかた》は志と違《たが》いて、僕婢《おとこおんな》は蔭にわが世馴れぬを嘲《あざけ》り、子供はおのずから寛大なる父にのみ懐《なず》き、かつ良人《おっと》の何事も鷹揚《おうよう》に東洋風なるが、先ず夫人不平の種子《たね》なりけるなり。

中将が千辛万苦して一頁を読み終り、まさに訳読にかからんとする所に、扉《と》翻《ひるがえ》りて紅《くれない》のリボンかけたる垂髪《さげがみ》の——十五ばかりの少女《おとめ》入り来り、中将が大の手《ち》に小さき読本を捧げ読めるさまの可笑《おか》しきを、ほほと笑いつ。

「おかあさま、飯田町《いいだまち》の伯母様がいらッしゃいましてよ」

「そう」と見るべく見るべからざるほどの皺を眉の間に寄せながら、ちょっと中将の顔を覗《うかが》う。

中将はおもむろに起《た》ち上りて、椅子を片寄せ「こちへご案内申しな」

五の三

「ご免下さい」

と入って来しは四十五六とも見ゆる品好《よ》き婦人、眼病《や》ましきにや、水色の眼鏡《めがね》をかけたり。顔のどことなく伊香保の三階に見し人に似たりと思うもそのはずなるべし。こは片岡中将の先妻の姉清子《せいこ》とて、貴族院議員子爵加藤俊明《としあき》氏の夫人、媒妁《なかだち》として浪子を川島家に嫁《とつ》がしつるもこの夫婦なりけるなり。

中将は莞爾《にこやか》に起ちて椅子を薦《すす》め、椅子に向える窓の帷《とばり》を少し引き立てながら、

「さあ、どうか。非常にご無沙汰《ぶさた》をしました。御主人《おうち》じゃ相変らずお忙《せわ》しいでしょうな。はははは」

「まるで槖駝師《うえきや》でね、木鋏《はさみ》は放しませんよ。ほほほほ。まだ菖蒲《しょうぶ》には早いのですが、自慢の朝鮮柘榴《ざくろ》が花盛りで、薔薇《ばら》もまだ残ってますからどうかお誉《ほ》めに来て下さいまして、ね、くれぐれ申しましたよ。ほほほほ。——どうか、毅一《きい》さんや道《みい》ちゃんをお連れなすッて」と水色の眼鏡は片岡夫人の方《かた》に向いぬ。

打明けていえば、子爵夫人はあまり水色の眼鏡をば好まぬなり。教育の差《ちがい》、気質の異《ことなり》、そは勿論《もちろん》の事として、先妻の姉——これが始終心に蟠《わだかま》りて、不快の種子《たね》となれるなり。われ独《ひとり》主人中将の心を占領して、われ独り家に女主人《あるじ》の威光を振わんずる鼻先きへ、先妻の姉なる人のしばしば出入して、亡き妻の面影を主人の眼前《めさき》に浮ぶるのみか、口にこそ出《いだ》さね、わがこれをも昔の名残《なごり》とし疎《うと》める浪子、姥《うば》の幾らに同情を寄せ、死せる孔明《こうめい》のそれならねども、*何かにつけて物故《みまか》りし人の影を喚起《よびおこ》してわれと争わすが、甚《はなは》だ快よからざりしなり。今やその浪子と姥の幾は漸《ようや》くに去りて、治外の法権撤《と》れしはやや心安きに似たれど、今もかの水色眼鏡の顔見るごとに、髣髴《ほうふつ》墓中の人の出で来《い》りてわれと良人《おっと》を争い、主婦の権力を争い、折角《せっかく》立てし教育の方法家政の経綸《けいりん》をも争わんずる心地《ここち》して、おのずから安からず覚ゆるなりけり。

水色の眼鏡は蝦夷錦《えぞにしき》の信玄袋《しんげんぶくろ》より瓶詰《びんづめ》の菓子を取り出《いだ》し

「貰い物ですが、毅一さんと道ちゃんに。まだ学校ですか、見えませんねエ。ああ、そうですか。――それからこれは駒《こま》さんに」

と紅茶を持て来し紅《くれない》のリボンの少女に紫陽花《あじさい》の花簪《はなかんざし》を与えつ。

「いつもいつもお気の毒さまですねエ、どんなに喜びましょう」と言いつつ子爵夫人は件《くだん》の瓶を卓子《テーブル》の上に置きぬ。

折から婢《おんな》の来りて、赤十字社のお方の奥様にご面会なされたしというに、子爵夫人は会釈して場をはずしぬ。室を出でける時、後より跟《つ》きて出でし少女を小手招きして、何事をか囁《ささ》やきつ。小戻りして、窓の帷《カーテン》の蔭に内《うち》の話を立聞く少女を跡に残して、夫人は廊下伝いに応接間の方《かた》へ行きたり。紅のリボンのお駒というは、今年十五にて、これも先妻の腹なりしが、夫人は姉の浪子を疎めるに引易《ひきか》えてお駒を愛しぬ。寡言《ことばすくな》にして何事も内気なる浪子を、意地悪き拗《す》ね者とのみ思い誤まりし夫人は、姉に比してやや俠《きゃん》なる妹《いもと》の己が気質に似たるを喜び、一は姉へのあてつけに、一はまた継子《ままこ》とて愛せぬものかと世間に見せたき心も――ありて、父の愛の姉に注げるに対しておのずから味方を妹に求めぬ。

私強《わたくしつよ》き人の性質《たち》として、ある方《かた》には人の思わくも思わずわが思うままにやり通すこともあれど、また思いの外《ほか》に脆《もろ》くて人の評判に気をかねるものなり。畢竟《ひっきょう》名と利と併《あわ》せ収めて、好きな事する上に人によく思われんとするは、わがまま者の常なり。かかる人に限りて、おのずから諂諛《へつらい》を喜ぶ。子爵夫人は男まさりの、しかも西洋仕込の、議論にかけては威名天下に響ける夫中将にすら負《ひけ》を取らねど、中将の到る処《ところ》友を作り逢《あ》う人ごとに慕わるるに引易えて、愛なき身には味方なく、心淋しきままにおのずから諛《へつら》い寄る人をば喜びつ。召使の僕婢《おとこおんな》も言《こと》に訥《おそ》きはいつか退けられて、世辞よきが用いられるようになれば、幼き駒子も必ずしも姉を忌むにはあらざれど、姉を譏《そし》るが継母の気に入るを覚えてより、終《つい》には告口《つげぐち》の癖をなして、姥の幾に顰《しか》めさせしも一度二度にはあらず。されば姉は嫁ぎての今までも、継母のためには細作《さいさく》をも務むるなりけり。

東側の縁《えん》の、二つ目の窓の蔭に身を側《そば》めて、聞きおれば、時々腹より押出したような父の笑声、凜《りん》とした伯母の笑い声、かわるがわる聞えしが、後には話声の漸く低音《こえひく》になりて、「姑《しゅうとめ》」「浪さん」などの途絶《とぎ》れ途絶れに聞ゆるに、紅《あか》リボンの少女はいよよ耳傾けて聞きいたり。

五の四

「四《し》イ百《しゃア》く余州を挙《こ》うぞる、十う万ン余騎の敵イ、何《な》んぞ恐れンわアれに、鎌倉《かまくーら》ア男児ありイ」

と足拍子踏みながらやって来し先刻《さっき》の水兵、眼早く縁側に彳《たたず》める紅リボンを見つけて、紅リボンがしきりに手もて口を掩《おお》いて見せ、頭《かしら》を掉《ふ》り手を振りて見せるも委細関《かま》わず

「姉《ねえ》さま姉さま」と走り寄り「何してるの？」と問いすがり、姉がしきりに頭を掉るを

「何？　何？」と問うに、紅リボンは顔を顰めて「嫌な人だよ」と思わず声高《こえだか》にいって、しまったりといい顔に肩を聳《そび》やかし、匆々《そうそう》に去り行きたり。

「ヤアイ、逃げた、ヤアイ」

と叫びながら、水兵は父の書斎に入りつ。来客の顔を見るより莞爾《にっこ》と笑いて、ちょっと頭を下げながら突《つ》と父の膝《ひざ》に縋《すが》りぬ。

「おや毅一《きい》さん、暫時《すこし》見ない中《うち》に、また大きくなったようですね。毎日学校ですか。そう、算術が甲？　よく勉強しましたねエ。近い内におとうさまやおかあさまと伯母さ

ン処《とこ》においでなさいな」

「道《みい》はどうした？　おう、そうか。そうら、伯母様がこんなものを下さッたぞ。嬉しいか、あはははは」と菓子の瓶を見せながら「かあさんはどうした？　まだ客か？　伯母様がもうお帰りなさる、とそういって来い」

出《い》で行く子供の後《あと》見送りながら、主人中将は熟《じつ》と水色眼鏡の顔を見つめて、

「じゃ幾の事はそうきめてどうか角立《かどだ》たぬように——はあそう願いましょう。いや実は私もそんな事がなけりゃ好《い》いがと思った位で、まあやらない方じゃったが、浪がしきりに言うし、自身も懇望《こんもう》しちょったものじゃから——はあ、そう、はあ、はあ、何分願います」

語半《ごなか》ばに入り来し子爵夫人繁子、水色眼鏡の方《かた》をちらと見て「もうお帰りでございますの？　生憎《あいにく》の来客《きゃく》で——いえ、今帰えりました。なに、また慈善会の相談ですよ。どうせ物にもなりますまいが。本当に今日はお愛想もございませんで、どうか千鶴子《ちずこ》さんによろしく——浪さんがいなくなりましたらちょっとも遊びにいらッしゃいませんねエ」

「こないだから少し加減が悪かッたものですから、どこにもご無沙汰ばかり致します

――では」と信玄袋をとりておもむろに立てば、中将もやおら体《たい》を起して「どれそこまで運動かたがた、なにそこまでじゃ、そら毅一も道も運動に行くぞ」

出づるを送りし夫人繁子はやがて居間の安楽椅子に腰かけて、慈善会の趣意書《しゅいがき》を見ながら、駒子を手招きて、

「駒さん、何の話だったかい？」

「あのね、おかあさま、よくは分からなかッたけども、何だか幾の事ですわ」

「そう？　幾」

「あのね、川島の老母《おばあさん》がね、僂麻質斯《リュウマチ》で肩が痛んでね、それで近頃《このごろ》は大層気むずかしいのですと。それにね、幾が姉さんにね、姉さんのお部屋でね、あの、奥様、こちらのご隠居様はどうしてあんなにご癇癪《かんしゃく》が出《でる》のでございましょう、本当に奥様お辛《つろ》うございますねエ、でもお年寄の事ですから、どうせ永《なが》い事じゃございません、てね、そんなにいいましたとさ。本当に馬鹿ですよ、幾はねエ、おかあさま」

「どこに行っても好事《いい》はしないよ。困った姥《ばあ》じゃないかねエ」

「それからねエ、おかあさま、ちょうどその時縁側を老母が通ってね、すっかり聞い

てしまッて、それはそれはひどく怒ってね」

「罰《ばち》だよ！」

「怒《おこっ》てね、それで姉さんが心配して、飯田町の伯母様に相談してね」

「伯母様に！？」

「だッて姉さんは、いつでも伯母様にばかり何でも相談するのですもの」

夫人は苦笑《にがわらい》しつ。

「それから？」

「それからね、おとうさまが幾は別荘番にやるからッてね」

「そう」と額をいとど曇らしながら「それッ切りかい？」

「それから、まだ聞くのでしたけども、ちょうど毅一さんが来て――」

六の一

武男が母は、名をお慶《けい》といいて今年五十三、時々僂麻質斯《リュウマチス》の起《おこ》れど、その外《ほか》は無病息災、麴町上二番町《こうじまちかみ》の邸より亡夫《ぼうふ》の眠る品川東海寺まで徒歩《かち》の往来容易なりという。体量は十九貫、公侯伯子男爵の女性《にょしょう》を通じて、体格《がら》にかけては関脇《せきわき》は確《たしか》との評あり。しかしその肥大も実は五六年前《ぜん》夫通武《みちたけ》の病歿したる後の事にて、その以前は瘠《やせ》ぎすの色蒼《あお》ざめて、病人のようなりしという。されば圧搾《おしつけ》られし護謨球《ゴムまり》の手を離されてぶくぶくと膨《ふく》れ上る類《たぐい》にやという者もありき。

亡夫は麑藩《げいはん》*の軽き城下士《さむらい》にて、お慶の縁づきて来し時は、太閤《たいこう》様に少しましなる婚礼をなしたりしが、維新の風雲に際会して身を起し、大久保甲東《こうとう》*に見込まれて久しく各地に令尹《れいいん》*を務め、一時探題《たんだい》*の名は世に聞えぬ。しかも特質《もちまえ》のわがまま剛情が累をなして、明治政府に友少く、浪子を媒《なかだち》せる加藤子爵などはその少き友の一人《いちにん》なりき。甲東歿後はとかく志を得ずして世を歿《お》えつ。男爵を得しも、実は生れ所のよかりし蔭《おかげ》、という者もありし。されば剛情者、わがまま者、癇癪《かんしゃく》持の通武は居常《いつも》怏々《おうおう》として不平を酒盃《さけ》に漏《も》らしつ。三合入りの大盃《たいはい》たてつけに五《いつつ》も重ねて、赤鬼の如くなりつつ、肩を掉《ふ》って県会に臨めば、議員に顔色ある者少なかりしとか。さもありつらん。

されば川島家はつねに戒厳令《かいげんれい》の下《もと》にありて、家族は避雷針《ひらいしん》なき大木の下に夏住む如く、戦々兢々《せんせんきょうきょう》として明かし暮らしぬ。父の膝《ひざ》をばわが舞踏場《ぶとうば》として、父にまさる遊《あそび》相手は世になきように幼き時より思い込みし武男の外は、夫人の慶子は固《もと》より奴婢《ぬひ》出入《でいり》の者果ては居間の柱まで主人が鉄拳《てっけん》の味を知らぬ者なく、今は紳商とて世に知られたるかの山木如きもこの賜物《たまもの》を頂戴《ちょうだい》して痛み入りしこともたびたびなりけるが、何これしきの下され物、儲《もう》けさして賜わると思えば、なあに廉《やす》い所得税だ、としばしば伺候《しこう》しては戴《いただ》きける。右の通りの次第なれば、それ御前《ごぜん》のご機嫌《きげん》が悪いといえば、台所の鼠《ねずみ》まで寂然《ひっそり》として、迅雷《じんらい》一声奥より響いて耳の太き下女手に持つ庖刀《ほうちょう》取り落し、用ありて私宅へ来る属官などは先《ま》ず裏口に廻って今日の天気予報を聞く位なりし。

三十年から連れ添う夫人お慶の身になっては、なかなか一ト《ひ》通りの辛《つ》らさにあらず。嫁に来ての当座はさすがに舅《しゅうと》や姑《しゅうとめ》もありて夫の気質そうも覚えず過《すご》せしが、ほどなく姑舅と相ついで果てられし後は、夫の本性ありありと拝まれて、夫人も胸をつきぬ。初め五六たびは夫人もちょいと盾《たて》ついて見しが、とても無駄と悟《さとっ》ては、もはや争わず、韓《かん》信《しん》流*に負けて匍伏《ほふく》し、さもなければ三十六計のその随一をとりて逃げつ。そうする内にはちっとは呼吸も呑み込みて三度の事は二度で済むようになりしが、さりとて夫の気質は年と共に改まらず。末の三四年は別して烈《はげ》しくなりて、不平が煽《あお》る無理酒の焔《ほのお》に、燃ゆるが如き癇癪を、二十年の上もそれで鍛《きた》われし夫人もさすがにあしらい兼ねて、武男という子もあり、鬢《びん》に白髪《しらが》も雑《まじ》れるさえ打忘《うちわす》れて、知事様の奥方男爵夫人と人にいわるる栄耀《えいよう》も物かは、いっそこのつらさにかえて墓守爺《はかもり》の嬶《かか》ともなりて世を楽に過して見たしという考《かんがえ》のむらむらと湧《わ》きたることもありしが、そうこうする間《ま》につい三十年うっかりと過して、そのつれなき夫通武が眼を瞑《ねぶ》って棺《かん》の中に仰向《あおむけ》に臥《ね》し姿を見し時は、ほっと息はつきながら、さて偽《いつわり》ならぬ涙もほろほろと滾《こぼ》れぬ。

涙はこぼれしが、息をつきぬ。息と共に勢《いきおい》もつきぬ。夫通武存命の間は、その大きなる体と大きなる声にかき消されてどこにいるとも知れざりし夫人、奥の間《ま》よりのこのこ出《い》で来り、見る見る家一ぱいに膨れ出しぬ。いつも主人の側《そば》に肩をすぼめて細くなりていし夫人を見し輩《もの》は、いずれも呆《あき》れ果てつ。もっとも西洋の学者の説にては、夫婦は永くなるほど容貌《かおかたち》気質まで似て来るものといえるが、なるほど近頃の夫人が物ごし格好、その濃き眉毛をひくひく動かして、煙管《きせる》片手に相手の顔を熟《じっ》と見る様子より、起居《たちい》の荒さ、それよりも第一癇癪が似たとは愚か亡《なく》なられし男爵そのままという者もありき。

江戸の敵《かたき》を長崎で討つということあり。「世の中の事は概して江戸の敵を長崎で討つものなり。在野党の代議士今日議院に慷慨《こうがい》激烈の演説をなして、盛《さかん》に政府を攻撃したもう。至極《しごく》結構なれども、実はその気焔《きえん》の一半《いっぱん》は、昨夜宅《うち》にて散々に高利貸《アイスクリーム》*を喫《くい》たまいし鬱憤《うっぷん》と聞いて知れば、ありがた味《み》も半ば減ずる訳《わけ》なり。されば南支那《シナ》海の低気圧は岐皐愛知に洪水を起し、タスカローラ*の陥落は三陸に海嘯《かいしょう》を見舞い、師直《もろなお》*はかなわぬ恋のやけ腹を「物の用にたたぬ能書《てかき》」に立つるなり。宇宙はただ平均、物は皆《みな》その平《へい》を求むるなり。しこうしてその平均を求むるに、吝嗇者《りんしょくもの》の日済《ひなし》を督促《はた》るように、われよりあせりて今戻せ明日返せとせがむが小人《しょうじん》にて、いわゆる大人《たいじん》とは一切の勘定を天道《てんとう》様の銀行に任して、われは真一文字にわが分を稼ぐ者ぞ」とある人情博士は宣《のたま》いける。

しかし凡夫《ぼんぷ》は平均を目の前に求め、その求むるや物体運動の法則に従いて、水の低きにつくが如く、障礙《しょうがい》の少なき方に向う。されば川島未亡人も三十年の辛抱、怺《こら》え怺えし堪忍《かんにん》の水門、夫の棺の蓋《ふた》閉ずるより早く、さっと押開《おしひら》いて一度に切って流しぬ。世に恐ろしと思う一人は、もはやいかに拳《こぶし》を伸すもわが頭《こうべ》には届かぬ遠方へ逝《ゆ》きぬ。今まで黙りていしは意気地《いくじ》なきのにはあらず、夫死してもわれは生きたりといい顔に、知らず知らず積みし貸金、利に利をつけてむやみに手近の者に督促り始めぬ。その癇癪も、亡なられし男爵は英雄肌の人物だけ、迷惑にもまたどこやらに小気味よき処もありたるが、それほどの力量《ちから》はなしに訳《わけ》分らず、狭く僻《ひが》みてわがまま強き奥様より出《いで》ては、ただただむやみに辛くて、奉公人は故男爵の時よりも泣きける。

浪子の姑はこの通りの人なりき。

六の二

丸髷《まるまげ》を揚巻《あげまき》にかえし*その折などは、まだ「お嬢様、おやすくお伴《とも》致しましょう」と見当違いの車夫《くるまや》に言われても、召使の者に奥様と呼びかけられて返事に踟躕《たゆた》う事はなきようになれば、花嫁の心も先《ま》ず少しは落《おち》つきて、初々《ういうい》しさ恥《はずか》しさの狭霧《さぎり》に朦朧《ぼいやり》とせし四辺《あたり》の容子《ようす》もようよう眼に分《わか》たるるようになりぬ。

家ごとに変るは家風、御身《おんみ》には言って聞かすまでもなけれど、構えて実家《さと》を背負うて先方《さき》へ行きたもうな、片岡浪は今日限り亡くなって今よりは川島浪より外《ほか》になきを忘るるな。とはや晴れの衣装着て馬車に乗らんとする前に父の書斎に呼ばれて懇《ねんご》ろに言い聞かされしを忘れしにはあらねど、さて来て見れば、家風の相違も大抵《たいてい》の事にはあらざりけり。

資産《しんだい》はむしろ実家にも優《まさ》りたらんか。新華族の中には先ず屈指《ゆびおり》といわるるだけ、武男の父が久しく県令知事務めたる間《ま》に積みし財《たから》は鉅万《きょまん》に上りぬ。さりながら実家にては、父中将の名声海内《かいだい》に噪《さわ》ぎ、今は予備にはおれど交際広く、昇日《のぼるひ》の勢熾《いきおいさかん》なるに引易《ひきか》えて、こなたは武男の父通武が歿後《ぼつご》は、存生《ぞんじょう》のみぎり何かと便《たより》て来し大抵の輩《やから》は自《おのず》から足を遠くし、その上親戚《しんせき》も少なく、知己《ちき》とても多からず、未亡人《おふくろ》は人好《ひとずき》のせぬ方なる上に、これより家声を興すべき当主はまだ年若にて官等も卑《ひく》く家にあることも稀《まれ》なれば、家運はおのずから止《よど》める水の如き模様あり。実家にては、継母が派手な西洋好み、勿論《もちろん》経済の講義は得意にて妙な所に節倹を行い「奥様は土産《みやげ》のやり様もご存じない」と婢《おんな》どもの蔭口にかかることはあれど、そこは軍人交際《づきあい》の概して何事も派手に押出してする方なるが、こなたはどこまでも昔風むしろ田舎《いなか》風の、よくいえば昔忘れぬ嗜《たしな》みなれど、実は趣味も理屈もやはり米から自分に舂《つ》いたる時にかわらぬ未亡人《みぼうじん》、何でもかでも自分でせねば頭が痛く、亡夫《ぼうふ》の時僕《ぼく》かなんぞのように使われし田崎某《たざきなにがし》といえる正直一図《いちず》の男を執事として、これを相手に月に薪《まき》が何把《ば》炭が何俵の勘定までせられ、「おっかさん、そんな事しなくたって、菓子なら風月《ふうげつ》からでもお取ンなさい」と時たま帰って来て武男が言えど、やはり手製の田舎羊羹《ようかん》むしゃりむしゃりと頬張《ほおば》らるるという風なれば、姥《うば》の幾が浪子についで来しすら「大家《たいけ》はどうしても違うもんじゃ、武男が五器椀《ごきわん》下げるようにならにゃ好《よ》いが」など常に当てこすりていられたれば、幾の排斥もあながち障子の外の立聞き故《ゆえ》ばかりではあらざりしなるべし。

悧巧《りこう》なようでも十八の花嫁、全然《まるきり》違いし家風の中に突然入《い》り込みては、さすが事ごとに惑えるも無理にはあらじ。されども浪子は父の訓戒《いましめ》ここぞと、己《われ》を抑えて何も家風に従わんと決心の臍《ほぞ》を固めつ。その決心を試むる機会は須臾《しゅゆ》に来《きた》りぬ。

伊香保より帰りてほどなく、武男は遠洋航海に赴きつ。軍人の妻となる身は、留守がちは覚悟の上なれど、新婚間もなき別離はいとど腸《はらわた》を断ちて、その当座は手中《てのうち》の玉をとられしようにほとほと何も手につかざりし。

おとうさまが縁談の初《はじめ》に逢《あ》いたもうて至極気に入ったと宣《のたま》いしも、添って見て実《げ》にと思い当りぬ。鷹揚《おうよう》にして男らしく、さっぱりとして情深《なさけぶか》く寸分鄙吝《いや》しい所なき、本当に若いおとうさまの側《そば》にいるような、そういえば肩を揺《ゆす》ってドシドシお歩きなさる様子、子供のような笑声までおとうさまにそっくり、ああ嬉しいと浪子は一心にかしずけば、武男も初めて持ちし妻というものの限りなく可愛《かわ》ゆく、独子《ひとりご》の身は妹まで添えて得たらん心地《ここち》して「浪さん、浪さん」といたわりつ。まだ三月に足らぬ契《ちぎり》も、過ぐる世より相《あい》識《し》れるように親《したし》めば、暫時《しばし》の別離《わかれ》もかれこれ共に限りなき傷心の種子《たね》とはなりけるなり。

さりながら浪子は永く別離を傷《いた》む暇なかりき。武男が出発せし後ほどもなく姑《しゅうとめ》が持病の僂麻質斯《リュウマチス》劇《はげ》しく起りて例の癇癪の甚《はなは》だしく、幾を実家《さと》へ戻せし後は、別して辛抱の力を試す機会も多かりし。

新入《しんにゅう》の学生、その当座は故参《こさん》のために散々に窘められるれど、後には己《おの》れ故参になりて、後の新入生を窘めるが、何よりの楽《たのしみ》なりと書きし人もありき。綿帽子脱《と》っての心細さ、便りなさを覚えているほどの姑、義理にも嫁を窘められるものでなけれど、そこは凡夫の浅猿《あさま》しく、花嫁の花落ちて、姑と名がつけば、さて手頃の嫁は来《くる》なり、わがままも出て、いつの間にかわがつい先年まで大の大の大嫌いなりし姑そのままとなるものなり。「それそれその衽《おくみ》*は四寸にしてこう返えして、イイエそうじゃありません、こっち寄《よこ》しなさい、二十歳《はたち》にもなッて、お嫁さまもよく出来た、へへへへ」と冷笑《あざわら》う声から眼つき、われも二十《はたち》の花嫁の時ちょうどそうして叱られしが、ああわれながら恐ろしいとはッと思って改むるほどの姑はまだ上の上《じょう》、眼にて眼を償《つぐな》い、歯にて歯を償い、いわゆる江戸の姑のその敵《かたき》を長崎の嫁で討って、識《し》らず知らず平均をわが一代の中《うち》に求むるもの少《すく》なからぬが世の中。浪子の姑もまたその一人なりき。

西洋流の継母に鍛《きた》われて、今また昔風の姑に錬《ね》らるる浪子。病める老人《としより》の用繁《しげ》く婢《おんな》を呼ばるる故、強《しい》て「わたくしが致しましょう」と引取って馴《な》れぬこととて意に満たぬことあれば、こなたには礼を言いてわざと召使の者を例の大音声《だいおんじょう》に叱り飛《とば》さるるその声は、十年がほども継母の雄弁冷語を聞き尽したる耳にも今さらのように聞えぬ。それも初め暫《しば》しがほどにて、後には癇癪の鋒《ほこさき》直接に吾身《われ》に向うようになりつ。幾が去りし後は、誰《た》れ慰むる者もなく、時々はどうやらまた昔の日蔭に立ち戻りし心地もせしが、部屋に帰って机の上の銀の写真掛にかかった逞《たくま》しき海軍士官の面影《おもかげ》を見ては、嬉しさ恋しさなつかしさのむらむらと込み上げて、そっと手にとり、喰い入るように眺めつめ、接吻《キッス》し、頬ずりして、今そこにその人のいるように「早く帰ッて頂戴《ちょうだい》」と囁《ささや》きつ。良人《おっと》のためにはいかなる辛抱も楽しと思いて、われを捨てて姑に事《つか》えぬ。

七の一

流汗《りゅうかん》を揮《ふる》いつつ華氏九十九度の香港《ホンコン》より申上候《もうしあげそろ》。佐世保《させほ》抜錨《ばつびょう》までは先便すでに申上置きたる通りにこれあり候。さて佐世保出帆後は連日の快晴にて暑気燬《や》くが如く、さすが神州海国男子も少々辟易《へきえき》、もっとも同僚士官及《および》兵の中《うち》八九名日射病に襲われたる者これあり候えども、小生は至極健全、毫《ごう》も病室の厄介《やっかい》に相成《あいなり》申さず。ただしご存《ぞんじ》通りの黒人《くろんぼう》が赤道近き烈日に焦《こが》されたるため、いよいよもって大々的黒面漢と相成り、今日《こんにち》ちょっと同僚と上陸し、市中の理髪店に到り候処《ところ》、ふと鏡を見てわれながら喫驚《びっくり》致し候。意地悪き同僚が、君、どうだ着色写真でも撮って、君のブライドに送らんかと戯《たわむ》れ候も一興に候。途中は右の通り快晴(もっとも一回モンスーンの来襲ありたれども)一同万歳を唱えて昨早朝錨《いかり》を当湾内に投じ申し候。

先日のお手紙は佐世保にて落手、一読再読致し候。母上僂麻質斯《リョウマチス》、年来のご持病、誠に困りたる事に候。しかし今年は浪さんが控えられ候事故《ゆえ》、小生も大きに安心に候。なにとぞ小生に代りてよくよく心を御用《おんもち》い下さるべく候。ご病気の節は別してご気分よろしからざる方なれば、浪さんも定めて色々と骨折らるべく遥察《ようさつ》致候。赤坂の方も定めておかわりもなかるべくと存申《ぞんじもうし》候。加藤の伯父さんは相変らず木鋏《きばさみ》が手を放れ申《もう》すまじきか。

幾姥《いくばあ》は帰《かえり》候由《よし》。何故《なにゆえ》に候や存ぜず候えども、実に残念の事共に候。浪さんより便《たより》あらばよろしくよろしく伝えらるべく、帰りには姥へ沢山土産《たくさんみやげ》を持《もっ》て来ると御伝《おんつた》え下されたく候。実に愉快な女にて小生も大好きに候処、赤坂の方に帰りしは残念に候。浪さんも何かと不自由に淋《さび》しかるべくと存《ぞんじ》候。加藤の伯母様や千鶴子さんは時々参られ候や。

千々岩《ちぢわ》は折々参《まいり》候由。小生らは誠に親類少なく、千々岩はその少なき親類の一人《いちにん》なれば、母上も自然頼みに思《おぼ》す事に候。同人《どうにん》をよく待《たい》するも母上に孝行の一にこれあるべく候。同人も才気あり胆力ある男なれば、まさかの時の頼《たのみ》にも相成べく候。（下略）

香港にて

七月　日　　武男

お浪どの

母上に別紙（略之）読んでお聞かせ申上られたく候。

当地には四五日碇泊《ていはく》、食糧など買い入れ、それより馬尼剌《マニラ》を経て濠州シドニーへ、それよりニューカレドニア、フィジー諸島を経て、桑港《サンフランシスコ》へ、それより布哇《ハワイ》を経て帰国のはずに候。帰国は多分秋に相成申すべく候。

手紙は、桑港日本領事館留置《とめおき》にして出したまえ。

〰〰〰〰〰〰

（前文略）去る五月は浪さんと伊香保にあり、蕨《わらび》採りて慰みしに今は南《なん》半球なる濠州シドニーにあり、サウゾルンクロッスの星を仰いでその時を想う。奇妙なる世の中に候。先年練習艦にて遠洋航海の節は、どうしても時々船暈《ふなよい》を感ぜしが、今度は無病息災われながら達者なるに呆《あき》れ候。しかし今回は先年に覚えなき感情身につきまとい候。航海中当直の夜《よ》など、真黒き空に金剛石《こんごうせき》を撒《ま》き散らしたるような南天を仰ぎて、独《ひと》り艦橋の上に立つ時は、何ともいい難き感が起りて、浪さんの姿が眼さきに閃々《ちらちら》致し（女々しと笑いたもうな）候。同僚の前では遮莫家郷思遠征《さもあらばあれかきょうえんせいをおもう》*と吟じて平気に澄まして居《お》れど、（笑いたもうな）浪さんの写真は始終或《ある》人の内衣兜《ポケット》に潜み居り候。今この手紙を書く時も、宅《うち》のあの六畳の部屋の芭蕉《ばしょう》の蔭の机に頬杖《ほおづえ》つきてこの手紙を読む人の面影が直《す》ぐそこに見え候（中略）

シドニー港内には夫婦、家族、他人交えずヨットに乗りて遊ぶ者多し。他日功成り名遂《と》げて小生も浪さんも白髪《しらが》の爺姥《じじばば》になる時は、あにただヨットのみならんや、五千噸《トン》位の汽船を一艘《そう》拵《こしら》え、小生が船長となって、子供や孫を乗組員として世界週航を企て申すべく候。その節はこのシドニーにも来て、何十年前《ぜん》血気盛《さかり》の海軍少尉の夢を白髪の浪さんに話し申すべく候（下略）

シドニーにて

八月　日　　武男生

浪子さま

七の二

去る七月十五日香港よりお仕出《しだし》のおなつかしき玉章《たまずさ》とる手おそしとくりかえしくりかえしくりかえし拝し上《あげ》参らせ候　さ候えば烈《はげ》しき暑さの御《おん》さわりもあらせられず何より何より御嬉《おんうれ》しゅう存上《ぞんじあげ》参らせ候　この許御母上様《もとおんははうえ》ご病気もこの節は大きにお快よくなにとぞなにとぞご安心遊ばし候よう願上《ねがいあげ》参らせ候　わたくし事《こと》も毎日とやかくと淋しき日を送り居《おり》参らせ候　お留守の事にも候えばなにとぞ母上様のご機嫌《きげん》に入《いり》候ようにと心がけ居り参らせ候えども不束《ふつつか》の身は何も至り兼《かね》候事のみ馴《な》れぬこととてなにかと失策《しくじり》のみいたし誠に困入《こまりい》り参らせ候　ただただ一日も早く御帰《おんかえり》遊ばし健《すこ》やかなるお顔を拝し候時を楽《たのし》みに毎日暮らし居参らせ候

赤坂の方も何ぞかわり候事もこれなく先日より逗子《ずし》の別荘の方へ一同《みなみな》参り加藤家も皆々興津《おきつ》の方へ参り東京は淋しきことに相成《あいなり》参らせ候　幾も一緒に逗了に罷越《まかりこ》し無事

相つとめ居《おり》参らせ候 御伝言《おんことづけ》の趣《おもむき》申遣わし候処《ところ》当人も涙を流して喜び申し候由《よし》くれぐれもよろしく御礼《おんれい》申上候よう申越《もうしこし》参らせ候

わたくし事も今になりて色々勉強の足らざりしを憾《うら》み参らせ候　家政の事は女の本分なればよくよく心を用い候よう平生《かねがね》父より戒《いまし》められ候事とて宅に居候頃よりなるたけそのつもりにて居《い》参らせ候えども何を申しても女の浅墓《あさはか》にそのような事はいつでも出来るように思い徒《いたず》らに過し参らせ候より今となりてあの事も習って置けばよかりしこの事も忘れしと思い当る事のみ多く困り入り参らせ候　英語の勉強も御仰《おんおおせ》の言《こと》もこれあり候えば是非にと心がけ参らせ候えども机の前にばかり坐《すわり》候ては母上様の御思召《おぼしめし》もいかがと存ぜられ今当分《しばらく》は何よりも先《ま》ず家政の稽古《けいこ》に打《うち》かかり申したくなにとぞなにとぞ悪しからず思召《おぼしめし》のほど願上《ねがいあげ》参らせ候

誠におはずかしき事に候えどもどうやら致し候節は淋しさ悲しさの遣る瀬なく早く早く早く御眼《おんめ》にかかりたく翼あらばお側に飛んでも行きたく存じ参らせ候事もこれあり夜ごと日ごとにお写真とお艦《ふね》の写真を取り出《い》でては眺め入り参らせ候　万国地理など学校にては何気なく看過《みすご》しに致し候ものの近頃は忘れし地図など今さらにとりいでて今日はお艦の辺《あたり》をや過ぎさせたまわん明日は明後日《あさって》はと鉛筆にて地図の上を辿《たど》

り居参らせ候　ああ男に生れしならば水兵ともなりて始終お側離れずおつき申さんをなどあらぬ事まで心に浮びわれとわが身を叱り候ても日々物思いに沈み参らせ候　これまで何心なく眼もとめ申さざりし新聞の天気予報など今在《いま》すあたりはこの外《ほか》と知りながら風など警戒の出《い》で候節は実に実に気にかかり参らせ候　なにとぞなにとぞお尊体《からだ》を御大切《おんたいせつ》に……（下文略）

浪より

恋しき

武男様

〰〰〰〰〰〰〰〰

（上略）近頃は夜々御姿《よるよるおんすがた》の夢に入り実に実に一日千秋の思《おもい》をなし居《おり》参らせ候　昨夜もご一処《いっしょ》に艦《ふね》にて伊香保に蕨とりに参《まいり》候処《ところ》ふと誰《たれ》かが私どもの間に立入りてお姿は遠くなりわたくしは艦より落ちると見て魘《おそ》われ候ところを母上様に起されようよう胸撫《な》でおろし参らせ候　愚痴《ぐち》と存じながらも何とやら気に相成《あいなり》それにつけても御帰《おんかえ》りが待遠く存上《ぞんじあげ》参らせ候　何も何もお帰《かえり》の上にと日々《にちにち》東の空を眺め参らせ候　或《あるい》は行違《ゆきちがい》にな

るや存ぜず候えどもこの状は布哇《ハワイ》ホノルル留置にて差上参らせ候（下略）

十月　日　　　　　　　　　　　　　浪より

恋しき恋しき恋しき

武男様

御もとへ

中篇

一の一

今しも午後八時を拍《う》ちたる床《とこ》の間《ま》の置時計を炬燵《こたつ》の中より顧みて、川島未亡人は
「八時――もう帰りそうなもんじゃが」
と呟《つぶや》きながら、やおらその肥《こえ》太りたる手をさしのべて煙草盆《たばこぼん》を引寄せ、つづけざまに二三服吸いて、耳傾《かたぶ》けつ。山の手ながら松《まつ》の内《うち》の夜《よ》は車東西に行違いて、隣家《となり》には福引の興やあるらん、若き男女《なんにょ》の声しきりにささめきて、おりおりどっと笑う声も手にとるように聞えぬ。未亡人は舌打鳴らしつ。
「何をしとっか。つッ。赤坂へ行くといつもああじゃっで……武《たけ》も武、浪《なみ》も浪、実家《さと》も実家じゃ。今時の者はこれじゃっでならん」

膝《ひざ》立て直さんとして、持病の僂麻質斯《リュウマチス》の痛所《いたみ》に触れけん、「あいたたたた」顔を顰《しか》めて癇癪《かんしゃく》まぎれに煙草盆の縁《ふち》手荒に打たたき「松、松松」と消魂《けたたま》しく小間使を呼び立つる。

その時遅く「お帰りい」の呼声勇ましく二挺《ちょう》の車ががらがらと門に入りぬ。三が日の晴衣《はれぎ》の裾《すそ》踏み開きて走《は》せ来《きた》りし小間使が、「ご用?」と手をつかえて、「何《なん》をうろうろしとっか、早《はよ》玄関に行きなさい」と叱られて周章狼狽《あわてて》引下ると、引ちがえに

「おっかさん、ただ今帰りました」

と凜々《りり》しき声に前《さき》を払わして手套《てぶくろ》を脱ぎつつ入り来る武男のあとより、外套《がいとう》と吾妻《あずま》コートを婢《おんな》に渡しつつ、浪子は夫に引沿うて静淑《しとやか》に座につき、手をつかえつ。

「おかあさま、大層晩《おそ》なわりました」

「おおお帰りかい。大分《だいぶ》緩々《ゆっくり》じゃったのう」

「はあ、今日は、なんです、加藤へ寄りますとね、赤坂へ行くならちょうど好《い》いから一処《いっしょ》に行こうッていいましてな、加藤さんも伯母さんもそれから千鶴子さんも、総勢五人で出かけたのです。赤坂でも非常の喜《よろこび》で、幸い客はなし、話がはずんで、つい遅くなってしまったのです——ああ酔った」と熟せる桃の如くなれる頰《ほお》を抑えつ、小間使が持て来し茶をただ一息に飲乾《のみほ》す。

「そうかな。そいは賑《にぎ》やかでよかったの。赤坂でもお変りもないじゃろの、浪どん?」

「はい、よろしく申上げます、まだ伺いも致しませんで、……色々お土産《みや》を戴《いただ》きまして、くれぐれお礼申上ましてございます」

「土産《みやげ》といえば、浪さん、あれは……うんこれだ、これだ」と浪子がさし出す盆を取り次ぎて、母の前に差置く。盆には雉子《きじ》一番《ひとつがい》、鴫鶉《しぎうずら》など堆《うずたか》く積み上げたり。

「ご猟の品かい、これは沢山に――ご馳走《ちそう》が出来《でく》るの」

「なんですよ、おっかさん、今度は非常の大猟だったそうで、つい大晦日《おおみそか》の晩に帰りなすったそうです。ちょうど今日は持たしてやろうとしておいでの所《とこ》でした。まだ明日は猪《しし》が来るそうで――」

「猪？――猪が捕《と》れ申したか。たしかわたしの方が三歳《みッつ》上じゃったの、浪どん。昔から元気の好《よ》か方じゃったがの」

「それは何ですよ、おっかさん、非常の元気で、今度も二日も三日も山に焚火《たきび》をして露宿《のじゅく》しなすったそうですがね。まだなかなか若い者に負けんつもりじゃて、そう威張《いば》っていなさいます」

「そうじゃろの、おっかさんのごと僂麻質斯《リュウマチス》が起っちゃもう仕方があいません。人間は病気が一番不好《いけん》もんじゃ。――おおもうやがて九時じゃ。着物どん更《か》えて、やすみなさい。――おお、そいから今日はの、武どん。安彦が来て――」

立ちかかりたる武男はいささか安からぬ色を動かし、浪子もふと耳を傾けつ。

「千々岩《ちぢわ》が？」

「何かおまえに要《よう》がありそうじゃったが――」

武男は少し考え、「そうですか、私《わたくし》も是非《ぜひ》――逢わなけりゃならん――要がありますが。――何ですか、おっかさん、私の留守に金でも借りに来はしませんでしたか」

「なぜ？――そんな事はあいません――なぜかい？」

「いや――少し聞き込んだ事もあるのですから――いずれその内逢いますから――」

「おおそうじゃ、そいからあの山木が来ての」

「は、あの山木の馬鹿ですか」

「あれが来てこの――そうじゃった、十日にご馳走をすっから、是非《ぜっひ》おまえに来て下さいというから」

「五月蠅《うるさ》い奴ですな」

「行ってやんなさい。おとっさんの恩を覚えておっが可愛《かあい》かじゃなっか」

「でも――」

「まあ、そういわずと行ってやんなさい――どれ、わたしも寝ましょうか」

「じゃ、おっかさん、お寝《やすみ》なさい」

「では母様《おかあさま》、ちょっと着更《きがえ》致して参りますから」

若夫婦は打連《うちつ》れて、居間へ通りつ。小間使を相手に、浪子は良人《おっと》の洋服を脱がせ、琉球紬《りゅうきゅうつむぎ》の綿入《わたいれ》二枚重ねしをふわりと打被《うちき》すれば、武男は無造作に白縮緬《しろちりめん》の兵児帯《へこおび》尻高《しりだか》に引結び、やおら安楽椅子《いす》に倚《よ》りぬ。洋服の塵《ちり》を払いて次の間の衣桁《えこう》にかけ、「紅茶を入れるようにしてお置き」と小間使にいいつけて、浪子は良人の居間に入りつ。

「良人《あなた》、お疲れ遊ばしたでしょう」

葉巻の青き煙《けぶり》を吹きつつ、今日到来せし年賀状名刺など見てありし武男はふり仰ぎて、

「浪さんこそ草臥《くたび》れたろう、――おお奇麗《きれい》」

「?」

「美しい花嫁様という事さ」

「まあ、嫌――あんな言《こと》を」

さと顔打赧《うちあか》めて、洋燈《ランプ》の光眩しげに、目を翦《そら》したる、常には蒼《あお》きまで白き顔色《いろ》の、今

ぼうっと桜色に匂いて、艶々《つやつや》とした丸髷《まるまげ》さながら鏡と照りつ。浪に千鳥の裾模様、黒襲《くろがさね》に白茶七糸《しらちゃしゅちん》の丸帯、碧玉《へきぎょく》を刻みし勿忘草《フォルゲットミイノット》の襟《えり》どめ、(このたび武男が米国より持て来りしなり)四分《ぶ》の羞《はじ》六分の笑《えみ》を含みて、嫣然《えんぜん》として燈光《あかり》の中《うち》に立つ姿を、わが妻ながら妙《いみ》じと武男は思えるなり。

「本当に浪さんがこう着物を更《か》えていると、まだ昨日来た花嫁のように思うよ」

「あんな言を――そんなことを仰ると往《い》ってしまいますから」

「はははははもう言わない言わない。そう逃げんでもいいじゃないか」

「ほほほ、ちょっと着更を致して参りますよ」

一の二

武男は昨年の夏初《はじめ》、新婚間もなく遠洋航海に出《い》で、秋は帰るべかりしに、桑港《そうこう》に着きける時、器械に修覆を要すべき事の起りて、それがために帰期を誤まり、旧臘《きゅうろう》押つまりて帰朝しつ。今日正月三日というに、年賀をかねて浪子を伴い加藤家より浪子の実家《さと》を訪《と》いたるなり。

武男が母は昔気質《かたぎ》の、どちらかといえば西洋嫌いの方なれば、寝台《ねだい》に寝《い》ねて匙《さじ》もて食《くら》うこと思いも寄らねど、さすがに若主人のみは幾分か治外の法権を享《う》けて、十畳のその居間は和洋折衷《せっちゅう》ともいいつべく、畳の上に緑色の絨氈《じゅうたん》を敷き、卓子《テーブル》に椅子二三脚、床《とこ》には唐画《とうが》の山水をかけたれど、楣間《びかん》*には亡父通武《みちたけ》の肖像をかかげ、開かれざる書筐《しょきょう》と洋籍の棚は片隅に排斥せられて、正面の床の間には父が遺愛の備前兼光《びぜんかねみつ》の一刀を飾り、士官帽と両眼鏡《りょうがんきょう》と違棚《ちがいだな》に、短剣は床柱《とこばしら》にかかりぬ。写真額数多《あまた》掛け列ねたる中《うち》には、その乗組める軍艦のもあり、制服したる青年の大勢うつりたるは、江田島《えたじま》にありける頃のなるべし。卓子の上にも二三の写真を飾りたり。両親並びて、五六歳の男児《おのこ》の父の膝に倚《よ》りたるは、武男が幼なき頃の紀念なり。カビネの一人撮《うつし》の軍服なるは乃舅《しゅうと》片岡中将なり。主人が年若く粗豪なるに似もやらず、几《き》案《あん》整然として、隅々に到るまで一点の塵《ちり》を留《とど》めず、あまつさえ古銅瓶《こどうへい》に早咲の梅一両枝《し》趣《おもむき》深く活《い》けたるは、温かき心と細かなる注意と熟練なる手と常にこの室《へや》に往来するを示しぬ。実《げ》にその主は銅瓶の下《もと》に梅花の香を浴びて、心臓形の銀の写真掛の中に含笑《ほほえ》めるなり。ランプの光は隈《くま》なく室の隅々までも照らして、火桶《ひおけ》の炭火は緑の絨氈の上に紫がかりし紅《くれない》の焔《ほのお》を吐きぬ。

愉快という愉快は世に数あれど、恙《つつが》なく長の旅より帰りて、旅衣を平生服《ふだんぎ》の着心地よ

き に更《か》え、窓外に吼《ほ》ゆる夜《よ》あらしの音を聞きつつ居間の煖炉に足さしのべて、聞き馴《な》れし時計の軋々《きつきつ》を聞くは、完《まった》き愉快の一なるべし。いわんやまた阿母《あぼ》老健にして、新妻《しんさい》のさらに愛《いと》しきあるをや。葉巻《かんば》の香しきを吸い、陶然として身を安楽椅子の安きに托《たく》したる武男は、今まさにこの楽《たのしみ》を享《う》けけるなり。

ただ一つの翳《かげ》は、さきに母の口より聞き、今来訪名刺の中《うち》に見たる、千々岩安彦の名なり。今日武男は千々岩につきて忌まわしき事を聞きぬ。旧臘某日の事とか、千々岩が勤むる参謀本部に千々岩に宛てて一通のはがきを寄せたる者あり、折節《おりふし》千々岩は不在なりしを同僚の某《なにがし》何心なく見るに、高利貸の名高き何某《なにがし》の貸金督促状《とくそくじょう》にして、しかのみならずその金額要件は特に朱書《しゅしょ》してありしという。ただにそれのみならず、参謀本部の機密折々思いがけなき方角に漏れて、投機商人の利を博することあり。なおその上に、千々岩の姿をあるまじき相場の市《いち》に見たる者あり。とにかく種々嫌疑《けんぎ》の雲は千々岩の上に覆いかかりてあれば、この上とても千々岩には心して、かつ自《みず》から戒飭《かいちょく》するよう忠告せよと、参謀本部に長たる某《ぼう》将軍とは爾汝《じじょ》の間なる舅《しゅうと》中将の話なりき。

「困った男だ」

かく独語《ひとりご》ちて、武男はまた千々岩の名刺を打眺めぬ。しかも今の武男は長く不快に縛らるるあたわざるなり。何も直接に逢いて問糺《といただ》したる上と、思い定めて、心はまた翻然として今の楽しきに返れる時、服《きもの》を更《あらた》めし浪子は手ずから紅茶を入れて莞爾《にこやか》に入り来りぬ。

「おお紅茶、これは有り難い」椅子を離れて火鉢の側《そば》に胡坐《あぐら》かきつつ、

「おっかさんは？」

「今お寝《やすみ》遊ばしました」紅茶の熱きを薦めつつ、なお紅《くれない》なる良人《おっと》の面《かお》を眺め「良人《あなた》、お頭痛が遊ばすの？　お酒なんぞ、召上れないのに、あんなに母がお強《しい》するものですから」

「なあに――今日は実に愉快だったね、浪さん。おとっさんのお話が面白いものだから、嫌《きらい》な酒までつい過《すご》してしまった。はははは、本当に浪さんは良《い》いおとっさんをもっているね、浪さん」

浪子は莞爾《にっこり》、ちらと武男の顔を眺めて

「その上に――」

「エ？　何です？」驚き顔に武男はわざと眼を瞠《みは》りつ。

「存じません、ほほほほほ」さと顔赧《あか》らめ、俯《うつぶ》きて指環《ゆびわ》を捻《ひね》る。

「いやこれは大変、浪さんはいつそんなにお世辞が上手になったのかい。これでは襟どめ位は廉《やす》いもんだ。はははは」

火鉢の上にさし翳《かざ》したる掌《てのひら》にぽうっと薔薇《ばら》色になりし頰を押えつ。少し吐息つきて、

「本当に――永《なが》い間おっか様も――どんなにお淋《さび》しくッていらっしゃいましてしょう。また直勤務《すぐおつとめ》に往《い》らっしゃると思うと、日が早く経って仕様がありませんわ」

「始終内《うち》にいようもんなら、それこそ三日目には、良人《あなた》、ちっと運動にでも出ていらっしゃいませんか、だろう」

「まあ、あんな言《こと》を――も一杯《ひとつ》あげましょうか」

汲みて差出す紅茶を一口飲みて、葉巻の灰をほとほと火鉢の縁にはたきつ、快よく四辺《あたり》を見廻《みま》わして、

「半年の余《よ》も吊床《ハンモック》に揺られて、家《うち》に帰ると、十畳敷が勿体《もったい》ないほど広くて何から何まで結構ずくめ、まるで極楽だね、浪さん。――ああ、何だか二度蜜月遊《ホニムーン》をするようだ」

実《げ》に新婚間もなく相別れて半年ぶりに再び相逢える今日この頃は、再び新婚の当時を繰り返えし、正月の一時に来つらん心地せらるるなりけり。

語《ことば》は暫《しば》し絶えぬ。両人《ふたり》は恍惚《うっとり》としてただ相笑《あいえ》めるのみ。梅の香《か》は細々《さいさい》として両人が火《ひ》

桶《おけ》を擁《よう》して相対《あいむか》える辺《あたり》を繞《めぐ》る。

浪子はふと思い出《い》でたるように顔を上げつ。

「良人《あなた》いらっしゃいますの、山木に？」

「山木かい、おっかさんがああ仰るからね――行かずばなるまい」

「ほほ、わたくしも行きたいわ」

「行きなさいとも、行こう一処《いっしょ》に」

「ほほほ、止《よ》しましょう」

「なぜ？」

「恐いのですもの」

「恐い？　何が？」

「怨《うら》まれてますから、ほほほ」

「怨まれる？　怨む？　浪さんを？」

「ほほほ、ありますわ、わたくしを怨んでいなさる方が。あのお豊《とよ》さん……」

「ははは、何を――馬鹿な。あの馬鹿娘も仕様がないね、浪さん。あんな娘でも貰人《もらいて》があるかしらん。ははは」

「おっかさまは、千々岩はあの山木と親しくするから、お豊を妻《さい》に貰ったらよかろうッて、そう仰っておいでなさいましたよ」

「千々岩？——千々岩？——あいつ実に困った奴だ。狡猾《ずる》い奴た知ってたが、まさかあんな嫌疑を受けようとは思わんかった。いや近頃の軍人は——僕も軍人だが——実にひどい。ちっとも昔の武士らしい風《ふう》はありやせん、皆金溜《みんなかねため》にかかってる。何、僕だって軍人は必ず貧乏しなけりゃならんというのじゃない。冗費を節して、恒《つね》の産を積んで、まさかの時節《とき》に内顧の患《うれい》のないようにするのは、そらあ当然さ。ねエ浪さん。しかし身をもって国家の干城《かんじょう》ともなろうという者がさ、内職に高利を貸したり、憐《あわれ》むべき兵の衣食を噛《かじ》ったり、御用商人と結託《けったく》して不義の財を貪《むさぼ》ったりするのは実に用捨《ようしゃ》がならんじゃないか。それに実に不快なは、あの賭博《とばく》だね。僕の同僚などもこそこそやってる奴があるが、実に不愉快で堪《たま》らん。今の奴らは上に諂《へつら》って下から貪ることばかり知っとる」

今そこに当の敵のあるらんように息巻《いきまき》荒く攻め立つるまだ無経験の海軍少尉を、身に浸《し》みて聞き惚《ほ》るる浪子は勇々《ゆゆ》しと誇りて、早く海軍大臣かないし軍令部長にして海軍部内の風を一新したしと思えるなり。

「本当にそうでございましょうねエ。あの、何だかよくは存じませんが、阿爺《ちち》がね、大臣をしていました頃も、色々な頼み事をして色々物を持って来ますの。阿爺はそんな事は大禁物《だいきんもつ》ですから、出来る事は頼まれなくも出来る、出来ない事は頼んでも出来ないと申して、刎《は》ねつけても刎ねつけてもやはり色々名をつけて持ち込んで来ましたわ。で、阿爺が戯談《じょうだん》に、これでは誰《たれ》でも役人になりたがるはずだって笑《わらっ》ていましたよ」

「そうだろう、陸軍も海軍も同じ事だ。金の世の中だね、浪さん——やあもう十時か」

折から琳々《りんりん》とうつ柱時計を見かえりつ。

「本当に時間《とき》が早くたつこと！」

二の一

芝桜川町なる山木兵造が邸は、すぐれて広しというにあらねど、町はずれより西久保《にしのくぼ》の丘の一部を取り込めて、庭には水を湛《たた》え、石を据え、高きに道し、低きに橋して、楓《かえで》桜松竹など面白く植え散らし、ここに石燈籠《いしどうろう》あれば、かしこに稲荷《いなり》の祠《ほこら》あり、またその奥に思いがけなき四阿《あずまや》あるなど、この門内にこの庭はと驚かるるも、山木が不義に得て不義に築きし万金の蜃気楼《しんきろう》なりけり。

時はすでに午後四時過ぎ、夕烏《ゆうがらす》の声遠近《おちこち》に聞ゆる頃、座敷の騒ぎを背《うしろ》にして日影薄き築山道《つきやまみち》を庭下駄《にわげた》を踏にじりつつ上り行く羽織袴《はかま》の男あり。こは武男なり。母の言黙止《ことばもだ》し難《がた》くて、今日山木の宴《えん》に臨みつれど、見も知らぬ相客と並びて、好まぬ卮挙《さかずきあ》ぐることの面白からず、さまざまの余興の果ては、いかがわしき白拍子《しらびょうし》の手踊となり、一座の無礼講となりて、忌々《いまいま》しきこと限りもなければ、疾《と》くにも辞し去らんと思いたれど、山木がしきりに引留《ひきと》むるが上に、必ず逢わんと思える千々岩の宴酣《たけなわ》なるまで足を運ばざりければ、やむなく留まりつ、ひそかに座を立ちて、熱せる耳を冷《ひや》やかなる夕風に吹かせつつ、人なき方《かた》を辿《たど》りしなり。

武男が舅《しゅうと》中将より千々岩に関する注意を受けて帰りし両三日後《のち》、鰐皮《わにかわ》の手革嚢《てかばんさ》提げし見も知らぬ男突然川島家に尋ね来《きた》り、一通の証書を示して、思いがけなき三千円の返金を促しつ。証書面の借主は名前も筆跡もまさしく千々岩安彦、保証人の名前は顕然川島武男と署しありて、そのうえ歴々と実印まで押してあらんとは。先方の口上によれば、契約期限すでに過ぎつるを、本人はさらに義務を果さず、しかも突然いずれへか寓《ぐう》を移して、役所に行けばこの両三日職務上他行したりとかにて、さらに面会を得ざれば、是非《ぜひ》なくこなたへ推参したる次第なりという。証書はまさしき手続を踏みたるもの、さらに取り出《いだ》したる往復の書面を見るに、違《まご》う方《かた》なき千々岩が筆跡なり。事の意外に驚きたる武男は、仔細を糺《ただ》すに、母は素《もと》より執事の田崎も、さる相談に与《あずか》りし覚《おぼえ》なく、印形《いんぎょう》を貸したる覚さらになしという。かの噂にこの事実思いあわして、武男は七分《ぶ》事の様子を推《すい》しつ。あたかもその日千々岩は手紙を寄せて、明日山木の宴会に会いたしといい越したり。

その顔だに見ば、問うべき事を問い、言うべき事を言いて早帰《はや》らんと思いし千々岩は来らず、しきりに波立つ胸の不平を葉巻の煙《けぶり》に吐きもて、武男は崖道《がけみち》を上り、明竹《みんちく》の小《こ》藪《やぶ》を廻り、常春藤《ふゆつた》の蔭に立つ四阿を見て、暫《しば》し腰を下ろせる時、横手の側道《わきみち》に駒下駄の音して、はたと豊子《とよこ》と顔見合わせつ。見れば高島田、松竹梅の裾模様ある藤色縮緬《ちりめん》の三枚襲《がさね》、綺羅《きら》びやかなる服装せるほどますます隙《すき》のあらわれて、笑止とも自《みず》からは思わぬなるべし。その細き眼をばいとど細うして、

「ここにいらっしたわ」

三十珊《サンチ》巨砲の的には立つとも、思いがけなき敵の襲来に冷やりとせし武男は、渋面作りてそこそこに兵を収めて逃げんとするを、慌《あわ》てて追っかけ

「郎君《あなた》」

「何です？」

「おとっさんがご案内して庭をお見せ申せってそういいますから」

「案内？　案内はいらんです」

「だって」

「僕は一人で歩く方が勝手だ」

これほど手強く打払えばいかなる強敵《ごうてき》も退散すべしと思いきや、なお懲《こ》りずまに追いすがりて

「そうお逃げなさらんでもいいわ」

武男はひたと当惑の眉を顰《ひそ》めぬ。そも武男とお豊の間は、その昔父が某県を知れりし時、お豊の父山木もその管下にありて常に出入《しゅつにゅう》したれば、子供も折々互に顔合せしが、まだ十一二の武男は常にお豊を打敲《うちたた》き泣かしては笑いしを、お豊は泣きつつなお武男に纏綿《まつわ》りつ。年移り所変り人長《た》けて、武男がすでに新夫人を迎えける今日までも、お豊はなお当年の乱暴なる坊ちゃま、今は川島男爵と名乗る若者に対して果敢《はか》なき恋を思えるなり。粗豪なる海軍士官も、それと薄々知らざるにあらねば、稀《まれ》に山木に往来する時もなるべく危《あやう》きに近よらざる方針を執りけるに、今日はおぞくも伏兵の計《はかりごと》に陥《おちい》れるを、

またいかんともするあたわざりき。

「逃げる？　僕は何も逃げる必要はない。行きたい方に行くのだ」

「郎君、それはあんまりだわ」

可笑《おかし》くもあり、馬鹿らしくもあり、迷惑にもあり、腹も立ちし武男行かんとしては引とめられ、逃れんとしては絡《まつわ》られ、あわれ見る人もなき庭の隅に新日高川《ひたかがわ》の一幕を出《いだ》せしが、ふと思いつく由《よし》ありて、

「千々岩はまだ来ないか、お豊さんちょっと見て来てくれたまえ」

「千々岩さんは日暮でなけりゃ来ないわ」

「千々岩は時々来るのかね」

「千々岩さんは昨日も来たわ、晩《おそ》くまで奥の小座敷でおとっさんと何か話していたわ」

「うん、そうか――しかしもう来たかも知れん、ちょっと見て来てくれないかね」

「私嫌よ」

「なぜ！」

「だって、郎君逃げて行くでしょう、何ぼ私が嫌だって、浪子さんが美しいって、そんなに人を追いやるものじゃなくってよ」

油断せば雨にもならんずる空模様に、百計つきたる武男はただ大蹈歩《だいとうほ》して逃げんとする時、

「お嬢様、お嬢様」

と婢《おんな》の呼び来りて、お豊を抑留しつ。この隙《ひま》にと武男はつと藪を廻りて、二三十歩足早に落延び、ほっと息つき

「困った女《やつ》だ」

と呟《つぶや》きながら、再度の来襲の恐《おそれ》なき屈強の要害——座敷の方《かた》へ行きぬ。

二の二

日は入り、客は去りて、昼の騒ぎはただ台所の方《かた》に残れる時、羽織袴は脱ぎ棄てて、煙草盆《たばこぼん》を提げながら、覚束《おぼつか》なき足踏みしめて、廊下伝いに奥まりたる小座敷に入り来し主人の山木、赤禿《あかはげ》の前額《ひたえ》の湯気も立ち上らんとするを、いとどランプの光に輝やかしつつ、崩るるように坐り、

「若旦那も、千々岩君《さん》も、お待たせ申して失敬でがした。はははは、今日はお蔭で非

常の盛会……いや若旦那はお弱い、失敬ながらお弱い、軍人に似合いませんよ。御大人《ごたいじん》なんざそれは大したものでしたよ。年は寄っても、山木兵造――なあに、升やそこらはははははは大丈夫ですて」

千々岩は黒水晶の眼を山木に注ぎつ。

「大分《だいぶ》お元気ですな。山木君、儲《もう》かるでしょう?」

「儲かるですとも、ははははは――いや儲かるといえば」と山木は灰だらけにせし煙管《きせる》を漸《ようや》く吸つけ、一服吸いて「何です、その、今度あの○○○○が売り物に出るそうで、実は内々《ないない》様子を探って見たが、先方も色々困っている際だから、案外安く話が附きそうですて。事業の方は、大有望さ。追々内地雑居*と来ると、いよいよ妙だが、いかがです若旦那、田崎君の名義でもよろしいから、二三万ご奮発なすっちゃ。きっと儲けさして上げますぜ」

と本性違《たが》わぬ生酔《なまえい》の口は、酒よりも滑らかなり。千々岩は黙然《もくねん》と坐《ざ》しいる武男を流眄《ながしめ》に見て、「○○○○、確青物町《たしかあおものちょう》の。あれは一時儲かったそうじゃないか」

「さあ、儲かるのを下手にやり崩したんだが、甘《うま》く行ったらすばらしい金礦《きんこう》ですぜ」

「それは惜しいもんだね。素寒貧《すかんぴん》の僕じゃ仕方がないが、武男君、どうだ、一肩ぬいで見ちゃア」

座に着きし初《はじめ》より始終黙然として不快の色は掩《おお》う所なきまで眉宇《びう》にあらわれし武男、いよいよ懌《よろこ》ばざる色を動かして、千々岩と山木を等分に憤《いきどおり》を含みたる眼尻《めじり》にかけつつ

「ご厚意かたじけないが、わが輩のように、いつ魚の餌食《えじき》になるか、裂弾、榴弾《りゅうだん》の的になるか分からない者は、別に金儲《かねもうけ》の必要もない。失敬だがその某会社とかに三万円を投ずるよりも、わが輩はむしろ海員養成費に献納する」

にべなく言放つ武男の顔、千々岩はちらと眺めて、山木に眴《めくば》せし、

「山木君、利己主義のようだが、その話は後廻《あとまわし》にして僕の件から願いたいがね、川島君も承諾してくれたから、願って置いた通り――ご印《いん》がありますか」

証書らしき一葉の書附《かきつけ》を取り出《いだ》して山木の前に置きぬ。

千々岩の身辺に嫌疑の雲のかかれるも宜《うべ》なり。彼は昨年来その位置の便宜を利用して、山木がために参謀となり牒者《ちょうじゃ》となりて、その利益の分配に与《あずか》れるのみならず、大胆にも官金を融通して蠣殻町《かきがらちょう》に万金を攫《つか》まんとせしに、たちまち五千円余の損亡《そんもう》を来《きた》しつ。山木を強請《ゆす》り、その貯《たくわえ》の底をはたきて二千円を得たれども、なお三千の不足あり。そのただ一親戚なる川島家は富みてかつ未亡人の覚えめでたからざるにもあらざれど、出すと

いえば曖《おくび》も惜《おし》む叔母の性質を知れる千々岩は、打明けて頼めば到底埒《らち》の明かざるを看破《みやぶ》り、一時を弥縫《びほう》せんと、ここに私印偽造の罪を犯して武男の連印を贋《かた》り、高利の三千円を借り得て、一ト《ひ》先《ま》ず官金消費の跡を濁《にご》しつ。さるほどに期限迫りて、果てはわが勤むる官署にすら督促《とくそく》のはがきを送らるる始末となりたれば、今はやむなくあたかも帰朝せる武男を説き動かし、この三千円を借り得てかの三千円を償《つぐな》い、武男の金をもって武男の名を贖《あがな》わんと欲せしなり。さきに武男を訪《と》いたれど折悪《おりあし》く得逢《え》わず、その後二三日職務上の要《よう》を帯びて他行しつれば、いまだ高利貸のすでに武男が家に向《むか》いしを知らざるなりき。

山木は頷《うなず》き、呼鐘《ベル》を鳴らして朱肉の盒《いれもの》を取り寄せ、一《ひ》と通り証書に眼を通して、懐《ふところ》より実印取り出《いで》つつ保証人なるわが名の下に捺《お》しぬ。そを取り上げて、千々岩は武男の前に差置《さしお》き、

「じゃ、君、証書はここにあるから——で、金はいつ受取れるかね」

「金はここに持っている」

「ここに？——戯談《じょうだん》は止《よ》したまえ」

「持っておる。——では、参千円、確かに渡した」

懐中より一通の紙に包みたるもの取り出でて、千々岩が前に投げつけつ。

打驚《うちおどろ》きつつ拾い上げ、推披《おしひら》きたる千々岩の顔はたちまち紅《くれない》になり、また蒼《あお》くなりつ。緊《きび》しく歯を喰いしばりぬ。彼はいまだ高利貸の手にあらんと信じ切ったる証書を現に眼の前に見たるなり。武男は田崎に事の由《よし》を探らせし後、終《つい》に怪《け》しかる名前の上の三千金を払いしなりき。

「いや、これは――」

「覚えがないというのか。男らしく罪に伏《ふく》したまえ」

小供、小供と今が今まで高を括《くく》りし武男に十二分に裏を掻《かか》れて、一腔《いっこう》の憤怨焔《ふんえんほのお》の如く燃え起りたる千々岩は、切れよと唇《くちびる》を嚙みぬ。山木は打駭《うちおどろ》きて、煙管《きせる》をやに下《さが》りに持ちたるまま二人の顔を眺むるのみ。

「千々岩、もうわが輩は何もいわん。親戚の好《よし》みに、決して私印偽造の訴訟は起さぬ。三千円は払ったから、高利貸のはがきが参謀本部にも行くまい、安心したまえ」

あくまで辱《はずか》しめられたる千々岩は、煮え返る胸をさすりつ。気は武男に飛びもかからんとすれども、心はもはや陳弁《ちんべん》の時機にあらざるを認むるほどの働《はたらき》を存《そん》せるなり。彼は咄嗟《とっさ》に態度を変えつ。

「いや、君、そういわれると、実に面目ないがね、実は進退《のっぴき》ならぬ――」

「何が進退ならぬのだ？　徳義ばかりか法律の罪人になってまで高利を借《か》る必要がどこにあるのか」

「まあ、聞いてくれたまえ。実は切迫《せっぱ》つまった事で、金は要る、借りる処はなし。君がいると、一も二もなく相談するのだが、叔母様《さん》には言い悪《にく》いだろうじゃないか。それだといって、急場の事だし、済まぬ――済まぬと思いながら――、実は先月はちっと当《あて》もあったので、皆済《かいさい》してから潔く告白しようと――」

「馬鹿をいいたまえ。潔く告白しようと思った者が、なぜ黙って別に三千円を借りようとするのだ」

膝《ひざ》を乗り出す武男が見幕の鋭きに、山木は遽《あわ》てて、

「これさ、若旦那、まあ、お静かに、――何か詳しい事情《わけ》は分かりませんが、高が二千や三千の金、それにご親戚であって見ると、これはご勘弁――ねエ若旦那。千々岩君《さん》も悪い、悪いがそこをねエ若旦那。こんな事が表沙汰になって見ると、千々岩君の立身もこれぎりになりますから。ねエ若旦那」

「それだから三千円は払った、また訴訟なぞしないといっているじゃないか。――山

木、君の事じゃない、控えていたまえ、——それはしない、しかしもう今日限り絶交だ」

もはや事ここに到りては恐るる所なしと度胸を据えし千々岩は、再び態度を嘲罵《ちょうば》にかえつ。

「絶交？——別に悲しくもないが——」

武男の眼は焔《ほのお》の如く閃《ひら》めきつ。

「絶交はされても構わんが、金は出してもらうというのか。腰抜漢《め》！」

「何？」

気色《けしき》立つ双方の勢《いきおい》に酔《えい》もいくらか醒めし山木は溜《た》まり兼ねて二人が間に分け入り「若旦那も、千々岩君《さん》も、ま、ま、静かに、静かに、それじゃ話も何も分からん、——これさ、お待ちなさい、ま、ま、ま、お待ちなさい」としきりにあなたを縫いこなたを繕《つくろ》う。

押とめられて、しばし黙然としたる武男は、熟《じっ》と千々岩が面《おもて》を見つめ、

「千々岩、もういうまい。わが輩も子供の時から君と兄弟のように育って、実際才力の上からも年齢《とし》からも君を兄と思っていた。今後も互に力になろう、わが輩も及ぶだけ

君のために尽そうと思っていた。実はこの頃までもまさかと信じ切っていた。しかし全く君のために売られたのだ、わが輩を売るのは一個人の事だが、君はまだその上に——いやいうまい、三千円の費途《ひと》は聞くまい。しかし今までの好《よしみ》に一言《いちごん》いって置くが、人の耳目《じもく》は早いものだ、君は眼をつけられているぞ、軍人の体面に関するような事をしたもうな。君たちは金より貴《たっと》いものはないのだから、言ったって詮方《しかた》はあるまいが、ちっとあ恥を知りたまえ。じゃもう会うまい。三千円はあらためて君にくれる」

儼然《げんぜん》として言い放ちつつ武男は膝の前なる証書をとって寸々《ずたずた》に引裂き棄てつ。つと立ち上って次の間に出《い》でし勢に、先刻《さっき》よりここに隠れて聞きおりしと覚しき女《むすめ》お豊を煽《あお》り倒しつ。「あれえ」という声をあとに足音荒く玄関の方《かた》へ出去《いで》りたり。

呆気《あっけ》にとられし山木と千々岩と顔見あわしつ。「相変らず坊ちゃまだね。しかし千々岩さん、絶交料三千円は随分好《い》い儲をしたぜ」

落ち散たる証書の片々《へんぺん》を見つめ、千々岩は黙然として唇を嚙みぬ。

三の一

二月初旬《きさらぎはじめ》ふと引きこみし風邪《かぜ》の、一たびは瘥《おこた》りしを、ある夜姑《しゅうと》の胴着を仕上ぐるとて急ぐままに夜更《よふ》かししより再びひき返えして、今日二月の十五日というに浪子はいまだ床《とこ》あぐるまで快よきを覚えざるなり。

今年の寒《さむさ》は、今年の寒は、と年々にいい馴《な》れし寒も今年こそはまさしく従来《これまで》覚えなきまで、日々吹き募《つの》る北風は雪を誘い雨を帯びざる日にもさながら髄《ずい》を刺し骨を剜《えぐ》りて、健やかなるも病み、病みたるは死し、新聞の広告は黒囲《くろぶち》のみぞ多くなり行く。この寒さはさらぬだに強壮《つよ》からぬ浪子の仮染《かりそめ》の病を募らして、取り立ててはこれという異なれる病態もなけれど、ただ頭《かしら》重く食旨《しょくうま》からずして日また日を渡れるなり。

今二点を拍《う》ちし時計の蜩《ひぐらし》など鳴きたらんように凛々《りんりん》と響きし後は、暫《しば》し物音絶えて、秒を刻み行く時計のかえって静けさを加うるのみ。珍らしく麗らかに浅碧《あさみどり》を展《の》べし初春の空は、四枚の障子に立て隔てられたれど、悠々たる日の光隈《くま》なく紙障《ししょう》に栄《は》えて、余りの光は紙を透《すか》して浪子が仰臥《あおぎふ》しつつ黒スコッチの韈《くつした》を編める手先と、雪より白き枕に漂う寝乱髪の上にちらちら躍りぬ。左手《ひだり》の障子には、ひょろひょろとした南天の影手水鉢《ちょうずばち》を覆うて俯《うつむ》き状《ざま》に映り、右手には槎枒《さが》たる＊老梅の縦横に枝を交叉《さしかわ》したるが鮮やかに映りて、まだ蕾《つぼみ》がちなるその影の、花は数うべく疎《まば》らなるにも春の浅きは知られつべし。南《なん》縁《えん》喧《げん》を＊迎うるにやあらん、腰板の上に猫の頭《かしら》の映りたるが、今日の暖気に浮かれ出でし羽虫目がけて飛び上りしに、捕りはずしてどうと落ちたるをまた心に関せざるものの如く、悠々としてわが足を舐《な》むるにか、影なる頭のしきりに頷《うなず》きつ。微笑を含みてこの光景《ありさま》を見し浪子は、日の眩《まぶ》しきに眉を攢《あつ》め、眼を閉じて、恍惚《うっとり》としていたりしが、やおらあなたに転臥《ねがえり》して、編かけの韈を撫《な》で試みつつ、また縦横に編棒を動かし始めぬ。

ドシドシと縁に重やかなる足音して、矮《たけひく》き仁王《におう》の影障子を伝い来つ。

「気分はどうごあんすな？」

と枕頭《まくらべ》に坐《すわ》るは姑なり。

「今日は大層ようございます。起きられるのですけども――」と編物を措《さしお》き、襟《えり》の乱《みだれ》を繕いつつ、起き上らんとするを、姑は押とめ、

「そ、そいがいかん、そいがいかん。他人じゃなし、遠慮がいッもンか。そ、そ、そ、また編物しなはるな。いけませんど。病人な養生が仕事、なあ浪どん。和女《おまえ》は武男が事

ちゅうと、何もかも忘れッちまいなはる。いけません。早う養生してな——」

「本当に済みません、寝《やす》んでばかし……」

「そ、そいが他人行儀、なあ。わたしはそいが大嫌《だいきらい》じゃ」

虚言《うそ》を吐《つ》きたもうな、おんみは常に当今の嫁なるものの舅姑《しゅうと》に礼足らずと唸《つぶ》やき、ひそかにわが娘《よめ》のこれに異なるをもっけの幸《さち》と思うならずや。浪子は実家《さと》にありける頃より、口にいわねどひそかにその継母の万《よろ》ず洋風にさばさばとせるを饜《あきた》らず思いて、一家の作法の上には自《おの》ずから一種古風の嗜味《しみ》を有せるなりき。

姑はふと思い出《いで》たるように、

「お、武男から手紙が来たようじゃったが、どう書《けえ》て来申《きも》した？」

浪子は枕頭に置きし一通の手紙の中ぬき出《いだ》して姑に渡しつつ、

「この日曜にはきっと来《い》らッしゃいますそうでございますよ」

「そうかな」ずうと眼を通してくるくるとまき収め、「転地養生もねもんじゃ。この寒《かん》にエット体動《いごか》して見なさい、それこそなか病気も出て来ます。風邪はじいと寝ておると、療《なお》るもんじゃ。武は年が若《わか》かでな。医師《いしゃ》をかえるの、やれ転地をすッのと騒ぎ申《も》す。わたしたちが若か時分な、腹が痛かてて寝る事《こた》なし、産あがりだて十日と寝た事アあいません。世間が開けて来《くっ》と皆が弱うなり申すでな。ははははは。武にそう書《けえ》てやったもんな、おっかさんがおるで心配しなはんな、ての、はははは、どれ」

口には笑えど、眼はいささか懌《よろこ》ばざる色を帯びて、出《い》で行く姑の後影《うしろかげ》、

「ご免遊ばせ」

と起き直りつつ見送りて、浪子は幽《かす》かに吐息を漏《もら》しぬ。

親が子を妬《ねた》むということ、あるべしとは思われねど、浪子は良人《おっと》の帰りし以来、一種異なる関係の姑との間に湧き出でたるを覚えつ。遠洋航海より帰り来て、浪子の瘠《や》せしを見たる武男が、粗豪なる男心にも留守の心遣《こころづかい》を汲みて、いよいよ傷《いたわ》るをば、いささか苦々しく姑の思える様子は、怜悧《さと》き浪子の眼を遁《のが》れず。時にはかの孝――姑のいわゆる――とこの愛の道と、一時に踏み難く岐《わか》るることあるを、浪子はひそかに思い悩めるなり。

「奥様、加藤様のお嬢様がおいで遊ばしましてございます」

と呼ぶ婢《おんな》の声に、浪子はぱっちり眼を開きつ。入り来る客《ひと》を見るより喜色はたちまち眉間《びかん》に上りぬ。

「あ、お千鶴《ちず》さん、よく来たのね」

三の二

「今日はどんな？」

藤色縮緬《ちりめん》のおこそ頭巾《ずきん》*と共に信玄袋を傍《わき》へ押やり、浪子の枕頭近く立寄るは島田の十七八、紺地斜綾《はすあや》の吾妻《あずま》コートにすらりとした姿を包んで、三日月眉匂やかに、凛々《りり》しき黒眼がちの、見るから冴々《さえざえ》とした娘。浪子が伯母加藤子爵夫人の長女、千鶴子というはこの娘《こ》なり。浪子と千鶴子は一歳《ひとつ》違いの従姉妹《いとこ》同士。幼稚園に通う頃より実の同胞《きょうだい》も及ばぬほど睦《むつ》み合いて、浪子が妹の駒子をして「姉さんはお千鶴さんとばかり仲好《よ》くするからあたし嫌だわ！」といわしめしこともありき。されば浪子が川島家に嫁ぎて来し後も、他の学友らはおのずから足を遠くせしに引易《ひきか》え、千鶴子はかえってその家の近くなれるを喜びつつ、しばしば足を運べるなり。武男が遠洋航海の留守の間心淋しく憂《う》き事多かる浪子を慰めしは、燃ゆるが如き武男の書状を除きては、千鶴子の訪問ぞその重《おも》なるものなりける。

浪子は含笑《ほほえ》みて、

「今日はよっぽどよい方だけども、まだ頭《かみ》が重くて、時々咳嗽《せき》が出て困るの」

「そう？――寒いのね」恭《うやうや》しく座蒲団《ざぶとん》を薦《すす》むる婢《おんな》をちょっと顧みて、浪子の側近《そば》く坐りつ。桐胴《きりどう》の火鉢に指環の宝石煌々《きらきら》と輝やく手を翳《かざ》しつつ、桜色に匂える頰を押《おさ》う。

「伯母様も、伯父様も、御息災《おかわりない》の？」

「あ、よろしくッてね。余り寒いからどうかしらッて非常《ひど》く心配していなさるの、時候が時候だから、少しいい方だッたら逗子にでも転地療養しなすったらッてね、昨夕《ゆうべ》もおっかさんとそう話したのですよ」

「そう？　横須賀からもちょうどそう言って来てね……」

「兄さんから？　そう？　それじゃ早く転地するがいいわ」

「でももう不日快療《そのうちよくなる》でしょうから」

「だッて、この頃の感冒《かぜ》は本当に用心しないといけないわ」

折から小間使の紅茶を持ち来りて千鶴子にすすめつ。

「兼《かね》や？　母上《おっかさん》は？　お客？　そう、どなた？　国の方なの？――お千鶴さん、今日は緩々《ゆっくり》していいのでしょう。兼や、お千鶴さんに何かご馳走《ちそう》してあげな」

「ほほほほ、お百度参《まいり》*するのだもの、ご馳走ばかりしちゃ堪《たま》らないわ。お待ちなさいよ」いいつつ服紗包《ふくさづつみ》の小重《こじゅう》を取り出し「こちらの伯母さんはお萩《はぎ》がお嗜《すき》だッたのね、少許《すこし》だけども、——お客様なら後にしましょう」

「まあ、ありがとう。本当に……有り難うよ」

千鶴子はさらに紅蜜柑《べにみかん》を取出《とりだし》つつ「奇麗《きれい》でしょう。これは私のお土産《みやげ》よ。でも酸《すっぱ》くて好《い》けないわ」

「まあ奇麗、一ツ剝《む》いて頂戴《ちょうだい》な」

千鶴子が剝いて渡すを、さも甘気《うまげ》に吸いて、額《ひたえ》にこぼるる髪をかき上げ、かき上げつつ。

「うるさいでしょう。ざっと結《い》ってた方がよかないの？　ね、ちょいと結いましょう。——そのままでいいわ」

勝手知ったる次の間の鏡台の櫛《くし》取り出《いだ》して、千鶴子は手柔らかに梳《す》き始めぬ。

「そうそう、昨日の同窓会——案内状《しらせ》が来たでしょう——は面白かってよ。皆《みんな》がよろしくッて、ね。ほほほほ、学校を下《さが》ってからまだやっと一年しかならないのに、もう三一はお嫁だわ。それは可笑《おか》しいの、大久保さんも本多《ほんだ》さんも北小路《きたこうじ》さんも皆丸髷《まるまげ》に結ってね、変に奥様じみているから可笑しいわ。——痛かないの？——ほほほほ、どんな話かと思ったら、皆自分の吹聴《ふいちょう》ですわ。そうそう、それから親子別居論が始まってね、北小路さんは自分がちっとも家政が出来ないに姑《おっかさん》が大変やさしくするものだから同居に限るっていうし、大久保さんはまた姑がやかましやだから別居論の勇将だし、それは可笑しいの。それからね、わたしがまぜッかえしてやったら、お千鶴さんはまだ門外漢——漢が可笑しいわ——だから話せないというのですよ。——すこしつまり過ぎはしないの？」

「イイエ。——それは面白かったでしょう。ほほほほ、皆自己《じぶん》から割り出すのね。畢竟《どうせ》局々《ところどころ》で違うのだから、一概には言えないのでしょうよ。ねエ、お千鶴さん。伯母様もいつかそう仰ったでしょう、若い者ばかりじゃわがままになるッて、本当にそうですよ、年寄を疎略に思っちゃ済《すま》ないのね」

父中将の教《おしえ》を受くるが上に、自《おの》ずから家政に趣味をもてる浪子は、実家《さと》にありける頃より継母の政《まつりごと》を傍観しつつ、ひそかに自家の見《けん》を懐《いだ》きて、自己《みずから》一家の女主《あるじ》になりたらん日には、見事家を斉《ととの》えんものと思えるは、一日にあらざりき。されど川島家に来り嫁ぎて、万機《まんき》一に摂政太后の手にありて、身はその位ありてその権なき太子妃の位置にあるを見るに及びて、暫《しば》し己《おのれ》を収めて姑の支配の下《もと》に立ちつ。親子の間に立迷いて、思うさま良人《おっと》に冊《かしず》くことのままならぬをひそかに喞《かこ》てる折々は、かつてわが国風に適《あ》わずと思いし継母が得意の親子《しんし》別居論の或《あるい》は真理にあらざるやを疑うこともありしが、これがために翻《かえ》って浪子は初心を破らじとひそかに心に帯《おび》せるなり。

継母の下に十年《ととせ》を送り、今は姑《しゅうとめ》の側にやがて一年の経験を積める従姉《いとこ》の底意を、尽《ことごと》くは酌《く》みかねし千鶴子、三《みっ》に組《くみ》たる髪の端を白きリボンもて結《ゆわ》えつつ、浪子の顔さし覗《のぞ》きて、声を低め、

「この頃でもご機嫌が悪くッて?」

「でも、病気してからよくして下さるのですよ。でもね、……武男《うち》にいろいろするのが、おかあさまのお気に入らないには困るわ! それで、いつでも此家《ここ》ではおかあさまが女皇陛下《クイーン》だから乃公《おれ》よりも誰《たれ》よりもおかあさまを一番大事にするンだッて、しょっちゅういって聞かされるのですわ……あ、もうこんな話は止《よ》しましょうね。おお好《い》い気持、有り難う。頭が軽くなったわ」

いいつつ三つ組にせし髪を撫《な》で試みつ。さすがに疲《つかれ》を覚えつらん、浪子は眼を閉じぬ。

櫛をしまいて、紙に手を拭き拭き、鏡台の前に立ちし千鶴子は、小さき箱の蓋《ふた》を開きて、掌《たなそこ》に載せつつ、

「何度見てもこの襟止《ピン》は奇麗だわ。本当に兄さんはよくなさるのねエ。内《うち》の――兄さ

ん(これは千鶴子の婿養子と定まれる俊次《しゅんじ》といいて、目下外務省に奉職せる男)なんか、外交官の妻になるには語学が達者でなくちゃいけないッて、仏語《フレンチ》を勉強するがいいの、独逸《ドイツ》語が是非必要のッて、責めてばかりいるから困るわ」

「ほほほほ、お千鶴さんが丸髷に結《い》ったのを早く見たいわ――島田も惜しいけれど」

「まあ嫌!」美しき眉は顰《ひそ》めど、裏切る微笑《えみ》は薔薇《ばら》の蕾《つぼ》める如き唇に流れぬ。

「あ、ほんに、萩原さんね、そらわたしたちより一年前《さき》に卒業した――」

「あの松平さんに嫁《いら》っした方でしょう」

「は、あの方がね、昨日離縁になったンですッて」

「離縁に? どうしたの?」

「それがね、舅《おとうさん》姑《おかあさん》の気には入ってたけども、松平さんが嫌ってね」

「子供がありはしなかったの」

「一人あったわ。でもね、松平さんが嫌って、この頃は妾《めかけ》を置いたり、囲い者をしたり、乱暴ばかりするからね、萩原さんのおとうさんが非常《ひどく》怒ってね、そんな薄情な者には、娘はやって置かれぬてね、とうとう引取ってしまったんですッて」

「まあ、可愛想《かあいそう》ね。――どうして嫌うのでしょう、本当にひどいわ」

「腹が立つのねエ。――逆様《さかさま》だとまだいいのだけど、舅姑《しゅうと》の気に入っても良人《おっと》に嫌《きらわ》れてあんな事になっては本当に辛いでしょうねエ」

浪子は吐息しつ。

「同じ学校に出て同じ教場で同じ本を読んでも、皆ちりぢりになって、どうなるか分からないものねエ。――お千鶴さん、いつまでも仲好く、さきざき力になりましょうねエ」

「嬉しいわ!」

二人の手は自《おのず》から相結びつ。ややありて浪子は含笑《ほほえ》み、

「こんなに寝ていると、ね、色々な事を考えるの。ほほほほ、笑っちゃ嫌よ。これから何年かたッてね、どこか外国と戦争が起るでしょう、日本が勝つでしょう、そうするとね、お千鶴さん宅《とこ》の兄さんが外務大臣で、先方へ乗込んで媾和《こうわ》の談判をなさるでしょう、それから武男《うち》が艦隊の司令長官で、何十艘《そう》という軍艦を向うの港に列《なら》べてね……」

「それから赤坂の叔父さんが軍司令官で、宅《うち》のおとうさんが貴族院で何億万円の軍事費を議決さして……」

「そうするとわたしはお千鶴さんと赤十字の旗でも樹《た》てて出かけるわ」

「でも身体《からだ》が孱弱《よわく》ちゃ出来ないわ。ほほほほ」

「おほほほほ」

笑う下より浪子はたちまち咳嗽《せき》を発して、右の胸をおさえつ。

「余り話したからいけないのでしょう。胸が痛むの？」

「時々咳嗽するとね、ここに響いて仕様がないの」

いいつつ浪子の眼はたちまちすうと薄れ行く障子の日影を打眺めつ。

四の一

山木が奥の小座敷に、あくまで武男に辱《はずか》しめられて、燃ゆるが如き憤嫉《ふんしつ》を胸に畳みつつわが寓《ぐう》に帰りしその夜《よ》より僅々《きんきん》五日を経て、千々岩《ちぢわ》は突然参謀本部よりして第一師団の某連隊附に移されつ。

人の一生には、なす事なす事皆図星をはずれて、さながら皇天殊《こと》にわれ一人《いちにん》を択《えら》んで折檻《せっかん》また折檻の笞《むち》を続けざまに打ち下ろすかの如くに感ぜらるる、いわゆる「泣面《なきつら》に蜂《はち》」の時期少なくも一度はあるものなり。去年以来千々岩はこの瀬戸に舟やり入れて、今もって容易にその瀬戸を過ぎおわるべき見当のつかざるなりき。浪子はすでに武男に奪われつ。相場に手を出せば失敗を重ね、高利を借《かり》れば恥を掻《か》き、小児《こども》と見括《みくび》りし武男には下司《げす》同然に辱しめられ、ただ一親戚たる川島家との通路は絶えつ。果てはただ一立身の捷径《しょうけい》として、死すとも去らじと思える参謀本部の位置まで、一言半句の挨拶《あいさつ》もなく剝《は》ぎとられて、この頃まで牛馬《うしうま》同様に思いし師団の一士官とならんとは。疵持足《きずもつあし》の千々岩は、今さら抗議する訳《わけ》にも行かず、倒れてもつかむ馬糞《ばふん》の臭《しゅう》を厭《いと》わで、おめおめと練兵行軍の事に従いしが、この打撃はいたく千々岩を刺戟《しげき》して、従来事に臨んでさらに慌《あわ》てず、冷静に「われ」を持したる彼をして、思うてここに到るごとに、一肚皮《いっとひ》の憤恨猛火よりも烈《はげ》しく騰上《とうじょう》し来たるを覚えざらしめたり。

頭上に輝く名利の冠《かんむり》を、上らば必得《かならず》べき立身の梯子《はしご》に足踏みかけて、すでに一段二段を上り行きけるその時、突然蹴落《けおと》されしは千々岩が今の身の上なり。誰《た》が蹴落せし。千々岩は武男が言葉の端より、参謀本部に長たる将軍が片岡中将と無二の昵懇《じっこん》なる事実よりして、少なくも中将が幾分の手を仮《か》したるを疑いつ。彼はまた従来金には淡泊なる武男が、三千金のために、——たとい偽印《ぎいん》の事はありとも——法外に怒《いか》れるを怪しみて、浪子が旧《ふる》き事まで取り出でてわれを武男に讒《ざん》したるにあらずやと疑いつ。思えば思うほど疑《うたがい》は事実と募《つの》り、事実は怒火《どか》に油さし、失恋の怨《うらみ》、功名の道における蹉跌《さてつ》の恨《うらみ》、失望、不平、嫉妬さまざまの悪感《あくかん》は中将と浪子と武男を繞《めぐ》りて焔《ほのお》の如く立ち上りつ。かの常にわが冷頭を誇り、情に熱して数字を忘るるの愚を笑える千々岩も、連敗の余《よ》のさすがに気は乱れ心狂いて、一腔《いっこう》の怨毒《えんどく》いずれに向ってか吐き尽すべき路《みち》を得ずば、自己――千々岩安彦が五尺の軀《み》先《ま》ず破れおわらんずる心地せるなり。

復讎《ふくしゅう》、復讎、世に心よきは悪《に》くしと思う人の血を啜《すす》って、その頰の一臠《いちれん》に舌鼓うつ時の感なるべし。復讎、復讎、ああいかにして復讎すべき、いかにして怨み重なる片岡川島両家を微塵《みじん》に吹き飛ばすべき地雷火坑を発見し、なるべく自己《おのれ》は危険なき距離より糸をひきて、憎しと思う輩《やから》の心傷《やぶ》れ腸《はらわた》裂け骨摧《くじ》け脳塗《まみ》れ生きながら死ぬ光景を眺めつつ、快よく一盃《いっぱい》を過ごさんか。こは一月《いちがつ》以来夜《よ》となく日となく千々岩の頭《かしら》を往来せる問題なりき。

梅花雪とこぼるる三月中旬、或日千々岩は親しく往来せる旧同窓生の何某《なにがし》が第三師団より東京に転じ来《きた》るを迎うるとて、新橋に赴きつ。待合室を出《いづ》るとて、あたかも十五六の少女《おとめ》を連れし丈《たけ》高き婦人――貴婦人の婦人待合室より出で来るにはたと行き逢いたり。

「お珍しいじゃございませんか」

駒子を連れて、片岡子爵夫人繁子は彳《たたず》めるなり。一瞬時、変れる千々岩の顔色は、先方の顔色を覗《のぞ》いて、たちまち一変しつ。中将にこそ浪子にこそ恨はあれ、少なくもこの人をば敵視する要《よう》なしと早くも心を決せるなり。千々岩は恭《うやうや》しく一礼して、微笑を帯び、

「ついご無沙汰致しました」

「ひどいお見限りようですね」

「いや、ちょっとお伺申すのでしたが、色々職務上の要で、つい多忙だものですから

——今日はどちらへか?」

「は、ちょっと逗子まで——貴君《あなた》は?」

「何、ちょっと朋友《ともだち》を迎えに参ったのですが——逗子はご保養でございますか」

「おや、まだご存じないのでしたね、——病人が出来ましてね」

「ご病人?　どなたで?」

「浪子です」

折りから鐸《ベル》の鳴りて人は潮《うしお》の如く改札口へ流れ行くに、少女は母の袖引き動かして

「おかあさま、晩《おそ》くなるわ」

千々岩は逸早《いちはや》く子爵夫人が手にしたる四季袋を引《ひっ》とり、打連れて歩みつつ

「それは――何ですか、よほどお悪いので？」

「はあ、とうとう肺になりましてね」

「肺？――結核？」

「は、ひどく喀血《かっけつ》をしましてね、それでつい先日逗子へ参りました。今日はちょっと見舞に」いいつつ千々岩が手より四季袋を受取り「ではさようなら、直《す》ぐ帰ります、ちとお遊《あそび》にいらッしゃいよ」

華美《はで》なるカシミールの肩掛《ショール》と紅《くれない》のリボンかけし垂髪《おさげ》と遥《はるか》に上等室に消ゆるを目送《もくそう》して、歩を返えす時、千々岩の唇《くちびる》には恐ろしき微笑を浮べたり。

四の二

医師が見舞うたびに、敢《あえ》て口にはいわねど、その症候の次第に著《いちじ》るしくなり来るを認めつつ、術《てだて》を尽して防ぎ止めんとせし甲斐《かい》もなく、目には見えねど浪子の病は日《ひび》に募りて、三月の初旬《はじめ》には、疑うべくもあらぬ肺結核の初期に入りぬ。

わが老健《すこやか》を鼻にかけて今世《いまどき》の若者の羸弱《よわき》を嘲《あざけ》り、転地の事耳に入れざりし姑《しゅうと》も、現在眼の前に浪子の一度ならず咯血するを見ては、さすがに驚き——伝染の恐ろしきを聞きおれば——恐れ、医師が勧むるままにしかるべき看護婦を添えて浪子を相州逗子なる実家——片岡家の別墅《べっしょ》に送りやりぬ。

　肺結核！　茫々《ぼうぼう》たる野原にただ独《ひと》り立つ旅客《たびびと》の、頭上に迫り来る夕立雲の真黒きを望める心こそ、もしや、もしやとその病を待ちし浪子の心なりけれ。今は恐ろしき沈黙はすでにとく破れて、雷《らい》鳴り電《でん》ひらめき黒風《こくふう》吹き白雨《はくう》迸《ほとば》しる真中《まなか》に立てる浪子は、ただ身を賭《と》して早く風雨の重囲《ちょうい》を通り過ぎなんと思うのみ。それにしても第一撃のいかに凄《すさ》まじかりしぞ。思い出《いず》る三月の二日、今日は常にまさりて快よく覚ゆるままに、久しく打棄てし生花《いけばな》の慰み、姑の部屋の花瓶《かへい》に挿《さ》さん料《りょう》に、折から帰りていたまいし良人《おっと》に願いて、匂《におい》も深き紅梅の枝を折るとて、庭さき近く端居《はしい》して、あれこれと択《えら》みいしに、にわかに胸先《むなさき》苦しく頭《かしら》ふらふらとして、紅《くれない》の靄《もや》眼前《めさき》に渦まき、われ知らずあと叫びて、肺を絞りし鮮血の紅なるを吐けるその時！　その時こそ「ああとうとう！」と思う同時に、いずくともなく遥にわが墓の影を瞥見《かいまみ》しが。

　ああ死！　以前世《むかし》を辛《つ》らしと見し頃は、生何の楽《たのしみ》ぞ死何の哀惜《かなしみ》ぞと思いし折りもありけるが、今は人の生命《いのち》の愛《おし》ければいとどわが命の惜まれて千代までも生きたしと思う浪子。情けなしと思うほど、病に勝たんの心も切に、おりおり沈むわが気をふり起しては、己《われ》より医師を促すまでに怠《おこた》らず病を養えるなりき。

眼と鼻の横須賀にあたかも在勤せる武男が、閑《ひま》を偸《ぬす》みてしばしば往来するさえあるに、父の書、伯母、千鶴子の見舞断間《たえま》なく、別荘には、去年の夏川島家を追われし以来絶えて久しきかの姥《うば》のいくが、その再会の縁由《よし》となれるがために病そのものの悲むべきをも喜ばんずるまで浪子をなつかしめるありて、あたうべくは以前《むかし》に倍する熱心もて伏侍《ふくじ》するあり。まめまめしき老僕が心を用いて事《つこ》うるあり。春寒厳しき都門を去りて、身を暖かき湘南《しょうなん》の空気に投じたる浪子は、日《ひび》に自然の人を慈《いつく》しめる温光を吸い、身を繞《めぐ》る暖かき人の情《なさけ》を吸いて、気も心も自《おの》ずから舒《のび》やかになりつ。地を転じて既に一旬を経たれば、咯血止《や》み咳嗽《がいそう》やや減り、一週二回東京より来《きた》り診《しん》する医師も、快しというまでには到らねど病の進まざるを甲斐ありと喜びて、この上烈《はげ》しき心神の刺戟を避け、安静にして療養の功を続けなば、快復の望ありと許すに到りぬ。

四の三

都の花はまだ少し早けれど、逗子あたりは若葉の山に山桜《さくら》咲き初《そ》めて、山また山にさりもあえぬ白雲をかけし四月初《はじめ》の土曜。今日は朝よりそぼ降る春雨に、海も山も一色《ひといろ》に打煙《うちけぶ》り、ただささえ永き日の果《はて》もなきまで永き心地せしが、日暮方より大降りになりて、風さえ強く吹き出《い》で、戸障子の鳴る響凄《おとすさ》まじく、怒り哮《たけ》る相模灘《さがみなだ》の濤声《とうせい》、万馬《ばんば》の跳《おど》るが如く、海村戸を鎖《とざ》して燈火《ともしび》一つ漏る家もあらず。

片岡家の別墅《べっしょ》にては、今日は夙《と》く来《く》べかりしに勤務上やみ難き要ありておくれし武男が、夜《よ》に入《い》りて、風雨の暗《やみ》を衝《つ》きつつ来《きた》りしが、今はすでに衣を更《あらた》め、晩餐《ばんさん》を終え、卓に倚《よ》りかかりて、手紙を読みており。相対《あいむか》いて、浪子は美しき巾着《きんちゃく》を縫いつつ、時々針をとどめて良人《おっと》の方《かた》打眺めては笑み、風雨の音に耳傾けては静かに思《おもい》に沈みており。揚巻《あげまき》に結いし緑の髪には、一朶《いちだ》の山桜を葉ながらに挿《さしはさ》みたり。二人の間には、一脚の卓ありて、桃色の蓋《かさ》かけしランプは蜷々《じじ》と燃えつつ、薄紅《うすくれない》の光を落し、その傍《かたわら》には白磁瓶《はくじへい》に挿みたる一枝《いっし》の山桜、雪の如く黙して語らず。今朝別れ来し故山の春を夢むるなるべし。

風雨の声屋《おく》を繞《めぐ》りて騒がし。

武男は手紙を巻《まき》おさめつ。「おとうさんもよほど心配しておいでなさる。どうせ明日はちょっと帰京《かえ》るから、赤坂へ廻って来よう」

「明日いらッしゃるの？　このお天気に！　――でもおかあさまもお待ちなすッていらッしゃいましょうねエ。わたくしも行きたいわ！」

「浪さんが!!!　とんでもない！　それこそ真平《まっぴら》ご免蒙《こうむ》る。もう暫《しばら》くは流刑《しまながし》に遭ったつもりでいなさい。はははは」

「ほほほ、こんな流刑なら生涯でもようござんすわ――貴郎《あなた》、巻莨《たばこ》召上れな」

「欲しそうに見えるかい。まあ止《よ》そう。そのかわり来る前の日と、帰った日は、二日分喫《ぶりの》むのだからね。はははは」

「ほほほ、それじゃご褒美《ほうび》に、今好《いい》お菓子が参りますよ」

「それはご馳走《ちそう》様。大方お千鶴さんの土産《みやげ》だろう。――それは何かい、立派な物が出来るじゃないか」

「この間から日が永くッて仕様がないのですから、おかあさまへ上げようと思ってしているのですけど――イイエ大丈夫ですわ、遊び遊びしてますから。ああ何だか気分がでしょう」

清々《せいせい》したこと。も少し起きさして頂戴《ちょうだい》な、こうしてますとちっとも病気のようじゃない

「ドクトル川島がついているのだもの、はははは。でも、近頃は本当に浪さんの顔色がよくなッた。もうこっちのものだて」

この時次の間よりかの老女のいくが、菓子鉢と茶盆を両手に擎《ささ》げ来つ。

「ひどい暴風雨《しけ》でございますこと。旦那様がいらッしゃいませんと、ねエ奥様、今夜《こんばん》なんざ到底《とても》眼が合《あい》ませんよ。飯田町のお嬢様はお帰京遊《かえりあそ》ばす、看護婦さんまで、ちょっと帰京ますし、今日はどんなに淋しゅうございましてしょう、ねエ奥様。茂平《もへい》（老僕）どんはいますけれども」

「こんな晩に船に乗ってる人の心地《こころもち》はどんなでしょうねエ。でも乗ってる人を思いやる人はなお悲しいわ！」

「なあに」と武男は茶を啜《すす》り果てて風月の唐饅頭《とうまんじゅう》二つ三つ一息に平《たいら》げながら「なあに、これ位の風雨《しけ》はまだいいが、南支那《シナ》海あたりで二日も三日も大暴風雨《おおしけ》に出会うと、随分堪《こた》えるよ。四千何百噸《トン》の艦《ふね》が三四十度位に傾いてさ、山のような奴がドンドン甲板を打越してさ、艦が軋々響《ぎいぎいな》ると余りいい心地はしないね」

風いよいよ吹き募りて、暴雨一陣礫《つぶて》の如く雨戸に迸《ほとばし》る。浪子は眼を閉じつ。いくは身を震わしぬ。三人《みたり》が語《こと》暫《しば》し途絶えて、風雨の音のみぞ凄まじき。

「さあ、陰気な話はもう中止だ。こんな夜《ばん》は、ランプでも明《あか》るくして愉快に話すのだ。ここは横須賀よりまた暖《あたたか》いね、もうこんなに山桜が咲いたな」

浪子は磁瓶に挿しし桜の花弁《はなびら》を軽《かろ》く撫でつつ「今朝老爺《じいや》が山から折って来ましたの。奇《き》麗《れい》でしょう。——でもこの雨風で山のはよっぽど散りましょうよ。本当にどうしてこんなに潔いものでしょう！　そうそう、先刻蓮月《さっきれんげつ》*の歌にこんなのがありましたよ「うらやまし心のままにとく咲きて、すがすがしくも散るさくらかな」よく詠んでありますのねエ」

「なに？　すがすがしくも散る？　僕——乃公《わし》はそう思うがね、花でも何でも日本人はあまり散るのを賞翫《しょうがん》するが、それも潔白でいいが、過ぎるとよくないね。戦争《いくさ》でも早く討死《うちじに》する方が負《まけ》だよ。も少し剛情にさ、執拗《しつこく》さ、気永《きなが》な方を奨励したいと思うね。それでわが輩——乃公はこんな歌を詠んだ。いいかね、皮切《かわきり》だから*どうせ可笑《おか》しいよ、しつこしと、笑っちゃいかん、しつこしと人はいえども八重桜盛りながきは嬉しかりけり、ははははは梨本跣足《なしのもとはだし》*だろう」

「まあ面白いお歌でございますこと、ねエ奥様」

「はははは、姥《ばあ》やの折紙つきじゃ、こらいよいよ秀逸にきまったぞ」

話の途切れ目をまた一しきり激しくなりまさる風雨の音、濤《なみ》の音の立ち添いて、家はさながら大海《だいかい》に浮べる舟にも似たり。いくは鉄瓶《てつびん》の湯をかうるとて次に立ちぬ。浪子は挟《さしはさ》みいし体温器をちょっと燈火《あかり》に透《すか》し見て、今宵《こよい》は常よりも上らぬ熱を手柄顔に良人《おっと》に示しつつ、筒に収め、暫らく円卓《テーブル》の桜花《さくら》を見るともなく眺めていたりしが、たちまち含笑《ほほえ》みて

「もう一年経ちますのねエ、よウく記憶《おぼ》えてますよ、あの時馬車に乗って出ると家内《みんな》の者が送って出てますから何とかいいたかったのですけどどうしても口に出ませんの。おほほほ。それから溜池《ためいけ》橋を渡るともう日が暮れて、十五夜でしょう、真丸《まんまる》な月が出て、それから山王《さんのう》のあの坂を上るとちょうど桜花《さくら》の盛りで、馬車の窓からはらはらはらはらまるで吹雪のように降り込んで来ましてね、ほほほ、髷《まげ》に花片《はなびら》がとまってましたのを、もう下りるという時、気がついて伯母がとってくれましたッけ」

武男は円卓に頬杖《ほおづえ》つき「一年位たつな早いもんだ。かれこれすると直《す》ぐ銀婚式になっちまうよ。はははは、あの時浪さんの澄《すま》し方といったらはッははは思い出しても可笑《おか》し

い、可笑しい。どうしてああ澄されるかな」

「でも、ほほほほ――貴郎《あなた》も若殿様できちんと澄していらッしたわ。ほほほほ手が震えて、盃《さかずき》がどうしても持てなかったンですもの」

「大分《だいぶ》お賑《にぎ》やかでございますねエ」といくは莞爾《にこにこ》笑みつつ鉄瓶を持ちて再び入り来つ。「姥《ばあや》もこんなに気分が清々致したことはありませんでございますよ。ご一処《いっしょ》にこうしておりますと、昨年伊香保にいた時のような心地《こころもち》が致しますでございますよ」

「伊香保は嬉しかったわ！」

「蕨狩《わらびがり》はどうだい、誰かさんの御足《おみあし》が大分重かッたっけ」

「でも貴郎が余りお急ぎなさるんですもの」と浪子は含笑む。

「もう直ぐ蕨の時候になるね。浪さん、早く全快《よく》なッて、また蕨狩《わらびとり》の競争しようじゃないか」

「ほほほ、それまでにはきっと癒《なお》りますよ」

四の四

明くる日は、昨夜《ゆうべ》の暴風雨《あらし》に引かえて、不思議なほどの上天気。帰京は午後と定めて、午前の暖かく風なき間《ま》を運動にと、武男は浪子と打連れて、別荘の裏口よりはらはら松の砂丘《すなやま》を過ぎ、浜に出でたり。

「実に好天気だ。こんなになろうとは思いませんでしたねエ」

「好《いい》お天気、伊豆が近く見えるじゃないか、話でも出来そうだ」

二人はすでに乾ける砂を踏みて、今日の凪《なぎ》を地曳《じびき》すと立ち騒ぐ漁師、貝拾う子らを後にし、新月形《なり》の浜を次第に人少なき方《かた》に歩みつ。

浪子は卒然《ふと》思い出でたるように「ねエあなた。あの――千々岩さんはどうしてらッしゃるでしょう?」

「千々岩? 実に不埒《ふらち》極まる奴だ。あれから一度も会わンが。――なぜ聞くのかい?」

浪子は少し考え、「イイエ、ね、可笑《おか》しい事をいうようですが、昨夜《ゆうべ》千々岩さんの夢を見ましたの」

「千々岩の夢？」

「はあ。千々岩さんがおかあさまと何か話をしていなさる夢を見ましたの」

「ははは、気沢山《きだくさん》だねエ、どんな話をしていたのかい」

「何か分らないのですけど、おかあさまが何度も頷《うな》ずいていらっしゃいましたわ。――お千鶴さんが、あの方と山木さんと一所《いっしょ》に連立っていなさるのを見かけたって話したから、こんな夢を見たのでしょうね。ねエ、良人《あなた》、千々岩さんが我等宅《うち》に出入するような事はありますまいね」

「そんな事はない、ないはずだ。おっかさんも千々岩の事じゃ怒っていなさるからね」

浪子は思わず吐息をつきつ。

「本当に、こんな病気になってしまって、おかあさまもさぞいやに思っていらッしゃいましょうねエ」

武男ははたと胸を衝《つ》きぬ。病める妻には、それといわねど、浪子が病みて地を転《か》えしより、武男は帰京するごとに母の機嫌の次第に悪《あし》く、伝染の恐《おそれ》あればなるべく逗子には遠ざかれとまで戒められ、さまざまの壁訴訟の果ては昂《こう》じて実家《さと》の悪口となり、いささか宥《なだ》めんとすれば妻を庇《かば》いて親に抗するたわけ者と罵《ののし》らるることも、すでに一再に止《とど》まらざりけるなり。

「はははは、浪さんも色々な心配をするね。そんな事があるものかい。精出して養生して、来春《らいはる》はどうか暇を都合して、おっかさんと三人吉野の花見にでも行くさ——やアもうここまで来てしまッた。疲れたろう。そろそろ帰らなくもいいかい」

二人は浜尽きて山起る所に立てるなり。

「不動まで行きましょう、ね——イイエちょっとも疲れはしませんの。西洋まででも行けるわ」

「いいかい、それじゃその肩掛《ショール》をおやりな。岩が滑るよ、さ、しっかりつかまって」

武男は浪子を扶《たす》け引きて、山の根の岩を伝える一条の細径《さいけい》を、しばしば立ちどまりては憩《いこ》いつつ、一丁あまり行きて、しゃらしゃら滝の下に到りつ。滝の横手に小さき不動堂あり。松五六本、ひょろひょろと崖《がけ》より秀《ひい》でて、斜めに海を覗けり。

武男は岩を掃《はら》い、肩掛を敷きて浪子を憩わし、自己《われ》も腰かけて、わが膝《ひざ》を抱《いだ》きつ。

「好《い》い凪だね！」

海は実に凪《な》げるなり。近午の空は天心に到るまで蒼々《あおあお》と晴れて雲なく、一碧《いっぺき》の海は所《しょ》々練れるように白く光りて、見渡す限り眼に立つ襞《ひだ》だにもなし。海も山も春日《しゅんじつ》を浴びて悠々として眠れるなり。

「良人《あなた》！」

「何？」

「癒《なお》りましょうか」

「エ？」

「わたくしの病気」

「何をいうのかい。癒らずにどうする。癒るよ、きっと癒るよ」

浪子は良人《おっと》の肩に倚《よ》りつ、「でも万一《ひょっと》したら癒らずにしまいはせんかと、そう時々思いますの。実母《はは》もこの病気で亡《なく》なりましたし――」

「浪さん、なぜ今日に限ってそんな事をいうのかい。必定《だいじょうぶ》癒る。癒ると医師《いしゃ》もいうじゃアないか。ねエ浪さん、そうじゃないか。そらアおっかさんはその病気で――か知らんが、浪さんはまだ二十《はたち》にもならんじゃないか。それに初期だから、どんな事があったって癒るよ。ご覧な、それ内《うち》の親類の大河原、ね、あれは右肺《みぎのはい》がなくなッて、医者が匙《さじ》を抛《な》げてから、まだ十五年も生きてるじゃないか。是非《ぜひ》癒るという精神がありさえすりアきっと癒る。癒らんというのは浪さんが僕を愛せんからだ。愛するならきっと癒るはずだ。癒らずにこれをどうするかい」

武男は浪子の左手《ゆんで》を執《と》りて、わが唇に当てつ。手には結婚の前、武男が贈りし金剛石《ダイヤモンド》入《いり》の指環燦然《さんぜん》として輝けり。

二人は暫し黙して語らず。江の島の方《かた》より出で来りし白帆一つ、海面《うなづら》を滑り行く。

浪子は涙に曇る眼に微笑を帯びて「癒りますわ、きっと癒りますわ、――ああ、人間はなぜ死ぬのでしょう！　生きたいわ！　千年も万年も生きたいわ！　死ぬなら二人で！　ねエ、二人で！」

「浪さんが亡《な》くなれば、僕も生きちゃおらん！」

「本当？　嬉しい！　ねエ、二人で！――でもおかあさまがいらッしゃるし、お職分《つとめ》があるし、そう思っておいでなすッても自由にならないでしょう。その時はわたくしだけ先に行って待《ま》たなけりゃならないのですねエ――わたくしが死んだら時々は思い出して下さるの？　エ？　エ？　良人《あなた》？」

武男は涙を揮《ふ》りはらいつつ、浪子の黒髪《かみ》をかい撫《な》で「ああもうこんな話は止《よ》そうじゃないか。早く養生して、よくなッて、ねエ浪さん、二人で長生《ながいき》して、金婚式をしようじゃないか」

浪子は良人《おっと》の手をひしと両手に握りしめ、身を投げかけて、熱き涙をはらはらと武男が膝に落しつつ「死んでも、わたしは良人《あなた》の妻ですわ！　誰《たれ》がどうしたッて、病気したッて、死んだッて、未来の未来の後《さき》までわたしは良人の妻ですわ！」

五の一

新橋停車場に浪子の病を聞《きき》ける時、千々岩の唇に上りし微笑は、解かんと欲して解き得ざりし難問の忽然《こつぜん》としてその端緒を示せるに対して、先《ま》ず揚《あが》れる心の凱歌《がいか》なりき。悪《に》くしと思う川島片岡両家の関鍵《かんけん》は実に浪子にありて、浪子のこの肺患は取りも直さず天特にわれ千々岩安彦のために復讎《ふくしゅう》の機会を与うるもの、病は伝染致命の大患、武男は多く家にあらず、姑媳《こそく》の間に軽々《けいけい》一片の言《ことば》を放ち、一指を動かさずして破裂せしむるに何の仔細《しさい》かあるべき。事成らば、われは直《ただ》ちに飛びのきて、あとは彼らが互に手を負い負わし生き死に苦《くるし》む活劇を見るべきのみ。千々岩は実にかく思いて、いささか不快の眉《まゆ》を開けるなり。

叔母の気質はよく知りつ。武男がわれに怒《いか》りしほど、叔母はわれに怒らざるもよく知りつ。叔母が常に武男を子供視して、むしろわれ――千々岩の年よりも世故に長《た》けたる頭《こうべ》に依頼するの多きも、よく知りつ。そもそもまた親戚知己も多からず、人を叱り飛ばして内心には心細く覚ゆる叔母が、若夫婦に慊《あきた》らで味方欲しく思うをもよく知りつ。さればいまだ一兵を進めずしてその作戦計画の必ず成効《せいこう》すべきを測りしなり。

胸中すでに成竹ある千々岩は、さらに山木を語らいて、時々川島家に行きては、その模様を探らせ、かつは自己――千々岩の甚《いた》く悔悛《かいしゅん》覚悟せる由《よし》をほのめかしつ。浪子の病すでに二月《ふたつき》に及びて捗々《はかばか》しく治《ち》せず、叔母の機嫌のいよいよ悪《あ》しきを聞きし四月の末、武男はあらず、執事の田崎も家用を帯びて旅行せし隙《すき》を覗《うかが》い、一夜千々岩は不意に絶えて久しき川島家の門を入りぬ。あたかも叔母が独《ひと》り武男の書状を前に置きて、深く深く沈吟せる処に行きあわせつ。

五の二

「いや、一向捗《はか》がいきませんじゃ。金は使う、二月も三月も経ったてようなるじゃなし、困ったものじゃて、のう安さん。――こういう時分にゃ頼もしか親類でもあって相談すっとこじゃが、武はあの通り小供――」

「そこでございますて、叔母様《さん》、実に小甥《わたくし》もこうしてのこのこ上《あが》られる訳《わり》じゃないのですが、――ご恩になった故叔父様《おじさん》や叔母様に対しても、また武男君に対しても、このまま黙って見ていられないのです、実にいわば川島家の一大事ですからね、顔を拭《ぬぐ》って参った訳で――いや、叔母様、この肺病という病《やつ》ばかりは恐ろしいもんですね、叔母様もいくらもご存じでしょう、妻《さい》の病気が夫に伝染して一家総斃《そうだお》れになるはよくある例《ため》しです、小甥も武男君の上が心配でなりませんて、叔母様から少しご注意なさらんと大事になりますよ」

「そうじゃて。わたしもそいが恐ろしかで、逗子に行くな行くなて、武にいうんじゃがの、やっぱい聞かんで、見なさい――」

手紙をとりて示しつつ「医者がどうの、やれ看護婦がどうしたの、――馬鹿が、妻の事ばかい」

千々岩はにやり笑いつ。「でも叔母様、それは無理ですよ、夫婦に仲の好過《よす》ぎるということはないものです。病気であって見ると、武男君もいよいよこらそうあるべきじゃありませんか」

「それじゃてて、妻が病気すッから親に不孝をすッ法はなかもんじゃ」

千々岩は慨然として嘆息し「いや実に困った事ですな。折角《せっかく》武男君も好《い》い細君が出来て、叔母様もやっとご安心なさると、直《す》ぐこんな事になって――しかし川島家の存亡は実に今ですね――ところでお浪さんの実家《さと》からは何か挨拶《あいさつ》がありましたでしょうな」

「挨拶、ふん、挨拶、あの押柄《おうへい》な継母《かか》が、ふん少《ち》っとばかい土産《みやげ》を持っての、言訳ばかいの挨拶じゃ。加藤の内《うち》から二三度、来は来たがの――」

千々岩は再び大息《たいそく》しつ。「こんな時にゃ実家からちと気《き》を利かすものですが、病人の娘を押付けて、よくいられるですね。しかし利己主義が本尊の世の中ですからね、叔母様」

「そうとも」

「それはいいですが、心配なのは武男君の健康です。もしもの事があったらそれこそ川島家は破滅です、――そういう内にもいつ伝染しないとも限りませんよ。それだって、夫婦というと、まさか叔母様が籬《かき》をお結いなさる訳にも行きませんし――」

「そうじゃ」

「でも、このままになすっちゃ川島家の大事になりますし」

「そうとも」

「子供の言うようにするばかりが親の職分じゃなし、時々は子を泣かすが慈悲になることもありますし、それに若い者は一旦《いったん》、思い込んだようでも少し経つと案外気の変るものですからね」

「そうじゃ」

「少し位の可《か》愛想《あいそう》や気の毒は家の大事には換えられませんからね」

「おおそうじゃ」

「それに万一、子供でも出来なさると、それこそ到底——」

「いや、そこじゃ」

膝乗り出して、がっくりと一つ頷《うな》ずける叔母の容子《ようす》を見るより、千々岩は心の膝を拍《う》ちて、翻然として話を転じつ。彼はその注《つ》ぎ込みし薬の見る見る廻るを認めしのみならず、叔母の心田《しんでん》もとすでに一種子の落ちたるありて、いまだ左右《とこう》の顧慮に覆われいるも、その土《ど》を破りて芽《め》ぐみ長じ花さき実るに到るはただ時日の問題にして、その時日も勢《いきおい》甚だ長からざるべきを悟りしなりき。

その真質において悪人ならぬ武男が母は、浪子を愛せぬまでも悪《にく》めるにはあらざりき。

浪子が家風、教育の異なるに関《かかわ》らず、なるべく己《おのれ》を棄《す》てて姑に調和せんとするをば、さすがに母も知り、あまつさえその或《ある》点において趣味をわれと同《おな》じゅうせるを感じて、口に叱れど心にはわが花嫁の頃は到底《とても》あれほどに届かざりしとひそかに思えることもありき。さりながら浪子が殆《ほと》んど一月に亘《わた》るぶらぶら病の後、いよいよ肺結核の忌《いま》わしき名をつけられて、眼前に咯血《かっけつ》の恐《おそろ》しきを見るに及び、なおその病の尠《すく》からぬ費用をかけ時日を費やしてはかばかしき快復を見ざるを見るに及び、失望といわんか嫌厭《けんえん》と名づけんか自《みずか》ら分《わか》つあたわざる或《ある》一念の心底《しんてい》に生え出でたるを覚えつ。かれを思い出で、これを思いやりつつ、一種不快なる感情の胸中に醞醸《うんじょう》するに従って、武男が母は上《うわ》うち覆いたる顧慮の一塊《いっかい》一塊融け去りてかの一念の驚くべき勢《いきおい》もて日々長じ来《きた》るを覚えしなり。

千々岩は分明《ぶんみょう》に叔母が心の径路《けいろ》を辿《たど》りて、これよりおりおり足を運びては、ただざり気なく微雨軽風の両三点を放って、その顧慮を弛《ゆる》め、その萌芽を培《つちか》いつつ、局面の近くに発展せん時を待ちぬ。そのおりおり武男の留守を覗《うかが》いて川島家に往来することのおぼろに外《ほか》に漏れし頃は、千々岩はすでにその所作の大要を卒《お》えて、早くも舞台より足を抜きつつ、かの山木に向い近きに起るべき活劇の予告《まえぶれ》をなして、予《あらかじ》め祝盃《しゅくはい》を挙げけるなり。

六の一

五月初旬《はじめ》、武男はその乗組める艦《ふね》のまさに呉《くれ》より佐世保《させほ》に赴き、それより函館《はこだて》附近に行わるべき聯合《れんごう》艦隊の演習に列せんため引かえして北航するはずなれば、かれこれ四五十日がほどは帰省の機会《おり》を得ざるべく、暫時《しばし》の告別《いとま》かたがた、一夜《あるよ》帰京して母の機嫌を伺いたり。

近頃はとかく奥歯に物のはさまりしように、いつ帰りても機嫌よからぬ母の、今夜《こよい》は珍らしく莞爾顔《にこにこがお》を見せて、風呂を焚《た》かせ、武男が好物の薩摩汁など自《みず》から手を下《おろ》さぬばかり肝煎《きもい》りてすすめつ。元来あまり細かき事には気をとめぬ武男も、容子《ようす》のいつになくあらたまれるを不思議——とは思いしが、何歳《いくつ》になっても可愛《かあい》がられて嬉しからぬ子はなきに、父に別れてよりひとしお母なつかしき武男、母の機嫌の直れるに心嬉しく、快よく夜食の箸《はし》をとりし後は、湯に入りてはらはら降り出せし雨の音を聞きつつ、この上の欲には浪子が早く全快してここにわが帰《かえり》を待っているようにならばなど今日立寄りて来し逗子の様子思い浮べながら、陶然とよき心地になりて浴を出で、使女《おんな》が被《はお》る平生服《ふだんぎ》を無造作に引かけて、葉巻握りし右手《めて》の甲に額を摩《こす》りながら、母が八畳の居間に入り来《きた》りぬ。

小間使に肩揉《ひね》らして、羅宇《らう》*の長き煙管《きせる》にて国分《こくぶ》*を燻《くゆ》らしいたる母は眼をあげ「おお早《はや》上がって来たな。ほほほほほ、おとっさまがちょうどそうじゃったが――そ、その座蒲《ざぶ》団《とん》に坐《すわ》ッがいい。――松、和女郎《おまえ》はもうよかで、茶を入れて来なさい」と自《み》ずから立って茶棚より菓子鉢を取り出でつ。

「まるでお客様ですな」

武男は葉巻を一吸《ひとすい》吸いて碧《あお》き煙《けぶり》を吹きつつ、うち含笑《ほほえ》む。

「武どん、よう帰ったもった。――実はの、ちっと相談もあるし、是非《ぜっひ》帰ってもらおうと思ってた所じゃった。まあ帰ってくれたで、好都合《いい》ッごあした。逗子――寄って来つろの?」

逗子は繁《しげ》く往来するを母の嫌うはよく知れど、まさかに見え透いたる虚言《うそ》もいいかねて、

「はあ、ちょっと寄って来ました。――大分《だいぶ》血色も直りかけたようです。おっかさんに済《すま》ないッて、ひどく心配していましたッけ」

「そうかい」

母は熟々《しげしげ》武男の顔を睇視《みつ》めつ。

折から小間使の茶道具を持て来しを母は引取り、

「松、御身《おまえ》はあっち行っていなさい。そ、その襖《ふすま》をちゃんと閉めて――」

六の二

手ずから茶を汲みて武男にすすめ、己《われ》も飲みて、やおら煙管をとりあげつ。母はおもむろに口を開きぬ。

「なあ武どん、わたしももう大分衰弱《よわい》ましたよ。去年の僂麻質斯《リウマチ》でがっつり弱い申した。昨日お墓謁《はかまいり》したばかいで、まだ肩腰が痛んでな。年が寄ると何かと心細うなッて困いますよ――武どん、おまえ身体《からだ》を大事にしての、病気をせん様《ごと》してくれんとないませんぞ」

葉巻の灰をほとほと火鉢の縁にはたきつつ、武男は太々《でっぷり》と肥えたれどさすがに争われぬ年波の寄る母の額《ひたえ》を仰ぎ「私《わたくし》は始終外《ほか》にいますし、何もかもおっかさんが総理大臣ですからな――浪でも達者ですといいですが。彼女《あれ》も早く全快《よく》なっておっかさんのお肩を休めたいッてそういつもいってます」

「さあ、そう思っとるじゃろうが、病気が病気でな」

「でも、大分快方《いいほう》になりましたよ。段々暖かくはなるし、とにかく若い者ですからな」

「さあ、病気が病気じゃから、よく行けばええがの、武どん――医師《おいしゃ》の話じゃったが、浪どんの母御《かさま》も、やっぱい肺病で亡《なく》なッてじゃないかの?」

「はあ、そんな事をいッてましたがね、しかし――」

「この病気は親から子に伝わッてじゃないかい?」

「はあ、そんな事をいいますが、しかし浪のは全く感冒《かぜ》から引き起したンですからね。なあに、母上《おっかさん》、用心次第です、伝染の、遺伝のいうですが、実際そういうほどでもないですよ。現に浪のおとっさんもあんな健康《じょうぶ》な方ですし、浪の妹――はあのお駒さんです――彼女《あれ》も肺のはの字もない位です。人間は医師《いしゃ》のいうほど弱いものじゃありません、はははははは」

「いいえ、笑い事じゃあいません」と母はほとほと煙管《きせる》をはたきながら「病気の中でもこの病気ばかいは恐ろしいもンでな、武どん。おまえも知っとるはずじゃが、あの知事の東郷、な、おまえがよく喧嘩《けんか》をしたあの児《こ》の母御《かさま》な、どうかい、あの母《ひと》が肺病で死んでの、一昨年《おととし》の四月じゃったが、その年の暮れに、どうかい、東郷さんもやっぱい肺病で死んで、ええかい、それからあの息子さん——どこかの技師をしとったそうじゃがの——もやっぱい肺病で先頃《このあいだ》亡くなッた、な。皆母御《みいな》のが伝染《うつ》ッたのじゃ。まだこんな話がいくつもあいます。そいでわたしはの、武どん、この病気ばかいは油断がならん、油断をすれば大事じゃと思うッがの」

母は煙管をさしおきて、少し膝をすすめ、黙して聞きおれる武男の横顔を覗《のぞ》きつつ

「実はの、わたしもこの間から相談したいしたい思っおい申したが——」

少しいい淀んで、武男の顔熟々《しげしげ》と睇視《みつ》め、

「浪じゃがの——」

「はあ?」

武男は顔をあげたり。

「浪を——引取ってもろちゃどうじゃろの?」

「引取《ひきとる》? どう引取るのですか」

母は武男の顔より眼をはなさず、「実家《さと》によ」

「実家に？　実家で養生さすのですか」

「養生もしようがの、とにかく引取って――」

「養生には逗子がいいですよ。実家では小供もいますし、実家で養生さす位なら此家《うち》の方がよっぽど優《ま》しですからね」

冷たくなりし茶を啜《すす》りつつ、母は少し震い声に「武どん、おまえ酔っちゃいまいの、分かん風《ふり》するのかい？」熟《じっ》とわが子の顔見つめ「わたしがいうのはな、浪を――実家に戻すのじゃ」

「戻す？……戻す？――離縁《りえん》ですな!!」

「こーれ、声が高かじゃなッか、武どん」寒戦《うちふる》う武男を熟と見て

「離縁《じえん》、そうじゃ、まあ離縁よ」

「離縁！　離縁!!――なぜですか」

「なぜ？　先刻《さっき》からいう通り、病気が病気じゃからの」

「肺病だから……離縁すると仰るのですな？　浪を離縁すると？」

「そうよ、可《か》愛想《あいそう》じゃがの――」

「離縁!!!」

武男の手より滑り落ちたる葉巻は火鉢に落ちて夥《おびただ》しくうち煙《けぶ》りぬ。一燈螆々《じじ》と燃えて、夜の雨はらはらと窓をうつ。

六の三

母はしきりに烟《けぶ》る葉巻を灰に葬りつつ、少し乗出して
「なあ、武どん、余《あんま》い突然《ふい》じゃからおまえも仰天《びっくい》するなもっともっごあすがの、此母《わたし》はもうこれまで幾夜《いくばん》も幾晩も考えた上の話じゃ、そんつもいで聞いてたもらんといけませんぞ。
そらアもう浪にはわたしも別にこいという不足はなし、おまえも気に入っとっ事《こっ》じゃから、何もこちの好きで離縁《じえん》のし申《も》すじゃごあはんがの、何をいうても病気が病気
――」
「病気は快方《いいほう》に向いてるです」武男は口早にいいて、きっと母の顔を仰ぎたり。
「まあわたしの言う所《こと》を聞きなさい。――それは目下《いま》の所じゃ悪くないかも知らんがの、わたしはよウく医師《おいしゃ》から聞いたが、この病気ばかいは一時《いっとき》よかってもまた悪くなる、

暑さ寒さで直《す》ぐまた起るもんじゃ、肺結核で全快《よう》なッた人はまあ一人もない、お医者がそういい申すじゃての。よし浪が今死なんにした処《とこ》が、その内またきっと悪くなッは保証《うけあい》じゃ。その内にはきっとおまえに伝染すッなこら保証じゃ、なあ武どん。おまえに伝染《うつ》る、子供が出来《でく》る、子供に伝染る、浪ばかいじゃない、大事な主人のおまえも、の、大事な家嫡《あととり》の子供も、肺病持《もち》なッて、死んでしもうて見なさい、川島家はつぶれじゃなッかい。ええかい、おまえがおとっさまの丹精《たんせい》で、折角《せっかく》これほどになッて、天子様からお直々《じきじき》に取立てて下さったこの川島家もおまえの代で潰れッしまいますぞ。——そいは、も、浪も可愛想《かあいそう》、おまえもなかなか痛《きつ》か、わたしも親でおってこういう事いい出すな面白くない、辛いがの、何をいうても病気が病気じゃ、浪が可愛想じゃて主人のおまえにゃ代えられン、川島家にも代えられン。よウく分別のして、ここは一つ思い切ってたもらんとないませんぞ」

黙然《もくねん》と聞きいる武男が心には、今日見舞来《き》し病妻の顔歴々《ありあり》と浮《うか》みつ。

「おっかさん、私《わたくし》はそんな事は出来ないです」

「なっぜ？」母はやや声高《こわだか》になりぬ。

「おっかさん、今そんな事をしたら、浪は死《しに》ます！」

「そいは死ぬかも知れン、じゃが、武どん、わたしはおまえの命が惜しい、川島家が惜しいのじゃ！」

「おっかさん、そう私《わたし》を大事になさるなら、どうか私の心を汲んで下さい。こんな事を言うのは異《い》なようですが、実際私にはそんな事はどうしても出来ないです。まだ慣れないものですから、それは色々届かぬ所はあるですが、しかしおっかさんを大事にして、私《わたくし》にもよくしてくれる、実に罪も何もない彼女《あれ》を病気したからッて離別するなんぞ、どうしても私は出来ないです。肺病だッて癒《なお》らん事はありますまい、現に癒りかけとるです。もしまた癒らずに、どうしても死ぬなら、おっかさん、どうか私の妻《さい》で死なして下さい。病気が危険なら往来も絶つです、用心もするです。それはおっかさんのご安心なさるようにするです。でも離別だけはどうあッても私は出来ないです！」

「へへへへ、武男、おまえは浪の事ばッかいいうがの、自分は死んでも構わンか、川島家は潰してもええかい？」

「おっかさんは私《わたし》の身体ばッかり仰るが、そんな不人情な不義理な事して長生《ながいき》したッてどうしますか。人情に背《そむ》いて、義理を欠いて、決して家のためにいい事はありません。決して川島家の名誉でも光栄でもないです。どうでも離別は出来ません、断じて出来ないです」

難関あるべしとは期《ご》しながら思いしよりも烈《はげ》しき抵抗に出会いし母は、例の癇癖《かんぺき》のむらむらと胸先《むなさき》にこみあげて、額のあたり筋立ち、蟀谷《こめかみ》顫《うご》き、煙管持つ手のわなわなと震わるるを、ようよう押《おし》しずめて、わずかに笑《えみ》を装いつ。

「そ、そうせき込まんでも、まあ静かに考えて見なさい。おまえはまだ年が若《わか》かで、世間《よのなか》を知ンなさらンがの、よくいうわ、それ、小の虫を殺しても大の虫は助けろじゃ。なあ。浪は小の虫、おまえ――川島家は大の虫じゃ、の。それは先方《むこう》も気の毒、浪も可愛想なよなものじゃが、病気すっが悪かじゃなッか。何と思われたて、川島家が断絶するよかまだええじゃなッか、なあ。それに不義理の不人情のいいなはるが、こんな例《こと》は世間に幾多《いくら》もあります。家風に合わンと離縁《じえん》する、子供がなかと離縁する、悪い病気があっと離縁する。これが世間の法、なあ武どん。何の不義理な事も不人情な事もないもんじゃ。全体《いったい》こんな病気のした時ゃの、嫁の実家《さと》から引取ってええはずじゃ。先方からいわンからこっちでいい出すが、何の悪か事恥かしか事があッもンか」

「おっかさんは世間世間と仰るが、何も世間が悪い事をするから自分も悪い事をしていいという法はありません。病気すると離別するなんか昔の事です。もしまたそれが今の世間の法なら、今の世間は打壊《ぶちこわ》していい、打壊さなけりゃならんです。おっかさんはこっちの事ばっかり仰るが、片岡の家《うち》だッて折角嫁にやった者が病気になったからッて戻されて快《いい》気持がしますか。浪だってどの顔さげて帰られますか。万一《ひょっと》これが反対《さかさま》で、私が肺病で、浪の実家から肺病は険呑《けんのん》だからッて浪を取戻したら、おっかさん快心地《こころもち》がしますか。同じ事《おんな》です」

「いいえ、そいは違う。男と女とはまた違うじゃなッか」

「同じ事です。情理からいって、同じ事です。私からそんな事をいっちゃ可笑《おか》しいようですが、浪もやっと喀血《かっけつ》がとまって少し快方《いいほう》に向いたかという時じゃありませんか、今そんな事をするのは実に血を吐かすようなものです。浪は死んでしまいます。きっと死ぬです。他人だッてそんな事は出来ンです、おっかさんは私に浪を殺せ……と仰るのですか」

武男は思わず熱き涙をはらはらと畳に落しつ。

六の四

母はつと立上がって、仏壇より一個《ひとつ》の位牌《いはい》を取り下ろし、座に帰って、武男の眼前《めさき》に押《おし》すえつ。

「武男、おまえはな、女親じゃからッてわたしを何とも思わんな。さ、おとっさまの前でま一度言って見なさい、さ言って見なさい。ご先祖代々のお位牌も見ておいでじゃ。さ、ま一度いって見なさい、不孝者めが!!」

きっと武男を睨《にら》みて、続けざまに煙管もて火鉢の縁打敲《うちたた》きぬ。

さすがに武男も少し気色《けしき》ばみて「なぜ不孝です?」

「なぜ? なぜもあッもンか。妻《さい》の肩ばッかい持って親のいう事は聞かん奴、不孝者じゃなッか。親が育てた体を粗略《そまつ》にして、ご先祖代々の家を潰す奴は不孝者じゃなッか。不孝者、武男、おまえは不孝者、大不孝者じゃど」

「しかし人情――」

「まだ義理人情をいうッか。おまえは親よか妻が大事なッか。たわけめが。何いうと、妻、妻、妻ばかいいう、親をどうすッか。何をしても浪ばッかいいう。不孝者めが。勘当すッど」

武男は唇《くちびる》を噛みて熱涙を絞りつつ「おっかさん、それは余《あん》まりです」

「何が余《あんま》いだ」

「私《わたくし》は決してそんな粗略《そりゃく》な心は決して持っちゃいないです。おっかさんにその心が届きませんか」

「そいならわたしがいう事をなぜ聴かぬ？　エ？　なぜ浪を離縁《じえん》せンッか」

「しかしそれは――」

「しかしもねもンじゃ。さ、武男、妻が大事か、親が大事か。エ？　家が大事？　浪が――？――エエ馬鹿め」

はっしと火鉢をうちたる勢《いきおい》に、煙管の羅宇《らう》はぽっきと折れ、雁首《がんくび》は空《くう》を飛んではたと襖《ふすま》を破りぬ。途端に「はッ」と襖のあなたに片唾《かたず》をのむ人の気《け》はいせしが、やがて震い声に「ご免――遊ばせ」

「誰？――何じゃ？」

「あの！　電報が……」

襖開き、武男が電報をとりて見、小間使が女主人《あるじ》の一睨《いちげい》に会いて半《なかば》消え入りつつそこそこに去りしまで、僅《わずか》二分ばかりの間——ながら、この瞬間に二人が間の熱やや下《くだ》りて、暫くは母子《おやこ》ともに黙然と相対しつ。雨はまた一しきり滝のように降り洒《そそ》ぐ。

母は漸《ようや》く口を開きぬ。眼にはまだ怒《いかり》の閃《ひら》めけども、語はどこやらに湿《しめり》を帯びたり。

「なあ、武どん。わたしがこういうも、何もおまえのため悪かごとすっじゃなかからの。わたしにゃたッた一人のおまえじゃ。おまえに出世をさせて、丈夫な孫抱《で》えて見たかばかいがわたしの楽《たのしみ》じゃからの」

黙然と考え入りし武男はわずかに頭《かしら》を上げつ。

「おっかさん、とにかく私も」電報を示しつつ「この通り出発が急になッて、明日は遅くも帰艦せにゃならんです、一ト月位すると帰って来ます。それまではどうかだれにも今夜の話は黙っていて下さい。どんな事があっても、私が帰って来るまでは、待っていて下さい」

＊　＊　＊　＊　＊　＊　＊　＊

翌日《あくるひ》武男はさらに母の保証をとり、さらに主治医を訪《と》いて、懇《ねんごろ》に浪子の上を托《たく》し、午後の汽車にて逗子に下《お》りつ。

汽車を下《くだ》れば、日落ちて五日の月薄紫の空にかかりぬ。野川の橋を渡りて、一路の沙《すな》はほの闇《ぐら》き松の林に入りつ。林を穿《うが》ちて、桔槹《はねつるべ》の黒く夕空に聳《そび》ゆるを望める時、思いがけなき爪音《つまおと》聞《きこ》ゆ。「ああ琴を弾いている……」と思えば心《しん》の臓《ぞう》を挘《むし》らるる心地して、武男は暫《しば》し門外に涙《なんだ》を拭《ぬぐ》いぬ。今日は常よりも快よかりしとて、浪子は良人《おっと》を待ちがてに絶えて久しき琴取り出《い》でて奏《かな》でしなりき。

顔色の常ならぬを訝《いぶか》られて、武男はただ夜深しし故《ゆえ》とのみ言い紛《まぎ》らしつ。約あれば待ちていし晩餐《ばんさん》の卓《つくえ》に、浪子は良人と対《むか》いしが、二人共に食すすまず。浪子は心細さを淋しき笑《えみ》に紛らして、手ずから良人のコートの扣鈕《ボタン》ゆるめるをつけ直し、刷毛《ブラシ》もて丁寧にはらいなどする内に、終列車の時刻迫れば、今はやむなく立上がる武男の手に縋《すが》りて

「良人《あなた》、もういらッしゃるの？」

「直《す》ぐ帰って来る。浪さんも注意して、よくなッていなさい」

互にしっかと手を握りつ。玄関に出づれば、姥《うば》のいくは靴を直し、僕《ぼく》の茂平は停車場《ステーション》まで送るとて手革嚢《てかばん》を左手《ゆんで》に、月はあれど提燈《ちょうちん》ともして待ちたり。

「それじゃ姥《ばあ》や、奥様を頼んだぞ。――浪さん、行って来るよ」

「早く帰って頂戴《ちょうだい》な」

頷《うなず》きて、武男は僕が照せる提燈の光を踏みつつ門を出でて十数歩、ふりかえり見れば、浪子は白き肩掛を打被《うちき》て、いくと門に彳《たた》ずみ、手巾《ハンケチ》を打ふりつつ「良人、早く帰って頂戴な」

「直ぐ帰って来る。――浪さん、夜気《やき》にうたれるといかん、早く入ンなさい！」

されど、二度三度ふりかえりし時は、白き姿の朦朧《もうろう》として見えたりしが、やがて路《みち》は転《めぐ》りてその姿も見えずなりぬ。ただ三たび
「早く帰って頂戴な」

という声の後を慕うて咽《むせ》び来るのみ。顧みれば片破月《かたわれづき》の影冷やかに松にかかれり。

七の一

「お帰り」の前触《まえぶれ》勇ましく、先刻玄関先に二人挽《ににんびき》を下《お》りし山木は、早湯に入りて、早咲の花菖蒲《はなしょうぶ》の活《い》けられし床《とこ》を後《うしろ》に、ふうわりとした座蒲団《ざぶとん》に胡坐《あぐら》をかきて、さあこれか

らが漸々《ようよう》こっちの体になりしという風情《ふぜい》。慾には酌人《しゃくにん》がちと無意気《ぶいき》と思い貌《がお》に、しかし愉快らしく、妻《さい》のお隅《すみ》の顔じろりと見て、まず三四盃傾《はいかたぶ》くる処に、婢《おんな》が持て来し新聞の号外洋燈《ランプ》の光にてらし見つ。

「うう朝鮮か……東学党*ますます猖獗《しょうけつ》……なに清国が出兵したと……。さあ大分《だいぶ》面白くなッて来たぞ。これで我邦《こっち》も出兵する――戦争《いくさ》になる――さあ儲《もう》かるぜ。お隅、前祝だ、おまえも一つ飲め」

「良人《あんた》、実際《ほんまに》戦争になりますやろか」

「なるとも。愉快、愉快、実に愉快。――愉快といや、なあお隅、今日ちょっと千々《ちぢ》岩《わ》に会ったがの、例の一条も大分捗《はか》が行きそうだて」

「まあ、そうかいな。若旦那が納得しやはったのかいな」

「なあに、武男さんはまだ帰って来ないから、相談も納得もありゃしないが、お浪さんがまた血を咯《は》いたンだ。ところでご隠居ももう駄目だ、武男が帰らん内に断行するといっているそうだ。も一度千々岩に刺戟《つっつ》いてもらえば、大丈夫出来る。武男さんが帰りゃなかなか断行もむずかしいからね、そこで帰らん内にすっかり処置《かた》をつけてしまおうとご隠居も思っとるのだて。もうそうなれゃアこっちのものだ。――さ、御台所《みだいどころ》、お酌だ」

「お浪はんも可愛想やな」

「お前もよっぽど変ちきな女だ。お豊《とよ》が可愛想だからお浪さんを退《の》いてもらおうというかと思えば、もう出来そうになると今度アお浪さんが可愛想！　そんな馬鹿な事は中止《よし》として、今度はお豊を後釜に据る計略《ふんべつ》が肝腎《かんじん》だ」

「でも良人《あんた》、留守にお浪はんを離縁して、武男はん――若旦那が承知しなはろまいがな、なあ良人――」

「さあ、武男さんが帰ったら怒るだろうが、離縁してしまッて置けば、帰って来てどう怒っても仕様がない。それに武男さんは親孝行《おやおもい》だから、ご隠居が泣いて見せなさりア、まあ泣寝入だな。そっちはそれでよいとして、さて肝腎要《かなめ》のお豊姫の一条だが、とにかく武男さんの火の手が少し鎮《しず》まってから、食料つきの行儀見習とでもいう口実《おしだし》で、無理に押かけるだな。なあに、むずかしいようでも易《やす》いものさ。ご隠居の機嫌さえとりア出来るこった。お豊がいよいよ川島男爵夫人になりア、彼女《あれ》は恋が叶うというものだし、乃公《おれ》はさしより舅役《しゅうとやく》で、武男さんはあんな坊ちゃんだから、川島家の財産は先《ま》ず乃公が扱ってやらなけりゃならん。すこぶる妙――いや妙な役を受持って、迷惑じゃが、それはまあ仕方がないとして、さてお豊だがな」

「良人、もう御飯《おまんま》になはれな」

「まあいいさ。取るとやるの前祝だ。――ところでお豊だがの、おまえもっと躾《しつけ》をせんと困るぜ。あの通り毎日駄々を捏《こ》ねてばかりいちゃ、先方行《あっち》ってからが実際思われるぞ。観音様が姑《しゅうと》だッて、ああじゃ愛想をつかすぜ」

「それじゃてて、良人、躾はわたしばかいじゃ出来《でけ》まへんがな。いつでも良人は――」

「おっとその言訳が拙者大嫌いでござるて。ははははは。論より証拠、乃公が躾をして見せる。さ、お豊をここに呼びなさい」

七の二

「お嬢様、お奥でちょいといらッしゃいましッて」
と小間使の竹が襖《ふすま》を明けて呼ぶ声に、今しも夕化粧を終えてまだ鏡の前を立ち去り兼ねしお豊は、悠々とふりかえり
「あいよ、今行くよ。――ねエ竹や、ここン所《とこ》が」

と鬢《びん》をかい撫《な》でつつ「ちっとそそけちゃいないこと?」

「いいえ、ちっともそそけてはいませんよ。おほほほほ。お化粧《つくり》がよく出来ましたこと! ほほほほッ。惚々《ほれぼれ》致しますよ」

「いやだよ、お世辞なんぞいッてさ」いいながらまた鏡を覗《のぞ》いて莞爾《にこり》と笑う。竹は口打掩《うちおお》いし袂《たもと》をとりて、片唾《かたず》を飲みつつ、

「お嬢様、お待ち兼《かね》でございますよ」

「いいよ、今行くよ」

漸《ようや》く思い切りし体《てい》にて鏡の前を離れつつ、ちょこちょこ走りに幾間《いくま》か通りて、父の居間に入り行きたり。

「おお、お豊か。待っていた。ここへ来な来な。さおっかさんに代わって酌でもしなさい。おっと乱暴な銚子《ちょうし》の置き方をするぜ。茶の湯生花《いけばな》の稽古《けいこ》までした令嬢にゃ似合ンぞ。そうだそうだそう山形に置くものだ」

早や陶然と色づきし山木は、妻《さい》の留むるをさらに幾盃《いくはい》か重ねつつ「なあお隅、お豊がこう化粧《おつくり》した所は随分別嬪《べっぴん》だな。色は白し——姿《なり》は好《よ》し。内じゃそうもないが、外に出りゃちょいとお世辞もよし。惜《おし》い事にはおっかさんに肖《に》て少し反歯《そっぱ》だが——」

「良人《あんた》！」

「眼尻をもう三分《ぶ》上げると女っぷりが上がるがな――」

「良人！」

「こら、お豊何を怒《ふくれ》るのだ？　ふくれると嬢《むすめ》っぷりが下がるぞ。何もそう不景気な顔をせんでもいい、なあお豊。おまえが嬉しがる話があるのだ。さあ話賃に一盃注《つ》げ注げ」

満々《なみなみ》と注がせし猪口《ちょこ》を一息に仰飲《あお》りつつ、

「なあお豊、今もおっかさんと話したことだが、おまえも知っとるが、武男さんの事だがの――」

空しき槽櫪《そうれき》*の間に不平臥《ふてね》したる馬の春草の香《かんば》しきを聞ける如く、お豊はふっと頭《かしら》を擡《もた》げて両耳を引っ立《たて》つ。

「おまえが写真を引抓《ひっか》いたりしたもんだからとうとう浪子さんも祟《たた》られて――」

「良人！」お隅夫人は三たび眉《まゆ》を顰《ひそ》めつ。

「これから本題に入《い》るのだ。とにかく浪子さんが病気《あんばい》が悪い、というンで、まあ離縁になるのだ。いいや、まだ先方に談判はせん、浪子さんも知らんそうじゃが、とにかく近い内にそうなりそうなのだ。ところでそっちの処置《かた》がついたら、そろそろ後釜の売つけ――いやここだて、乃公《おれ》もおっかさんもおまえをな、まあお浪さんの後に入れたいと思っているのだ。いや、そう直《す》ぐ――という訳《わけ》にも行くまいから、まあおまえを小間使、これさ、そう愕《びっくり》せんでもいいわ、まあ候補生のつもりで、行儀見習という名義で、川島家《あしこ》に入り込ますのだ。――ご隠居に頼んで、ないいかい、ここだて――」

一息つきて、山木は妻《さい》と娘の顔をかれよりこれと見やりつ。

「ここだて、なお豊。少し早いようだが――いって聞かして置く事があるがの。おまえも知《しっ》とる通り、あの武男さんのおっかさん――ご隠居は、評判の癇癪持《かんしゃくもち》の、わがまま者の、頑固《がんこ》の――おっとおまえがおっかさんを悪口《あっこう》しちゃ済まんがの――とにかくここに坐っておいでのこのおっかさんのように――やさしくない人だて。しかし鬼でもない、蛇《じゃ》でもない、やっぱり人間じゃ。その呼吸さえ飲込むと、鬼の娘《よめ》でも蛇の女房にでもなれるものじゃ。なあに、あの隠居位《ぐらい》、乃公《おれ》が女なら二日も傍《そば》へいりゃ豆腐のようにして見せる。――と自慢した所で、仕方がないが、実際あんな老人《としより》でも扱いようじゃ何でもないて。ところで、いいかい、お豊、おまえがいよいよ先方へ、まあ小間使兼細君候補生として入《い》り込む時になると、第一今のように怠慢《なまけ》ていちゃならん、朝も早く起きて

――老人は眼が早く醒《さ》めるものじゃ――外《ほか》の事はどうでもいいとして、ご隠居の用をよく達《た》すのだ。いいかい。第二にはだ、今のように何といえば直ぐ怒《ふく》れるようじゃいけない、何でもかでも負けるのだ。いいかい。叱られても負ける、無理をいわれても負ける、こっちがよけりゃなお負ける、な。そうすると先方《むこう》で折れて来る、な、ここがよくいう負けて勝つのだ。決して腹を立っちゃいかん、よしか。それから第三にはだ、――これは少し早過ぎるが、ついでだからいっとくがの、無事に婚礼が済んだッて、いいかい、決して武男さんと仲がよ過ぎちゃいけない。何さ、内々《ないない》はどうでもいいが、表向《おもてむき》の所をよく注意しなけりゃいけんぜ。姑御《しゅうとご》には馴々《なれなれ》しくさ、なるたけ近くして、婿殿にゃ姑の前で毒にならん位の小悪口《わるくち》もつく位でなけりゃならぬ。可笑《おか》しいもンで、わが子の妻《さい》だから夫婦仲が好《いい》と嬉しがりそうなもんじゃが、実際あまり好と姑の方では面白く思わぬ。まあ一種の嫉妬《しっと》――わがままだな。でなくも、あまり夫婦仲が好と、自然姑の方が疎略になる――と、まあ姑の方では思うだな。浪子さんも一つはそこでやり損なったかも知れぬ、仲が好過ぎての――おッと、そう角が生えそうな顔しちゃいけない、なあお豊、今いった負けるのはそこじゃぞ。ところで、いいかい、なるたけ注意して、この女は真《ほん》にわたしの娘《よめ》だ、子息《せがれ》の妻《さい》じゃない、というように姑に感じさせなけりゃならん。姑娘の喧嘩《けんか》は大抵この若夫婦の仲が好過ぎて、姑に孤立の感を起さすから起るのが多いて。いいかい、おまえはご隠居の娘だ、とそう思っていなけりゃならん。なあにご隠居が追付《おっつけ》めでたくなった後じゃ、武男さんの首ッ玉にかじりついて、ぶら下ッてあるいても構わンさ。しかし姑の前では、決して武男さんに横目でも遣《つか》っちゃならんぞ。まだあるが、それはいざ乗込《のりこみ》の時にいって聞かす。この三か条はなかなか面倒じゃが、しかしおまえも恋しい武男さんの奥方になろうというンじゃないか、辛抱が大事じゃぞ。明日といわずと今夜からその稽古を始めるのだ」

言葉の中《うち》に、襖開きて、小間使の竹「ご返事が要るそうでございます」と一封の女筆《にょひつ》の手紙を差し出《いだ》しぬ。

封を披《ひら》きてすうと眼を通したる山木は、手紙を妻と娘の眼さきに閃《ひけ》らかしつつ

「どうだ、川島のご隠居から直ぐ来てくれは！」

七の三

武男が艦隊演習に赴《おもむ》ける二週の後、川島家より手紙して山木を招ける数日前《すじつぜん》、逗子に

療養せる浪子はまた喀血《かっけつ》して、急に医師を招きつ。幸《さいわい》にして喀血は一回にしてやみ、医師は当分事なかるべきを保証せしが、この報は少なからぬ刺戟《しげき》を武男が母に与えぬ。間《あわい》両三日を置きて、門を出づること稀《まれ》なる川島未亡人の尨大《ぼうだい》なる体《たい》は、飯田町なる加藤家の門を入りたり。

離婚問題の母子《おやこ》の間に争われつるかの夜《よ》、武男が辞色の思うにまして厲《はげ》しかりしを見たる母は、さすがにその請《こい》に任せて彼が帰り来るまでは黙止《もだ》すべき約をばなしつれど、よしそれまで待てばとて武男が心は容易に移すべくもあらずして、かえって時経つほど彼の愛着の羈《きずな》はいよいよ絶ち難かるべく、かつ思いも寄らぬ障礙《しょうげ》の出で来るべきを思いしなり。さればその子のいまだ帰らざるに乗じて、早く処置をつけ置くのむしろ得策なるを思いしが、さりとてさすがにかの言質《ことじち》もありこの顧慮もまたなきにあらずして、その心はありながら、いまだ時々来ては煽《あお》る千々岩を満足さすほどの果断なる処置をばなさざるなりき。浪子が再度喀血の報を聞くに及びて、母は決然としてかつて媒妁《ばいしゃく》をなし加藤家を訪《と》いたるなり。

番町と飯田町といわば眼と鼻の間に棲《す》みながら、いつなりしか媒妁の礼に来しより殆《ほと》んど顔を見せざりし川島未亡人が突然来訪せし事の尋常にあらざるべきを思いつつ、懇懃《ねんごろ》に客間に請《しょう》ぜし加藤夫人も、その話の要件を聞くよりはたと胸をつきぬ。そのかつて片岡川島両家を結びたる手もて、今やその繋《つな》げる糸を絶《たち》くれよとは！

いかなる顔のいかなる口あればさる事は言わるるかと、加藤夫人は今さらのように客の容子《ようす》を打眺めぬ。見ればいつにかわらぬ肥満の体格、太き両手を膝《ひざ》の上に組みて、膚《はだえ》撓《たゆ》まず、眼瞬《まじろ》がず、口を漏るる薩弁《さつべん》の淀《よどみ》もやらぬは、戯《たわむれ》にあらず、狂気せしにもあらで、まさしく分別の上と思えば、驚愕《おどろき》はまた胸を衝《つ》く憤りにかわりつ。余り勝手な言条《いいぶん》と、罵倒《ばとう》せんずる言《こと》のすでに咽元《のどもと》まで出でけるを、実の娘とも思う浪子が一生の浮沈の境と、わずかに飲み込みて、先《ま》ず問いつ、また説きつ、宥《なだ》めもし、請《こい》もしつれど、わが事をのみいい募る先方の耳には毫《すこし》も入らで、かえってそれは入《い》らぬ繰言《くりごと》、こっちの話を浪の実家《さと》に伝えてもらえば要は済むという風の明らかに見ゆれば、話聞く聞く病める姪《めい》の顔、亡妹《なきいもと》――浪子の実母――の臨終、浪子が父中将の傷心、など胸の中《うち》にあらわれ来《きた》り乱れ去りて、情なく腹立しき涙のわれ知らず催し来れる夫人はきっと容《かたち》をあらため、当家においてはご両家の結縁《けちえん》のためにこそご加勢もいたしつれ、さる不義非情のご加勢は決して出来ぬこと、良人《おっと》に相談するまでもなくその義は堅くお断《ことわり》、ときっぱりと刎《は》ねつけつ。

忿然《ふんぜん》として加藤の門を出でたる武男が母は、即夜手紙して山木を招きつ。（篤実なる田崎にては埒《らち》明かずと思えるなり）。折も折とて主人の留守に、かつは惑《まど》い、かつは怒《いか》り、かつは悲《かなし》める加藤子爵夫人と千鶴子と心を三方に砕きつつ、母はさいえどいかにも武男の素意《そい》にあるまじと思うより、その乗艦の所在を糺《ただ》して至急の報を発せる間《ま》に、焦躁《いらち》に焦躁し武男が母は早直接《じき》談判と心を決して、その使節を命ぜられたる山木の車はすでに片岡家の門にかかりしなり。

八の一

山木が車赤坂氷川《ひかわ》町なる片岡中将の門を入れる時、あたかも英姿颯爽《さっそう》たる一将軍の栗毛の馬に跨《また》がりつつ出《い》で来《きた》れるが、車の駆《か》け込みし響《おと》にふと驚きて、馬は竿立《さおだち》になるを、馬上の将軍は馬丁を擾《わずら》わすまでもなく、轡《たづな》を絞りて容易に乗り静めつつ、一回圏《けん》を画《えが》きて、戛々《かつかつ》と歩ませ去りぬ。

見事の武者ぶりを見送りて、声《こわ》づくろいして厳《いかめ》しき中将の玄関にかかれる山木は、幾多の権門を潜《くぐ》り馴れたる身の、常にはあるまじく胆《たん》落つるを覚えつ。昨夜川島家に呼ばれて、その使命を托《たく》されし時も、頭《かしら》を掻きつるが、今現にこの場に臨みては彼は実に大なりと誇れる胆《きも》のなお小にして、その面皮のいまだ十分に厚からざるを憾《うら》みしなり。

名刺一たび入《い》り、書生二たび出《い》でて、山木は応接間に導かれつ。卓子《テーブル》の上には清韓《しんかん》の地図一葉広げられたるが、まだ清めもやらぬ火皿《ひざら》のマッチ巻莨《シガー》の骸《から》と共に、先座の話をほぼ想《おも》わしむ。実《げ》にも東学党の乱、清国出兵の報、わが出兵の噂、相ついで海内《かいだい》の注意一に朝鮮問題に集れる今日この頃は、主人中将も予備にこそおれ自《おの》ずから事多くして、またかの英文読本を手にするの暇《いとま》あるべくも思われず。

山木が椅子《いす》に倚《よ》りて、ぎょろぎょろ四辺《あたり》を眺めおる時、遠雷の鳴るが如き足音次第に近づきて、やがて小山の如き人は緩やかに入りて主位につきぬ。山木は中将と見るより周章《あわて》て起《た》てる拍子に、わがかけていし椅子をば後《うしろ》ざまにどうと蹴倒《けたお》しつ。「あっ、これは疎匆《そそう》を」と叫びつつ、狼狽《あわ》てて引き起し、しかる後二つ三つ四つ続けざまに主人に向いて叮重《ていちょう》に辞儀をなしぬ。今の疎忽《そこつ》の謝《わび》も交れるなるべし。

「さあ、どうかおかけ下さい。貴君《あなた》が山木君《さん》――お名は承知しちょったですが」

「はッ。これは初《はじめ》まして……手前は山木兵造《ひょうぞう》と申す不調法者で(句ごとに辞儀しつ、辞儀するごとに椅子は嬉々《きき》と軋《きし》りぬ、仰《おおせ》の如くと笑えるように)……どうか今後ともご贔負《ひいき》を……」

避け得られぬ閑話の両三句、朝鮮の噂の三両句——しかる後中将は言《ことば》をあらためて、山木に来意を問いつ。

山木は口を開かんとして先《ま》ず片唾《かたず》をのみ、片唾を呑みてまた片唾をのみ、三たび口を開かんとしてまた片唾をのみぬ。彼はつねに誇るその流滑自在なる舌の今日に限りてひたと渋るを怪しめるなり。

八の二

山木はわずかに口を開き、

「実は今日《こんにち》は川島家のご名代《みょうだい》で罷出《まかりいで》ましたので」

思いがけずといわんが如く、主人の中将はその体格《がら》に似合わぬ細眼《ほそき》を山木が面《おもて》に注ぎつ。

「はあ?」

「実は川島のご隠居がおいでになる所でございますが——まあ私《わたくし》が罷出ました次第で」

「なるほど」

山木はしきりに滲《にじ》み出《い》づる額の汗押拭《おしぬぐ》いて「実は加藤様からお話を願いたいと存じましたンでございますが、――少し都合もございまして――私が罷出ました次第で」

「なるほど。で、ご要は？」

「その要と申しますのは、――申兼ねますが、その実は川島家の奥様――浪子様――」

主人中将の眼は瞬《まばたき》もせず暫し話者《あなた》の面《おもて》を打まもりぬ。

「はあ？」

「その、浪子様《わかおくさま》でございますが、どうもかような事は実もって申上難《にく》いお話でございますが、ご承知通りあのご病気につきましては、手前ども――川島でも、よほど心配を致しまして、近頃では少しはお快い方《かた》ではございますが――まあおめでとうございますが――」

「なるほど」

「手前どもから、かような事は誠に申上げられぬのでございますが、甚《はなは》だ勝手がましい申条《もうしぶん》でございますが、実はご病気柄《がら》ではございますし――ご承知通り川島の方でも家族と申しましても別にございませんし、男子と申しては先ず当主の武男――様《さん》だけでございますンで、実はご隠居もよほど心配も致しておりまして、どうも実もって申難い

――いかにも身勝手な話でございますが、ご病気がご病気で、その、万一伝染――まあそんな事も滅多《めった》にございますまいが――しかしどちかと申しますとやはりその、その恐《おそれ》もないではございませンので、その、万一武男――川島の主人に異変でもございますと、まあ川島家も断絶と申す訳《わけ》で、その断絶致してもよろしいようなものでございますが、何分にもその、実もってどうもその、誠に済みませんがその、そこの所をその、ご病気がご病気――」

言い淀み言いそそくれて一句一句に額より汗を流せる山木が顔瞻視《うちまも》りて黙然と聞きいたる主人中将は、この時右手《めて》をあげ、

「よろしい。分《わかい》ました。畢竟《つまり》浪が病気が険呑《けんのん》じゃから、引取ってくれと、仰るのじゃな。よろしい。分いました」

頷《うなず》きて、手元近く燃え退《さが》れる葉巻を卓子の上なる灰皿にさし置きつつ、腕を組みぬ。

山木は踏み込める泥濘《ぬかるみ》より手をとりて引き出されしように、ほっと息つきて、額上の汗を拭いつ。

「さようでございます。実もって申上難い事でございますが、その、どうかそこの所を悪しからず――」

「で、武男君はもう帰られたですな?」

「いや、まだ帰りませんでございますが、勿論《もちろん》これは同人《ほんにん》承知の上の事でございまして、どうか悪しからずその——」

「よろしい」

中将は頷きつ。腕を組みて、暫し眼を閉じぬ。思《おもい》の外《ほか》に容易《たやすく》運びけるよ、とひそかに笑《え》坪《つぼ》に入りて眼をあげたる山木は、眼を閉じ口を結びてさながら睡《ねぶ》れる如き中将の相貌《かお》を仰ぎて、さすがに一種の畏《おそれ》を覚えつ。

「山木君《さん》」

中将は目を瞠《みひら》きて、山木の顔を熟々《しげしげ》と打眺めたり。

「はッ」

「山木君、貴君《あなた》は子を持っておいでかな」

その問の見当を定めかねたる山木はしきりに頭《かしら》を下げつつ「はッ。愚息《せがれ》が一人に——娘が一人でございまして、何分お引立を——」

「山木君、子というやつは可愛《かわい》者じゃ」

「はッ?」

「いや、よろしい。承知しました。川島のご隠居にそういって下さい、浪は今日引取るから、ご安心なさい。——お使者《つかい》ご苦労じゃった」

使命を全うせしを慶《よろこ》ぶか、さすがに気の毒と詫《わ》ぶるにか、五つ六つ七八つ続けざまに小腰を屈《かが》めて、どぎまぎ立ち上る山木を、主人中将は玄関まで送り出して、帰り入る書斎の戸をばはたと閉《さ》したり。

九の一

逗子の別荘にては、武男が出発後は、病める身の心細さ遣《や》る方《せ》なく思うほどいよいよ長き日《ひ》一日《またひ》のさすがに暮せば暮らされて、早や一月あまり経《たち》たれば、麦刈済みて山百合《やまゆり》咲く頃となりぬ。過ぐる日の喀血《かっけつ》に、一たびは気落ちしが、幸《さいわい》にして医師《いしゃ》の言えるが如くその後に著しき衰弱もなく、先日函館よりの良人《おっと》の書信《てがみ》にも帰来《かえり》の近《ちか》かるべきを知らせ来つれば、よし良人を驚かすほどには到らぬとも、喀血の前ほどにはなりおらではと、自《みず》から気を励まし、浪子は薬用に運動に細かに医師の戒《いましめ》を守りて摂生しつつ、指を折りて良人の帰期を待ちぬ。さるにてもこの四五日、東京だよりのはたと絶え、番町の宅よりも、実家《さと》よりも、飯田町の伯母よりすらも、はがき一枚来ぬことの何となく気にかかり、今しも日永《ひなが》の手すさびに山百合を生くとて下葉を剪《はさ》みおれる浪子は、水さし持ちて入り来《きたり》し姥《うば》のいくに

「ねエ、姥《ばあ》や、ちょっとも東京のたよりがないのね。どうしたのだろう?」

「さようでございますねエ。おかわりもないンでございましょう。もうその内には参りましょうよ。こう申しております内にどなたぞいらっしゃるかも分りませんよ。――本当《ほんと》に何て奇麗《きれい》な花でございましょう、ねエ、奥様。これが萎《しお》れない内に旦那様がお帰り遊ばすとようございますのに、ねエ奥様」

浪子は手に持ちし山百合の花瞻視《うちまも》りつつ「奇麗。でも、山に置いといた方がいいのね、剪《き》るのは可愛想《かあいそう》だわ!」

二人が問答の間《うち》に、一輛《りょう》の車は別荘の門に近づきぬ。車は加藤子爵夫人を載せたり。

川島未亡人の要求を刎《は》ねつけしその翌日、子爵夫人は気にかかるままに、要を托して車を片岡家に走らせ、ここに初めて川島家の使者が早くも直接談判に来りて、すでに中将の承諾を得て去りたる由《よし》を聞きつ。武男を待つの企《くわだて》も今は空《むなし》くなりて、かつ驚きかつ嘆きしが、せめては姪の迎《むかえ》(手放し置きて、それと聞かさば不慮の事の起りもやせん、と

にかく膝下《しっか》に呼び取って、と中将は慮《はか》れるなり）にと、直《す》ぐその足にて逗了には来りしなり。

「まあ。よく……ちょうど今噂をしてましたの」

「本当によくまあ……いかがでございます、奥様、姥やが言《こと》は当りましてございましょう」

「浪さん、塩梅《あんばい》はどうです？　もうあれから何も変った事もないのかい？」

と伯母の眼はちょっと浪子の面《おもて》を掠《かす》めて、側《わき》へ翦《そ》れぬ。

「は、快方《いいほう》ですの。——それよりも伯母様はどうなすッたの、大変に顔色《おいろ》が悪いわ」

「わたしかい、何ね、少し頭痛がするものだから。——時候の故《せい》だろうよ。——武男さんから便《たより》がありましたか、浪さん？」

「一昨日《おととい》、ね、函館から。もう近々《ちかぢか》に帰りますッて——いいえ、何日《なんち》という事は定《きま》らないのですよ。お土産《みや》があるなンぞ書いてありましたわ」

「そう？　晩《おそ》い——ねエ——もう——もう何時？　二時だ、ね！」

「伯母様《さん》、何をそんなに躁々《そわそわ》しておいでなさるの？　ご寛《ゆっくり》なさいな。お千鶴《ちず》さんは？」

「あ、よろしくッて、ね」いいつついくが持て来し茶を受取りしまま、飲《のみ》もやらず沈吟《うちあん》じつ。

「どうぞご寛《ゆる》りと遊ばせ。――奥様、ちょいとお肴《さかな》を見て参りますから」

「あ、そうしておくれな」

伯母は打驚《うちおどろ》きたるように浪子の顔をちょっと見て、また眼を翦《そら》しつつ

「お止《よし》な。今日は緩《ゆっくり》されないよ。浪さん――迎《むかえ》に来たよ」

「エ？ 迎？」

「お、おとうさまが、病気の事で医師《おいしゃ》と少し相談もあるからちょいと来るようにッてね、――番町の方でも――承知だから」

「相談？ 何でしょう」

「――病気の件《こと》ですよ、それからまた――おとうさんも久しく会わンからッてね」

「そうですの？」

浪子は怪訝《けげん》な顔。いくも不審議《ふしぎ》に思える様子。

「でも今夜《こんばん》はお泊り遊ばすンでございましょう？」

「いいえね、あちでも――医師《いしゃ》も待ってたし、暮れない間《うち》がいいから、直ぐ今度の汽車で、ね」

「ヘエー！」

姥《ばあ》は驚きたるなり。浪子も腑《ふ》に落ちぬ事はあれど、いうは伯母なり、呼ぶは父なり、姑《しゅうと》は承知の上ともいえば、ともかくもいわるるままに用意をば整えつ。

「伯母様何を考え込んでいらッしゃるの？——看護婦は行《いか》なくもいいでしょうね、直ぐ帰るのでしょうから」

伯母は起《た》ちて浪子の帯を直し襟《えり》を揃えつつ「連れておいでなさいね、不自由ですよ」

＊　＊　＊　＊　＊　＊　＊　＊　＊

四時頃には用意成りて、三梃《ちょう》の車門《もん》に待ちぬ。浪子は風通御召《ふうつうおめし》の単衣《ひとえ》に、御納戸色《おなんどいろ》＊繻《しゅ》珍《ちん》の丸帯して、髪は揚巻《あげまき》に山梔《くちなし》の花一輪、革色の洋傘《かさ》右手《めて》につき、漏れ出《いづ》る咳嗽《せき》を白綾《しろあや》の手巾《ハンカチ》におさえながら、

「姥や、ちょっと行って来るよ。ああ、久しぶりに帰京《かえ》るのね。——それから、あの——お単衣ね、もすこしだけども——あ、いいよ、帰ってからにしましょう」

忍びかねてほろほろ落《おつ》る涙を伯母は洋傘に押隠しつ。

九の二

運命の坑《あな》黙々として人を待つ。人は知らず識《し》らずその運命に歩む。即《すなわ》ち知らずというとも、近づくに従うて一種冷《ひや》やかなる気《け》はいを感ずるは、誰《たれ》もしかる事なり。

伯母の迎、父に会うの喜《よろこび》に、深く仔細を問わずして帰京の途《みち》に上りし浪子は、車に上るよりしきりに胸打騒ぎつ。思えば思うほど腑に落ちぬこと多く、ただ頭痛とのみいい紛らしし伯母が容子《ようす》のただならぬも深く蔵《かく》せる事のありげに思われて、問わんも汽車の内《うち》人の手前、それもなり難く、新橋に着く頃はただこの暗き疑心のみ胸に立ち迷いて、久しぶりなる帰京の喜も殆《ほと》んど忘れぬ。

皆《みな》人の下りし後より、浪子は看護婦に扶《たすけ》られ伯母に従いてそぞろにプラットフォームを歩みつつ、改札口を過ぎける時、かなたに立て話しおれる陸軍士官の一人、ふっとこなたを顧みてあたかも浪子と眼を見合わしつ。千々岩《ちぢわ》！　彼は浪子の頭《かしら》より爪先《つまさき》まで一瞥《ひとめ》に測りて、ことさらに目礼しつつ――笑いぬ。その一瞥《いちべつ》、その笑《わらい》の怪しく胸にひびきて、頭より水洒《そそ》がれし心地せし浪子は、迎の馬車に打乗りし後まで、病の故《ゆえ》ならでさらに悪寒《おかん》を覚えしなり。

伯母は言《ものい》わず。浪子も黙しぬ。馬車の窓に輝やきし夕日は落ちて、氷川町の邸に着けば、黄昏《たそがれ》ほのかに栗の花の香《か》を浮べつ。門の内外《うちそと》には荷車釣台など見えて、脇玄関にランプの火光《あかり》さし、人の声す。物など運び入れしさまなり。浪子は何事のあるぞと思いつつ、伯母と看護婦に扶けられて馬車を下れば、玄関には婢《おんな》にランプとらして片岡子爵夫人イみたり《たたず》。

「おお、これは早く。――ご苦労さまでございました」と夫人の眼は浪子の面《おもて》より加藤子爵夫人に走りつ。

「おかあさま、お変りも……おとうさまは？」

「は、書斎に」

折から「姉さまが来たよ姉さまが」と子供の声賑《にぎ》やかに二人の幼弟妹《はらから》走り出《い》で来《きた》りて、その母の「静かになさい」と窘《たしな》むるも顧みず、左右より浪子に縋りつ。駒子もつづいて出で来りぬ。

「おお道《みい》ちゃん、毅一《きい》さん。どうだえ？――ああ駒ちゃん」

道子は縋れる姉の袂《たもと》を引動かしつつ「あたし嬉しいわ、姉さまはもう今後《これからいつまでも》始終此家《うち》にいるのね。お道具もすっかり来てよ」

はッと声もなし得ず、子爵夫人も、伯母も、婢も、駒子も一斉に浪子の面を瞻視《うちまも》りつ。

「エ？」

駭《おどろ》きし浪子の眼は継母の顔より伯母の顔を掠《かす》めて、たちまち玄関脇の室《しつ》も狭しと積まれたるさまざまの道具に注ぎぬ。まさしく良人宅《うち》に置きたるわが箪笥《たんす》！　長持！　鏡台！

浪子は戦々《わなわな》と震いつ。倒れんとして伯母の手をひしと捉えぬ。

皆泣きつ。

重やかなる足音して、父中将の姿見え来りぬ。

「お、おとうさま!!」

「おお、浪か。待って——いた。よく、帰ってくれた」

中将はその大《おおい》なる胸に、戦々と震う浪子をばかき抱《いだ》きつ。

半時《はんじ》の後、家の内森《しん》となりぬ。中将の書斎には、父子《おやこ》ただ二人、再び帰らじと此家《ここ》を出《い》でし日別《わかれ》の訓戒《いましめ》を聞きし時そのままに、浪子は跪《ひざまず》きて父の膝《ひざ》に咽《むせ》び、中将は咳《せ》き入る女《むすめ》の背《せな》をおもむろに撫《な》で下ろしつ。

十

「号外！　号外！　朝鮮事件の号外！」と鈴《りん》の音《ね》の魂消《けたたま》しゅう呼びあるく新聞売子のあとより、一挺《ちょう》の車がらがらと番町なる川島家の門に入《い》りたり。武男は今しも帰り来《きた》れるなり。

武男が帰らば立腹もすべけれど、勝《かち》は畢竟先《ひっきょうせん》の太刀《たち》、思い切って武男が母は山木が吉報を齎《もた》らし帰りしその日、善は急げと娘《よめ》が簞笥《たんす》諸道具一切を片岡家に送り戻し、ちと殺生《せっしょう》ではあったれど、到底《どうせ》そのままには置かれぬ腫物《はれもの》、切ってしまって安心とこの二三日近頃になき好機嫌《こうきげん》のそれに引かえて、若夫婦方《がた》なる僕婢《めしつかい》は気の毒とも笑止ともいわん方《かた》なく、今にもあれ旦那がお帰りなさらば、いかに孝行の方とて、なかなか一通りでは済むまじとはらはら思っていたりしその武男は今帰り来れるなり。加藤子爵夫人が急を報ぜしその書は途中に往《ゆ》き違いて、素《もと》より母はそれといい送らねば、知る由《よし》もなき武男は横須賀に着きて暇《いとま》を得るや否《いな》急ぎ帰り来れるなり。

今奥より出《い》で来りし仲働《なかばたらき》は、茶を入れおりし小間使を手招き、

「ねエ松ちゃん。旦那様はちっともご存じないようじゃないか。奥様にお土産《みやげ》なんぞ持っていらッしたよ」

「本当《ほんと》にしどいね。どこの世界に、旦那の留守に奥様を離縁しちまうおっかさんがあるものかね。旦那様の身になっちゃア、腹も立つはずだわ。鬼婆《おにばば》め」

「あれ位嫌な婆っちゃありゃしない。吝々《けちけち》の、分からずやの、人を叱り飛ばすがお職掌《やくめ》だからね、何《なんに》もご存じなしの癖にさ。そのはずだよ、ねエ、昔は薩摩でお芋《いも》を掘ってたンだもの。わたしゃもうこんな家《うち》にいるのが、染々《しみじみ》嫌になッちゃった」

「でも旦那様も旦那様じゃないか。ご自分の奥様が離縁されてしまうのもちょっとも知らんてえのは、余《あん》まり七月のお槍《やり*》じゃないかね」

「だッて、そらア無理ゃないわ。遠方にいらっしたンだもの。誰だって、下女《おんな》じゃあるまいし、肝腎《かんじん》な子息《むすこ》に相談もしずに、さっさと媳を追出してしまおうた思わないわね。それに旦那様もお年が若いからねエ。本当に旦那様もお可愛想《かあいそう》――奥様はなお可愛想だわ。今頃はどうしてらッしゃるだろうねエ。ああいやだ――ほウら、婆《ばばあ》が怒鳴りだしたよ。松ちゃんせッせとしないと、また八当《やつあた》りでおいでるよ」

奥の一間には母子《ぼし》の問答次第に熱しつ。

「だって、あの時あれほど申上げて置いたです。それに手紙一本下さらず、無断で――実にひどいです。実際ひどいです。今日もちょいと逗子に寄って来ると、浪はおらんでしょう、いくに尋ねると何か要があって東京に帰ったというです。変と思ったですが、まさか母上《おっかさん》がそんな事を――実にひどい――」

「それはわたしが悪かった。悪かったからこの通り親が詫《わび》をしておるじゃなッかい。わたしじゃッて何も浪が悪《にく》かというじゃなし、おまえが可愛《かあい》ばッかいで――」

「母上は身体《からだ》ばッかり大事にして、名誉も体面も情もちょっとも思って下さらんのですな。余《あんま》りです」

「武男、おまえはの、男かい。女じゃあるまいの。親に詫言《わびごと》いわせても、やっぱい浪が恋しかかい。恋しかかい。恋しかか」

「だッて、余りです、実際余りです」

「余《あんま》いじゃッて、もう後の祭《まつい》じゃなッか。あっちも承知して、奇麗《きれい》に引取ったあとの事じゃ。この上どうすッかい。女々《めめ》しか事をしなはッと、親の恥ばッかいか、おまえの男が立つまいが」

黙然《もくねん》と聞く武男は断《き》れよとばかり下唇を噛みつ。たちまち勃然《ぼつねん》と立ち上って、病妻に

齎《もた》らし帰りし貯林檎《かこいりんご》の籠《かご》を微塵《みじん》に踏み砕き、

「おっかさん、あなたは、浪を殺し、またそのうえにこの武男をお殺しなすッた。もうお目にかかりません」

＊　＊　＊　＊　＊　＊

＊　＊　＊　＊　＊　＊

武男は直ちに横須賀なる軍艦に引返えしぬ。

韓山《かんざん》の風雲はいよいよ急に、七月《げつ》の中旬廟堂《びょうどう》の議はいよいよ清国と開戦に一決して、同月十八日には樺山《かばやま》中将新《＊あらた》に海軍軍令部長に補《ほ》せられ、武男が乗組める聯合艦隊旗艦《きかん》松島号は他の諸艦を率いて佐世保に集中すべき命を被《こうむ》りつ。捨ばちの身は砲丸の的《まと》にもなれよと、武男は驀《まっしぐら》地に艦《ふね》と共に西に向いぬ。

＊　＊　＊　＊　＊　＊

＊　＊　＊　＊　＊　＊

片岡陸軍中将は浪子の帰りしその翌日より、自《みずか》ら指図して、邸中の日あたりよく静かなる辺《あた》りを択《えら》びて、特《こと》に浪子のために八畳一間六畳二間四畳一間の離家《はなれ》を建て、逗子より姥《うば》のいくを呼び寄せて、浪子と共にここに棲《す》ましつ。九月にはいよいよ命ありて現役に復し、一夕《いっせき》夫人繁子を書斎に呼びて懇々《こんこん》浪子の事を托したる後、同十二日大纛《だいとう》*に扈従《こしょう》*して広島大本営に赴き、翌月さらに大山大将山地《やまじ》*中将*と前後して遼東《りょうとう》に向いぬ。

われらが次を逐《お》うてその運命を辿《たど》り来れる敵も、味方も、かの銷魂《しょうこん》も、この怨恨《えんこん》も、暫し征清戦争の大渦に巻込《まきこま》れつ。

下篇

一の一

明治二十七年九月十六日午後五時、わが聯合艦隊は戦闘準備を整えて大同江口《だいどうこう＊こう》を発し、西北に向《むか》いて進みぬ。あたかも運送船を護して鴨緑江口《おうりょっこう＊こう》附近に見えしという敵の艦隊を尋ね出《いだ》して、雌雄《しゆう》を一戦に決せんとするなり。

吉野を旗艦として、高千穂《たかちほ》、浪速《なにわ》、秋津洲《あきつしま》の第一遊撃隊、先鋒として前にあり。松島を旗艦として千代田《ちよだ》、厳島《いつくしま》、橋立《はしだて》、比叡《ひえい》、扶桑《ふそう》の本隊これに続《つ》ぎ、砲艦赤城《あかぎ》及軍見物《いくさ》と称する軍令部長を載せし西京丸《さいきょうまる》またその後《うしろ》に随《したが》いつ。十二隻の艨艟《もうどう》一縦列をなして、午後五時大同江口を離れ、伸びつ縮みつ竜の如く黄海の潮《うしお》を捲《ま》いて進みぬ。やがて日は海に入りて、陰暦八月十七日の月東《ひがし》にさし上り、船は金波銀波をさざめかして月色《げっしょく》の中《うち》を駛《はし》る。

旗艦松島の士官次室《ガンルーム》にては、晩餐《ばんさん》とく済みて、副直その他要務を帯びたるは久しき前に出《い》で去りたれど、なお五六人の残れるありて、談まさに興に入れるなるべし。舷窓《げんそう》をば火光《あかり》を漏らさじと閉《とざ》したれば、温気内《うち》に籠《こも》りて、さらぬだに血気盛りの顔はいよいよ紅《くれない》に照れり。卓《テーブル》の上には珈琲《かひ》碗《わん》四五《よついつつ》個、菓子皿はおおむね夷《たいら》げられて、ただカステーラの一片がいずれの少将軍に屠《ほふ》られんかと兢々《きょうきょう》として心細気《こころぼそげ》に横《よこた》わるのみ。

「陸軍はもう平壌《へいじょう》を陥《おと》したかも知れないね」と短小精悍《せいかん》ともいいつべき一少尉は頰杖《ほおづえ》つきたるまま一座を見廻《みま》わしたり。「しかるにこっちはどうだ。実に不公平も甚《はなは》だしというべしじゃないか」

でっぷりと肥えし小主計は一隅《いちぐう》より莞爾《かんじ》と笑いぬ。「どうせ幕が明くと直《す》ぐ済んでしまう演劇《しばい》じゃないか。幕合《まくあい》の長いのもまた一興だよ」

「なんて悠長な事を言うから困るよ。北洋《ぺいやん》艦隊相手の盲捉戯《めくらおにご》ももうわが輩は饜々《あきあき》だ。今度も懸違《かけちが》いましてお眼にかからんけりゃ、わが輩は、だ、長駆渤海《ちょうくぼっかい》湾に乗り込んで、太沽《ターク》*の砲台に砲丸の一《ひとつ》もお見舞申さんと、勘忍袋《かんにんぶくろ》が堪《たま》らん」

「それこそ袋の中に入《い》るも同然、帰路を絶たれたらどうです?」真面目に横槍を入るるは候補生の某《ぼう》なり。

「何、帰路を絶つ？　望む所だ。しかし悲《かなし》いかな君の北洋艦隊はそれほど敏捷《びんしょう》にあらずだ。あえてけちをつける訳《わけ》じゃないが、今度も見参はちと覚束《おぼつか》ないね。支那人の気の長いには実に閉口する」

折から靴音の近づきて、丈《たけ》高き一少尉入口に立ちたり。

短小少尉はふり仰ぎ「おお、航海士、どうだい、何《なん》にも見えんか」

「月ばかりだ。点検が済んだら、すべからく寝て鋭気を養うべしだ」いいつつ菓子皿に残れるカステーラの一片を頬張り「むむ、少し……甲板《かんぱん》に出ておると……腹が減るには驚く。――従卒《ボーイ》、菓子を持って来い」

「君も随分《ずいぶん》食うね」と赤き襯衣《シャツ》を着たる一少尉は微笑《ほほえ》みつ。

「借問《しゃもん》す君はどうだ。菓子を食って老人組を罵倒《ばとう》するは、けだしわが輩士官次室《ガンルーム》の英雄の特権じゃないか。――どうだい、諸君、兵は皆明日を待詫《まちわび》て、眼が冴《さ》えて困るといってるぞ。これで失敗があったら実に兵の罪にあらず、――の罪だ」

「わが輩は勇気については毫《ごう》も疑わん。望む所は沈勇、沈勇だ。無手法《むてっぽう》は困る」というはこの仲間にての年長なる甲板士官《メート》。

「無手法といえば、○番分隊士は実に驚くよ」と他の一人《いちにん》は言《ことば》を挿《さしはさ》みぬ。「勉励も非常だが、第一いかに軍人は生命《いのち》を愛《おし》まんからッて、命の安売はここですと看板もかけ兼ねん勢《いきおい》は余りだと思うね」

「ああ、川島か。いつだッたか、そうそう、威海衛《いかいえい》＊砲撃の時だッてあんな険呑《けんのん》な事をやったよ。川島を司令長官にしたら、それこそ三番《さんばん》分隊士じゃないが、艦隊を渤海湾に連れ込んで、太沽所《ターク》じゃない、白河《ペイホー》＊を遡《さかのぼ》って李爺《リーのおやじ》＊を生擒《いけど》るなんぞ言い出すかも知れん」

「それに、容子《ようす》が以前《まえ》とはすっかり違ったね。非常に怒るよ。いつだッたか僕が川島男爵夫人《バロネスかわしま》の事についてさ、少し調戯《からかい》かけたら、真黒に怒って、あぶなく鉄拳《てっけん》を頂戴《ちょうだい》する所さ。僕は鎮遠《ちんえん》の三十珊《サンチ》より実際○番分隊士の一拳を恐るるね。はははは何か仔細があると思うが、赤襯衣君《ガリバルジー》、君は川島と親しくするから恐らく秘密を知っとるだろうね」

と航海士はガリバルジー＊といわれし赤襯衣《シャツ》少尉の顔を見たり。

折から従卒《ボーイ》の堆《うずたか》く盛れる菓子皿を持ち来りて、士官次室《ガンルーム》の話は暫《しば》し腰斬《ようざん》となりぬ。

一の二

夜十時点検終り、差当《さしあた》る職務なきは臥《ふ》し、余《よ》はそれぞれ方面の務《つとめ》に就《つ》き、高声火光を禁じたれば、上《じょう》甲板も下《げ》甲板も寂《せき》としてさながら人なきようになりぬ。舵手《だしゅ》に令する航海長の声の外《ほか》には、ただ煙突の煙《けぶり》の沸々《ふつふつ》として白く月に漲《みなぎ》り、螺旋《スクルー》の波をかき、大《おおい》なる心臓の拍《う》つが如く小止《おやみ》なき機関の響《ひびき》の艦内に満てるのみ。

月影白き前艦橋《ぜんかんきょう》に、二個の人影《じんえい》あり。その一は艦橋の左端《さたん》に凝立《ぎょうりつ》して動かず。一は靴音静かに、墨より黒き影を曳《ひ》きつつ、五歩にして止《とど》まり、十歩にして返る。

こは川島武男なり。この艦《ふね》の〇番分隊士として、当直の航海長と共に、副直の四時間を艦橋に立てるなり。

彼は今艦橋の右端《ゆうたん》に達して、双眼鏡をあげつ、艦《かん》の四方を望みしが、見る所なきものの如く、右手《めて》を下ろして、左手《ゆんで》に欄干を握りて立ちぬ。前部砲台の方《かた》より士官二人、低声《こごえ》に相語りつつ艦橋の下を過ぎしが、また蔭の暗きに消えぬ。甲板の上寂《せき》として、風冷《ひやや》かに、月はいよいよ冴えつ。

艦首に蠢《うご》めく番兵の影を見越して、海を望めば、ただ左舷《さげん》に淡き島山と、見えみ見えずみ月光の中《うち》を行く先艦秋津洲《あきつしま》をのみ隈《くま》にして、一艦の外《ほか》月に白《しら》める黄海の水あるのみ。また一しきり煙に和して勢《いきお》いよく立上る火花の行末《ゆくえ》を目送《みおく》れば、大檣《たいしょう》の上高く星を散らせる秋の夜の空は湛《たた》えて、月に淡き銀河一道、微茫《びぼう》として白く海より海に流れ入る。

＊　＊　＊　＊　＊　＊　＊　＊

月は三たびかわりぬ。武男が席を蹶《け》って母に辞したりしより、月は三たび移りぬ。

この三月の間《ま》に、彼が身生《しんせい》はいかに多様の境界《きょうがい》を経来《へきた》りしぞ。韓山の風雲に胸を躍《おど》らし、佐世保の湾頭には「今度この節《せつ》国のため、遠く離れて出《いで》て行く」の離歌に腸《はらわた》を断ち、宣戦の大詔《たいしょう》に腕を扼《とりしば》り、威海衛の砲撃に初めて火の洗礼を授けられ、心を駭《おどろ》かし眼を驚かすべき事は続々起り来りて、殆《ほとん》ど彼をして考うるの暇《いとま》なからしめたり。多謝《たしゃす》、これがために武男はその心を呑み尽さんとする或《ある》ものをば思わずして、わずかにわれを持したるなりき。この国家の大事に際しては、渺《びょう》たる滄海《そうかい》の一粟《いちぞく》、自家《われ》川島武男が一身の死活浮沈、なんぞ問うに足らんや。彼はかく自《みず》から叱《しっ》し、かの痛《つう》を掩《おお》うてこの職分の道に従い、絶望の勇をあげて征戦の事に従えるなり。死を彼は真に塵《ちり》よりも軽く思えり。

　されど事もなき艦橋の上の夜《よ》、韓海の夏暑くして吊床《ハンモック》の夢結び難き夜は、ともすれば痛恨潮《うしお》の如く漲《みなぎ》り来《きた》りて、丈夫《ますらお》の胸裂けんとせしこと幾《いく》たびぞ。時はうつりぬ。今はかの当時、何を恥じ、何を憤《いか》り、何を悲《かなし》み、何を恨むとも剖《わか》ち難き感情の、腸《はらわた》に沸《たぎ》りし時は過ぎて、一片の痛恨深く痼《こ》して、人知らずわが心を蝕《くら》うのみ。母はかの後二たび書を寄せ物を寄せて恙《つつが》なく帰り来《きた》るの日を待つといい送りぬ。武男もさすがに老いたる母の膝下《しっか》淋しかるべきを思いては、かの時の過言を謝して、その健康を祈る由《よし》書き送りぬ。されど解きても融《と》け難き一塊の恨《うらみ》は深く深く胸底《きょうてい》に残りて、彼が夜々吊床の上に、北洋艦隊の殲滅《せんめつ》とわが討死《うちじに》の夢に伴うものは、雪白《せっぱく》の肩掛《ショール》を纏《まと》える病める或《ある》人の面影《おもかげ》なりき。

　消息絶えて、月は三たび移りぬ。彼女なお生きてありや、なしや。生きてあらん。わが忘るる日なきが如く、彼も思わざるの日はなからん。共に生き共に死なんと誓いしならずや。

　武男はかく思いぬ。さらに最後に相見し時を思いぬ。五日の月松にかかりて、朧々《ろうろう》としたる逗子の夕《ゆうべ》、われを送りて門《かど》に立出《たちい》で、「早く帰って頂戴」と呼びし人はいずこぞ。思い入りて眺むれば、白き肩掛を纏える姿の、今しも月光の中《うち》より歩み出で来らん心地すなり。

明日にもあれ、首尾よく敵の艦隊に会して、この身砲弾の的にもならば、渾《すべ》て世は一《いち》場《じょう》の夢と過ぎなん、と武男は思いぬ。さらにその母を思いぬ。亡き父を思いぬ。幾年前《ぜん》江田島にありける時を思いぬ。しこうして心は再び病める人の上に返りて

＊　　＊　　＊　　＊　　＊　　＊　　＊

「川島君」

肩をたたかれて、打驚《うちおどろ》きたる武男は急に月に背《そむ》きつ。驚かせしは航海長なり。

「実に好《い》い月じゃないか。戦争《いくさ》に行くとは思われんね」

打点頭《うちうなず》きて、武男はひそかに涙《なんだ》をふり落しつつ双眼鏡を挙げたり。月白うして黄海、物の遮るなし。

一の三

月落ち、夜《よ》は紫に曙《あ》けて、九月十七日となりぬ。午前六時を過ぐる頃、艦隊はすでに海洋島の近くに進みて、先《ま》ず砲艦赤城を島の彖登湾《とう＊》に遣わして敵の有無《ゆうむ》を探らしめしが、湾内空《むな》しと帰り報じつ。艦隊さらに進航を続けて、大《だい》、小鹿島《しょうろくとう》を斜《ななめ》に見つつ大孤山沖＊にかかりぬ。

午前十一時武男は要ありて行きし士官公室《ワードルーム》を出《い》でてまさに艙口《ハッチ》にかからんとする時、上甲板に声ありて、

「見えたッ！」

同時に靴音の忙《いそがわ》しく走《は》せ違うを聞きつ。心臓の鼓動と共に、艙梯《そうてい》に踏みかけたる足ははたと止まりぬ。あたかも梯下《ていか》を通りかかりし一人の水兵も、ふッと立止まりて武男と顔見合わしたり。

「川島分隊士、敵艦が見えましたか」

「おう、そうらしい」

いい棄《す》てて武男は乱れ拍《う》つ胸を徒《いたず》らにおし静めつつ足早に甲板に上《のぼ》れば、人影《じんえい》走せ違い、呼笛《ふえ》鳴り、信号手は忙わしく信号旗を引上げおり、艦首には水兵多く佇《たたず》み、艦橋の上には司令長官、艦長、副長、参謀、諸士官、いずれも口を結び眼を据えて、遥かに艦外の海を望みおるなり。その視線を趁《お》うて望めば、北の方《かた》黄海の水、天と相合う際《ところ》に当りて、黒き糸筋の如くほのかに立上《たちのぼ》るもの、一、二、三、四、五、六、七、八、九条また十条。

これまさしく敵の艦隊なり。

艦橋の上に立つ一将校袂《たもと》時計を出《いだ》し見て「一時間半は大丈夫だ。準備が出来たら、先ず腹でも拵《こしら》えて置くですな」

中央に立ちたる一人は頷《うなず》き「お待遠様《まちどおさま》。諸君、しっかり頼みますぞ」といい終りて髯《ひげ》を撚《ひね》りつ。

やがて戦闘旗ゆらゆらと大檣《たいしょう》の頂《いただき》高く引揚げられ、数声の喇叭《ラッパ》は、艦橋より艦内隈《くま》なく鳴り渡りぬ。配置に就《つ》かんと、艦内に行きかう人の影織るが如く、檣楼《しょうろう》に上る者、機関室に下る者、水雷室に行く者、治療室に入《い》る者、右舷《うげん》に行き、左舷に行き、艦尾に行き、艦橋に上り、縦横に動ける局部の作用たちまち成るを告げて、戦闘の準備は時を移さず整いぬ。あたかも午時《ごじ》に近くして、戦わんとして先ず午餐《ごさん》の令は出でたり。分隊長を助け、部下の砲員を指揮して手早く右舷速射砲の装塡《そうてん》を終りたる武男は、やや後《おく》れて、士官次室《ガンルーム》に入れば、同僚皆すでに集《あつま》りて、箸下《はしくだ》り皿鳴りぬ。短小少尉は真面目になり、甲板士官《メート》はしきりに額《ひたえ》の汗を拭《ぬぐ》いつつ俯《うつむ》きて食《くら》い、年少《としした》の候補生は折々他の顔を覗《のぞ》きつつ、劣らじと皿をかえぬ。たちまち箸をからりと投げて立ちたるは赤襯衣《シャツ》少尉なり。

「諸君、敵を前に控えて悠々と午餐《ひるめし》を喫《く》う諸君の勇気は——立花宗茂《たちばなむねしげ》*に劣らずというべしだ。お互に皆揃《みんなそろ》って今日の夕飯を食うや否《いなや》は疑問だ。諸君、別《わかれ》に握手でもしようじゃないか」

いうより早く隣席にありし武男が手をば無手《むず》と握りて二三度打《うち》ふりぬ。同時に一座は総立《そうだち》になりて手を握りつ、握られつ、皿は二個三個からからと卓《テーブル》の下に転《まろ》び落ちたり。左頰《さきょう》に痣《あざ》ある一少尉は少軍医の手をとり、

「わが輩が負傷したら、どうかお手柔かにやってくれたまえ。その賄賂《わいろ》だよ、これは」

と四五度も打ふりぬ。呵々《からから》と笑える一座は、またたちまち真面目になりつ。一人去り、二人去りて、果《はて》は空しき器皿《きべい》の狼藉《ろうぜき》たるを留《とど》むるのみ。

零時《れいじ》二十分、武男は、分隊長の命を帯び、副艦長に打合わすべき事ありて、前艦橋に上れば、わが艦隊はすでに単縦陣《たんじゅうじん》を形づくり、約四千米突《メートル》を隔てて第一遊撃隊の四艦は真先に進み、本隊の六艦はわが松島を先登《せんとう》としてこれにつづき、赤城西京丸は本隊の左舷に沿うて随《したが》う。

仰ぎ見る大檣の上高く戦闘旗は碧空《へきくう》に羽《は》たたき、煙突の煙《けぶり》真黒に渦まき上り、舳《へさき》は海を劈《さ》いて白波《はくは》高く両舷に湧きぬ。将校或《あるい》は双眼鏡をあげ、或は長剣の柄《つか》を握りて艦橋の風に向いつつあり。

遥かに北方の海上を望めば、さきに水天の間に一髪の浮《うか》めるが如く見えし煙は、一分一分に肥え来《きた》りて、敵の艦隊さながら海中より湧き出づる如く、煙先《ま》ず見え、ついで針《はり》大《だい》の檣《ほばしら》ほの見え、煙突見え、艦体見え、檣頭《しょうとう》の旗影また点々として見え来りぬ。一際《ひときわ》すぐれて眼立《めだ》ちたる定遠鎮遠相聯《ていえんちんえんあいなら》んで中軍を固め、経遠致遠広甲済遠《けいえんちえんこうこうさいえん》は左翼、来遠靖遠《らいえんせいえん》超勇揚威《ちょうゆうようい》は右翼を固む。西に当ってさらに煙の見ゆるは、平遠広丙鎮東鎮南《へいえんこうへいちんとうちんなん》及《および》六隻の水雷艇なり。

敵は単横陣を張り、わが艦隊は単縦陣をとって、敵の中央《まなか》を指して丁《てい》字形に進みしが、あたかも敵陣を距《さ》る一万米突《メートル》の所に到りて、わが先鋒隊は咄嗟《とっさ》に針路を左に転じて、敵の右翼を指して驀地《まっしぐら》に進みつ。先鋒の左に転ずると共に、わが艦隊は竜《りょう》の尾を揮《ふ》るうが如くゆらゆらと左に動いて、彼我《ひが》の陣形は丁字一変して八字となり、彼は横に張り、われは斜めにその右翼に向《むか》いて、さながら一大両脚規形《コンパスけい》をなし、彼進み、われ進みて、相《あい》距《さ》る六千米《メートル》突に到りぬ。この時敵陣の中央に控えたる定遠艦首の砲台に白煙むらむらと渦まき起り、三十珊《サンチ》の両弾丸空中に鳴りをうってわが先鋒隊の左舷の海に落ちたり。黄海の水驚いて倒《さかしま》に立ちぬ。

一の四

黄海！　昨夜月を浮べて白く、今日もさり気なく雲を蘸《ひた》し、島影《とうえい》を載せ、睡鷗《すいおう》の夢を浮べて、悠々として画《え》よりも静かなりし黄海は、今修羅場《しゅらじょう》となりぬ。

艦橋を下りて武男は右舷速射砲台に行けば、分隊長はまさに双眼鏡をあげて敵の方《かた》を望み、部下の砲員は兵曹《へいそう》以下おおむね短表衣《ジャケット》を脱ぎ棄て、腰より上は臂《ひじ》ぎりの襯衣《シャツ》を纏《まと》いて潮風に黒める筋太の腕を露《あら》わし、白木綿《しろもめん》もてしっかと腹部を巻けるもあり。黙して号令を待ち構えつ。この時わが先鋒隊は敵の右翼を乱射しつつすでに敵前を過ぎ終らんとし、わが本隊の第一に進める松島は全速力をもって敵に近づきつつあり。双眼鏡をとってかなたを望めば、敵の中央を堅めし定遠鎮遠は真先に抽《ぬき》んでて、横陣やや鈍角をなし、距離漸《ようや》く縮まりて二艦の形状《かたち》は遠目にも次第に鮮《あざ》やかになり来《きた》りぬ。卒然として往年かの二艦を横浜の埠頭《ふとう》に見しことを思い出《い》でたる武男は、倍の好奇心もて打見《うちみ》やりつ。依然当時の二艦なり。ただ、今は黒煙を噴《は》き、白波《はくは》を蹴《け》り、砲門を開きて、咄々《とつとつ》来ってわれに迫らんとする状《さま》の、さながら悪獣なんどの来り向う如く、恐るるとにはあらで一種やみ難き嫌厭《けんえん》と憎悪の胸中に漲《みなぎ》り出づるを覚えしなり。

たちまち海上遥かに一声の雷轟《らいとどろ》き、物ありグーンと空中に鳴《なり》をうって、松島の大檣《たいしょう》を掠《かす》めつつ、海に落ちて、二丈ばかり水を蹴上げぬ。武男は後頂より脊髄《せきずい》を通じて言うべからざる冷気の走るを覚えしが、たちまち足を踏み固めぬ。他はいかにと見れば、砲尾に群がりし砲員の列一たびは揺《ゆら》ぎて、また動かず。艦《かん》いよいよ進んで、三個四個五個の敵弾つづけざまに乱れ飛び、一は左舷に吊りし端艇を打砕き、他は渾《すべ》て松島の四辺に水柱を蹴立てつ。

「分隊長、まだですか」堪《こら》え兼《かね》たる武男は叫びぬ。時まさに一時を過ぎんとす。「四千米突」の語は、あまねく右舷及《および》艦の首尾に伝わりて、照尺《しょうしゃく》整い、牽索《けんさく》握られつ。待ち構えたる一声の喇叭《ラッパ》鳴りぬ。「打てッ！」の号令と共に、わが三十二珊《サンチ》巨砲を初め、右舷側砲一斉に第一弾を敵艦に迸《ほとばし》らしつ。艦は震い、舷に傍《そ》うて煙夥《おびただ》しく渦まき起りぬ。

あたかもその答礼として、定遠鎮遠のいずれか放ちたる大弾丸凄《すさ》まじく空に唸《うな》りて、煙突の上二寸ばかり掠めて海に落ちたり。砲員の二三は思わず頭《かしら》を下げぬ。

分隊長顧みて「誰だ、誰だ、お辞儀をするのは？」

武男を初め候補生も砲員もどっと笑いつ。

「さあ、打てッ！　しっかり、しっかり――打てッ！」

右舷側砲は連放《つるべうち》にうち出しぬ。三十二珊《サンチ》巨砲も艦を震わして鳴りぬ。後続の諸艦も一斉にうち出しぬ。たちまち敵のうちたる時限弾の一個は、砲台近く破裂して、今しも弾丸を砲尾に運びし砲員の一人武男が後《うしろ》にどうと倒れつ。起き上らんとして、また倒れ、血はさっと迸りてしたたかに武男がズボンにかかりぬ。砲員の過半はそなたを顧みつ。

「誰だ？　誰だ？」

「西山じゃないか。西山だ、西山だ」

「死んだか」

「打てッ！」分隊長の声鳴りて、砲員皆《みな》砲に群がりつ。

武男は手早く運搬手に死者を運ばし、ふりかえってその位置に立たんとすれば、分隊長は武男がズボンに眼をつけ

「川島君、負傷じゃないか」

「なあに、今の余瀝《とばしる》です」

「おおそうか。さあ、今の仇《かたき》を討ってやれ」

砲は間断なく発射し、艦は全速力をもて駛《はし》る。わが本隊は敵の横陣に対して大《おおい》なる弧を画《えが》きつつ、かつ射かつ駛《は》せて、一時三十分過ぎにはすでに敵を半周してその右翼を廻り、まさに敵の背後《うしろ》に出《い》でんとす。

第一回の戦《たたかい》終りて、第二回の戦これより始まらんとすなり。松島の右舷砲暫《しば》し鳴《なり》を静めて、諸士官砲員淋漓《りんり》たる汗を拭《ぬぐ》いぬ。

この時彼我の陣形を見れば、わが先鋒隊は逸早《いちはや》く敵の右翼を乱射して、超勇揚威を戦闘力なきまでに悩《なやま》しつつ、一回転して本隊と敵の背後を撃たんとし、わが本隊の中比叡《うちひえい》は速力劣れるがため本隊に続行するあたわずして、大胆にも独《ひと》り敵陣の中央を突貫し、死戦して活路を開きしが、火災の故《ゆえ》に圏外に去り、西京丸また危険を免《のが》れて圏外に去ら

んとし、敵前に残されし赤城は六百噸《トン》の小艦をもって独力奮闘重囲《ちょうい》を衝《つ》いて、比叡のあとを趁《お》わんとす。しかして先鋒の四艦と、本隊の五艦とは、整々として列を乱さず。敵の方《かた》を望めば、超勇焼け、揚威戦闘力を失して、敵の右翼乱れ、左翼の三艦は列を乱してわが比叡赤城を追わんとし、その援軍水雷艇は隔離して一辺にあり。しかして定遠鎮遠以下数艦は、わがその背後に廻らんとするより、急に舳《へさき》を回《めぐ》らして縦陣に変じつつ、健気《けなげ》にもわが本隊に向《むか》い来《きた》る。

第二回の戦は今や始まりぬ。わが本隊は西京丸が掲《かかげ》し「赤城比叡危険」の信号を見るより、速力大なる先鋒隊の四艦を遣わして、赤城比叡を尾《び》する敵の三艦を追い払わせつつ、一隊五艦依然単縦陣をとって、同じく縦陣をとれる敵艦を中心に大なる蛇《じゃ》の目《め》を画きもてかつ駛《はし》りかつ撃ち、二時すでに半《なかば》ならんとする時、敵艦隊を一周し終って敵のこなたに達しつ。この時わが先鋒隊は比叡赤城を尾する敵の三艦を一戦に蹴散らし、北《に》ぐるを追うて敵の本陣に駆り入れつつ、一括して彼側《かなた》より攻撃にかかりぬ。さればわが本隊先鋒隊はあたかも敵の艦隊を中央に取籠《とりこ》めて、左右より挟《さしはさ》み撃たんとすなり。

第三次の激戦今始まりぬ。わが海軍の精鋭と、敵の海軍の主力と、共に集まりたる彼我の艦隊は、大全速力もて駛《は》せ違い入り乱れつつ相闘う。あたかも二竜《にりょう》の長鯨《ちょうげい》を捲《ま》くが如く黄海の水沸《たぎっ》て一面の泡となりぬ。

一の五

わが本隊は右、先鋒隊は左、敵の艦隊を真中に取囲《とりこ》めて、引包《ひっつつ》んで撃たんとす。戦は今酣《たけなわ》になりぬ。戦の熱するに従って、武男はいよいよわれを忘れつ。その昔学校にありて、ベースボールに熱中せし時、勝敗のここ暫らくの間に決せんとする大事の時に際するごとに、身の誰《たれ》たり場所のいずくたるを忘れ、殆《ほとん》ど物ありて空《くう》よりわれを引き廻《ま》わすように覚えしが、今やあたかもその時に異ならざるの感を覚えぬ。艦隊敵と離れてまた敵に向い行く間と、艦体一転して左舷敵に向い右舷暫らく閑《かん》なる間とを除く外《ほか》は、間断なき号令に声嗄《か》れ、汗は淋漓《りんり》として満面に滴《したた》るも、さらに覚えず。旗艦を目ざす敵の弾丸偏《ひと》えに松島に簇《むら》がり、鉄板上《うえ》に裂け、木板焦《ぼくはんこが》れ、血は甲板に塗《まみ》るるも、さらに覚えず。敵味方の砲声はあたかも心臓の鼓動に時を合わしつつ、やや間《かん》あれば耳辺《じへん》の寂しきを怪《あや》しむまで、身は全く血戦の熱に浮かされつ。されば、部下の砲員も乱れ飛ぶ敵弾を物ともせず、装塡《そうてん》し照準を定め牽索《ひきなわ》を張り発射しまた装塡するまで、射的場の精確さらに実戦の熱を加えて、火災は起らんとするに消し、弾《だん》は命ぜざるに運び、死亡負傷はたちまち運び去り、殆《ほと》んど士官の命を待つまでもなく、手自《おの》ずから動き、足自ずから働きて、戦闘機関は間断なく滑《なめ》らかに運転せるなり。

この時眼を挙ぐれば、灰色の煙空を蔽《おお》い海を覆《おお》うて十重二十重《とえはたえ》に渦まける間より、思い掛《がけ》なき敵味方の檣《ほばしら》と軍艦旗はかなたこなたに仄《ほの》見え、殆んど秒ごとに轟然《ごうぜん》たる響《ひびき》は海を震わして、弾は弾と空中に相うって爆発し、海は間断なく水柱を蹶上《けあ》げて煮えかえらんとす。

「愉快! 定遠が焼けるぞ!」嗄れたる声ふり絞りて分隊長は叫びぬ。

煙の絶間《たえま》より望めば、黄竜旗《こうりょうき》を翻《ひるが》えせる敵の旗艦の前部は黄煙渦まき起りて、蟻《あり》の如く敵兵の蠢《うご》めき騒ぐを見る。

武男を初め砲員一斉に快を叫びぬ。

「さあ、やれ。やっつけろッ!」

勢込んで、砲は一時に打ち出《いだ》しぬ。

左右より夾撃《きょうげき》せられて、敵の艦隊は崩れ立《たて》たり。超勇はすでに真先に火を帯びて沈み、揚威はとくすでに大破して逃れ、致遠また没せんとし、定遠火起り、来遠また火災に苦《くるし》かさずその後を追いぬ。本隊五艦は残れる定遠鎮遠を撃たんとす。わが先鋒隊はすむ。堪《こら》え兼《かね》し敵艦隊は終《つい》に定遠鎮遠を残して、尽《ことごと》く支離《ちりぢり》に逃げ出《いだ》しぬ。

第四回の戦始まりぬ。

時まさに三時、定遠の前部は火いよいよ燃えて、黄煙夥《おびただ》しく立上《たちのぼ》れど、なお逃れず。鎮遠またよく旗艦を護して、二大鉄艦巍《ぎ》然《ぜん》山の如くわれに向いつ。わが本隊の五艦は今や全速力をもって敵の周囲を駛《は》せつつ、幾回か盤《めぐ》りては乱射し、旋《めぐ》りては乱射す。砲弾は雨の如く二艦に注ぎぬ。しかも軽装快馬のサラセン武士が馬を盤らして重鎧《じゅうがい》の十字軍士を射るが如く、命中する弾丸多くは二艦の重鎧に刎《は》ねかえされて、艦外に破裂し終りつ。午後三時二十五分わが旗艦松島はあたかも敵の旗艦と相並びぬ。わがうち出す速射砲弾のまさしく彼が艦腹に中《あた》りて、刎ねかえりて花火の如く空しく艦外に破裂するを望みたる武男は、憤《いきどおり》に堪《た》え得ず、歯《くいしば》を切りて、右の手もて剣の柄《つか》を破《わ》れよと打たたき、

「分隊長、無念です。あ……あれをご覧なさい。畜生《ちくしょう》ッ！」

分隊長は血眼《ちまなこ》になりて甲板を踏み鳴らし

「うてッ！　甲板をうて、甲板を！　なあに！　うてッ！」

「うてッ！」武男も声ふり絞りぬ。

歯を切《くいしば》りたる砲員は憤然として勢猛《たけ》く連放《つるべうち》に打出《うちいだ》しぬ。

「も一つ!」

武男が叫びし声と同時に、霹靂《へきれき》満艦を震動して、砲台内に噴火山の破裂するよと思うその時おそく、雨の如く飛び散る物にうたれて、武男はどうと倒れぬ。

敵艦の発《う》ち出《いだ》したる三十珊《サンチ》の大榴弾《だいりゅうだん》二個、あたかも砲台の真中を貫いて破裂せしなり。

「残念ッ!」

叫びつつ刎ね起きたる武男は、また尻居《しりい》にどうと倒れぬ。

彼は今体《たい》の下半に夥しき苦痛を覚えつ。倒れながらに見れば、四辺《あたり》は一面の血、火、肉のみ。分隊長は見えず。砲台は洞《ほら》の如くなりて、その間より青きもの揺《ゆら》めきたり。こは海なりき。

苦痛と、いうべからざる惨しき臭《か》のために、武男が眼は閉じぬ。人の呻吟《うめ》く声。物の燃ゆる音。ついで「火災! 火災! ポンプ用意ッ!」と叫ぶ声。同時に走《は》せ来る足音。たちまち武男は手ありてわれを擡《もた》ぐるを覚えつ。手の脚部に触るると共に、限りなき苦痛は脳頂に響いて、思わず「あ」と叫びつつ仰反《のけぞ》り——紅《くれない》の靄《もやとざ》閉せる眼の前に渦まきて、次第にわれを失いぬ。

二の一

大本営所在地広島においては、十月《げつ》中旬、第一師団は夙《と》くすでに金州半島＊に向《むか》いたれど、その後に第二師団の健児広島狭しと入り込み来《きた》り、しかのみならず臨時議会開かれんとして、六百の代議士続々東より来つれば、高帽腕車《こうぼうわんしゃ》は到る処《ところ》剣佩《けんはい》馬蹄《ばてい》の響《ひびき》と入り乱れて、維新当年の京都の賑合《にぎあい》を再びここ山陽に見る心地せられぬ。

市の目貫《めぬき》という大手町通《おおてまちどおり》は「参謀総長宮殿下＊」「伊藤内閣総理大臣＊」「川上陸軍中将＊」なんど厳《いか》めしき宿札《やどふだ》うちたるあたりより、二丁目三丁目と下《さが》りては戸《こ》ごとに「徴発ニ応ズベキ坪数○○畳、○間《ま》」と貼札《はりふだ》して、大方の家には士官下士の姓名兵の隊号人数《にんず》を記せし紙札を張りたるは、仮兵舎《バラック》にも置きあまりたる兵士の流れ込みたるなり。その間には「○○酒保《しゅほ》事務所」「○○組人夫《にんぷ》事務取扱所」など看板新しく人影の忙《せわ》しく出入するあれば、そこの店先にては忙《いそがわ》しくラムネ瓶を大箱に詰め込み、こなたの店はビスケットの箱山の如く荷造に汗を流す若者あり。この間を縫うて馬上の将官が大本営の方《かた》に急ぎ行きしあとより、電信局にかけつくるにか鉛筆を耳に挿《さしはさ》み新聞記者の車を飛ばして過ぐるやがて、鬱金木綿《うこんもめん》に包みし長刀と革嚢《かばん》を載せて停車場《ステーション》の方より来る者、面《おもて》黒々と日にやけてまだ夏服の破れたるまま宇品《うじな》*より今上陸して来つと覚しき者と行き違い、新聞の写真附録にて見覚ある元老の何か思案顔に車を走らすこなたには、近きに出発すべき人夫が鼻歌歌うて往来をぶらつけば、かなたの家の縁前《えんさき》に剣を磨《と》ぎつつ健児が歌う北音《ほくおん》の軍歌は、川向うの嬌《なま》めかしき広島節に和して響きぬ。

「陸軍御用達」と一間《けん》あまりの大看板、その他看板二三枚、入口の三方にかけ列ねたる家の玄関先より往来にかけて粗製毛布《ケット》防寒服ようのもの山と積みつつ、番頭らしきが若者五六人を指図して荷造に忙《せわ》しき所に、客を送りて躁卒《そそくさ》と奥より出で来し五十あまりの爺《おやじ》、額やや禿《は》げて眼尻垂れ左眼《さがん》の下にしたたかな赤黒子《あかぼくろ》あるが、何か番頭にいいつけ終りて、入らんとしつつたちまち門外を上手《かみて》に過ぎ行く車を目がけ

「田崎君《さん》……田崎君」

呼ぶ声の耳に入らざりしか、そのままに過ぎ行くを、若者して呼び戻さすれば、車は門に帰りぬ。車上の客は五十あまり、色赤黒く、頬髯《ほおひげ》少しは白きも雑《まじ》り、黒紬《くろつむぎ》の羽織に新しからぬ同色《おなじいろ》の中山帽《ちゅうやまぼう》を戴き蹴込《けこみ》*に中形の鞄《かばん》を載せたり。呼び戻されて怪訝《けげん》の顔は、

玄関に立ちし主人を見るより驚《おどろき》にかわりて、帽を脱ぎつつ

「山木さんじゃないか」

「田崎君《さん》、珍らしいね。いったいいつ来たンです？」

「この汽車で帰京《かえ》る心算《つもり》で」と田崎は車を下り、莚縄《むしろなわ》なんど取り散らしたる間を縫いて玄関に寄りぬ。

「帰京《かえる》？　どこにいつおいでなので？」

「はあ、つい先日佐世保に行って、今帰途《かえり》です」

「佐世保？　武男さん――旦那《だんな》のお見舞？」

「はあ、旦那の見舞に」

「これはひどい。旦那の見舞に行きながら、往返《いきかえり》とも素通《すどおり》は実にひどい。娘も娘、ご隠居もご隠居だ、葉書の一枚も来ないものだから」

「何、急ぎでしたからね」

「だッて、行《いき》がけにちょっと寄って下さりゃよかったに。とにかくまあお上《あがん》なさい。――車は返して。いいさ、お話もあるから。一汽車後《おく》れたッていいだろうじゃないか。――ところで武男さん――旦那の負傷《けが》はいかがでした？　実は私もあの時お負傷の事を聞い

たンで、ちょいとお見舞に行かなけりゃならんならんと思ってたンだが、思ったばかりで、——ちょうど第一師団が近々《ちかぢか》に出発《でかけ》るというンで、滅法《めっぽう》忙しかったもンですから、ついその何で、お見舞状だけあげて置いたンでしたが。——ああそうでしたか、別に骨にも障《さわ》らなかったですね、大腿部《だいたいぶ》——はあそうですか。とにかく若い者は結構ですな。お互に年寄はちょっと指尖《ゆびさき》に刺《とげ》が立っても、一週間や二週間はかかるが、旦那なんざお年が若いものだから——とにかく結構おめでたい事でした。ご隠居もご安心ですね」

中腰に構えし田崎は時計を出《いだ》し見つ、座を立たんとするを、山木は引とめ

「まあいいさ。幸《さいわい》の便《ついで》で、少しご隠居に差上たいものもあるから。夜汽車になさい。夜汽車だとまだ大分《だいぶ》時間がある。ちょっと用を済《すま》して、どこぞへ行って、一盃《いっぱい》やりながら話すとしましょう。広島の魚は実に旨《うま》いですぜ」

口は肴《さかな》よりもなお旨かるべし。

二の二

秋の夕日天安川《あまやすがわ》に流れて、川に臨める某亭《なにがしてい》の障子を金色《こんじき》に染めぬ。二階は貴衆両院議

員の有志が懇親会とやら抜けるほどの騒ぎに引易《ひきか》えて、下の小座敷は婢《おんな》も寄せずただ二人話しもて盃《さかずき》をあぐるは山木とかの田崎と呼ばれたる男なり。

この田崎は、武男が父の代より執事の役を務めて、今もほど近きわが家より日々川島家に通いては、何くれと忠実《まめやか》に世話をなしつ。如才なく切って廻わす力量なきかわりには、主家の収入を窃《ぬす》みてわが懐を肥《こや》す気遣《きづかい》なきがこの男の取柄と、武男が父は常にいいぬ。されば川島未亡人《いんきょ》にも武男にも浅からぬ信任を受けて、今度も未亡人の命によりて遥々《はるばる》佐世保に主人の負傷をば見舞いしなり。

山木は持《もっ》たる盃を下に置き、額の辺《あたり》を撫《な》でながら「実は何ですて、私も帰京《かえり》はしても一日泊りで直《す》ぐとまた広島《ここ》に引返えすというような訳《わけ》で、そんな事も耳に入《い》らなかッたですが。それでは何ですね、あれから浪子さんもよほどわるかッたのですね。なるほどどうもちっと惨刻《ひど》かったね。しかしともかくも川島家のためだから仕方がないといったようなもので。はあそうですか、近頃はまた少しはいい方で、なるほど、逗子に保養に行っていなさるかね。しかしあの病気ばかりはいくらよく見えても畢竟《どうせ》死病だて。ところで武男――いや若旦那《まつだけ》はまだ怒っていなさるかね」

椀《わん》の蓋《ふた》をとれば松茸《まつだけ》の香《か》の立上《たちのぼ》りて鯛の脂《あぶら》の珠《たま》と浮《うか》めるを旨げに吸いつつ、田崎は髯《ひげ》

押拭《おしぬぐ》いて

「さあ、そこですがな。それはもう原《もと》をいえば何もお家のためで詮方《しかた》もないといったものの、なあ山木君《さん》、旦那の留守に何も相談なしにやっておしまいなさるというは、ご隠居も少しご気随《きずい》が過ぎたというものでな。実は拙者《わたし》も旦那のお帰《かえり》までお待ちなさるようにと申上げて見たのじゃが、あのお気質で、一旦こうといい出しなすった事は否応《いやおう》なしにやり遂《とげ》るお方だから、とうとうあの通りになったンで。これは旦那が面白く思いなさらぬももっともじゃと拙者は思う位。それに困った人はあの千々岩《ちぢわ》さん――たしかもう清国《あっち》に渡《い》ったように聞いたですが」

山木はじろりとあなたの顔を見つつ「千々岩！　はああの男は先日出征《このあいだでかけ》たが、なまじっか顔を知られた報《むくい》で、ここに滞在中《いるうち》も折々《たびたび》無心にやって来て困ったよ。顔《つら》の皮の厚い男でね。戦争《いくさ》で死ぬかも知れんから香奠《こうでん》と思って餞別《せんべつ》をくれろ、その代り生命《いのち》があったらきっと金鵄《きんし》勲章をとって来るなんかいって、百両ばかり踏んだくって行ったて。はははは、ところで武男君《さん》は負傷《けが》が快《よく》なったら、一先帰京《ひとまずかえり》なさるかね」

「さあ、ご自身は快癒《よくなり》次第すぐまた戦地に出かけるつもりでいなさるようですがね」

「相変らず元気な事を言いなさる。が、田崎君、一度は帰京《かえ》ってご隠居と仲直りをなさらんといけないじゃあるまいか。どれほど気に入っていなすったか知らんが、浪子さんといえばもはや縁の切れたもので、そのうえ健康《たっしゃ》な方でもあることか、死病にとりつかれている人を、まさかあらためて呼び取りなさるという事も出来まいし、まあ過ぎた事は仕方がないとして、早く親子仲直りをしなさらんじゃなるまい、と私は思うが。なあ、田崎君」

田崎は打案じ顔に「旦那はあの通り正直《まっすぐ》なお方だから、よしご隠居の方が非《わるい》にもしろ、自分の仕打もよくなかったとそう思っていなさる様子でね。それに今度拙者がお見舞に行ったンでまあご隠居のお心も通ったというものだから、仲直《なかなおり》も何もありゃしないが、しかし――」

「戦争中《いくささなか》の縁談も可笑《おか》しいが、とにかく早く奥様を迎《よび》なさるのだね。どうです、旦那はご隠居と仲直はしても、やっぱり浪子さんは忘れなさるまいか。若い者は最初の間《うち》はよく強情を張るが、しかし新しい人が来て見るとやはり可愛《かわゆ》くなるものでね」

「いやそのことはご隠居も考えておいでなさるようだが、しかし――」

「むずかしかろうというのかね」

「さあ、旦那があんな一途《いちず》な方だから、そこはどうとも」

「しかしお家のため、旦那のためだから、なあ田崎君」

話は暫《しば》し途切れつ。二階には演説や終りつらん、拍手の音盛《さかん》に聞ゆ。障子の夕日やや薄れて、喇叭《ラッパ》の響《おと》耳に冷《ひやや》かなり。

山木は盃を清めて、あらためて田崎にさしつつ

「時に田崎君、娘がお世話になっているが、困った奴で、どうです、ご隠居のお気には入りますまいな」

浪子が去られしより、一月あまり経ちて、山木は親しく川島未亡人《いんきょ》の薫陶《くんとう》を受けさすべく行儀見習の名をもって、娘お豊《とよ》を川島家に入れ置きしなりき。

田崎は含笑《ほほえ》みぬ。何か思い出でたるなるべし。

二の三

田崎は含笑みぬ。川島未亡人《みぼうじん》は眉《まゆ》を顰《ひそ》めしなり。

武男が憤然席を蹴《け》立《た》てて去りしかの日、母はその子の後影《うしろすがた》を睨《にら》みつつ叫びぬ。

「不孝者めが！　どうでも勝手にすッがええ」

母は武男が常によく孝にして、わが意を迎うるに踟躕《ちちゅ》せざるを知りぬ。知れるが故《ゆえ》に、その浪子に対するの愛固《もと》より浅きにあらざるを知りつつも、その両立するあたわざる場合には、一も二もなくかの愛を棄《す》ててこの孝を取るならんと思えり。思えるが故に、その仕打のわれながらむしろ果断に過ぐるを思わざるにあらざりしも、なお家のため武男のためといいつつ、独断をもて浪子を離別せるなり。武男が憤《いきどおり》の意外に烈《はげ》しかりしを見るに及んで、母は初めてわが違算を悟り、同時にいわゆる母なるものの決して絶対的権力をその子の上に有するものにあらざるを知りぬ。さきにはその子の愛の浪子に注ぐを一種不快の眼をもて見たりしが、今は母の愛母の威光母の恩をもってしてなお死に瀕《ひん》したる一浪子の愛に勝つあたわざるを見るに及び、わが威権全く墜《お》ちたるように、その子をば全く浪子に奪い去られしように感じて、かつは武男を怒《いか》り、かつは実家《さと》に帰り去れる後までもなお浪子を罵《ののし》れるなり。

なお一つその怒《いかり》を激せしものありき。そは朧《おぼろ》げながら方寸*の那辺《いずれ》にか己《おの》が仕打の非なるを、知るとにはあらざれど、いささかその疑《うたがい》のほのかに棚引《たなび》けるなり。武男が憤の底にはちとの道理なかりしか。わが仕打にはちとのわが領分を越えてその子を侵せし所はなかりしか。眠られぬ夜半《よわ》に独《ひと》り奥の間の天井にうつる行燈《あんどう》の影眺めつつ考うるとはなく思えば、いずくにか汝《なんじ》の誤《あやまり》なり汝の罪なりと囁《ささ》やく声あるように思われて、さらにその胸の乱るるを覚えぬ。世にも強きは自《みず》から是《ぜ》なりと信ずる心なり。腹立たしきは、或《あるい》は人より或はわが衷《うち》なる或《ある》ものよりわが非を示されて、われとわが良心の前に悔悟の膝《ひざ》を折る時なり。灸所《きゅうしょ》を刺せば、猛獣は叫ぶ。わが非を知れば、人は怒《いか》る。武男が母は、これがために抑え難き怒はなおさらに悶《もん》を加えて、いよいよ武男の怒るべく、浪子の悪《にく》むべきを覚えしなり。武男は席を蹴って去りぬ。一日また一日、彼は来《きた》りて罪を謝するなく、詫《わび》の書だも送り来らず。母は胸中の悶々を漏らすべきただ一の道として、その怒を恣《ほしいまま》にして、わずかに自から慰めつ。武男を怒り、浪子を怒り、かの時を思い出でて怒り、将来を想うて怒り、悲しきに怒り、淋しきに怒り、詮方《せんかた》なきにまた怒り、怒り怒りて怒りの疲労《つかれ》に漸《ようや》く夜《よ》も睡《ねぶ》るを得にき。

川島家にては平常《つね》にも恐ろしき隠居が痼癪《かんしゃく》の近頃はまたひた燃えに燃えて、慣れし婢《おんな》ばらも幾《いく》たびか手荷物をしまいかける間《ま》に、朝鮮事《こと》起りて豊島牙山《ほうとうがざん》の号外*は飛びぬ。戦争に行くに告別《いとまごい》の手紙の一通もやらぬ不埒《ふらち》な奴と母は幾たびか怒りしが、世間の様子を聞けば、田舎《いなか》よりその子の遠征を見送らんと出で来る老婆、物を贈り書を送りてその子を励ます母もありというに、子は親に怒り親は子を憤《い》りて一通の書だに取りかわさず、彼は戦地にわれは帝都に、おのおの心に不快の塊《かたまり》を懐《いだ》いて、もしこのままに永別となるならば、と思うとはなく、ほのかに感じたる武男が母は、終《つい》に罵り罵り我《が》を折りて引《ひき》つづき二通の書を戦地にあるその子にやりぬ。

折りかえして戦地より武男が返書は来れり。返書来りてより一と月あまりにして、一通の電報は佐世保の海軍病院より武男が負傷を報じ来《こ》しぬ。さすがに母が電報をとりし手は顫々《わなわな》と打震《うちふる》いつ。ほどなくその負傷は命《めい》に関するほどにもあらざる由《よし》を聞きたれど、なお田崎を遠く佐世保にやりてその容子《ようす》を見させしなりき。

二の四

田崎が佐世保より帰りて、仔細に武男の容子を報ぜるより、母はやや安堵《あんど》の胸を撫でけるが、なおこの上は全快を待ちて一応顔をも見、また戦争済みたらば武男がために早く後妻《こうさい》を迎うるの得策なるを思いぬ。かくして一には浪子を武男の念頭より絶ち、一には川島家の祀《まつり》を存し、一にはまた心の奥の奥において、さきに武男に対せる所行《しわざ》のやや暴に過ぎたりしその罪？亡《ほろぼし》をなさんと思えるなり。

武男に後妻を早く迎えんとは、浪子を離別に決せしその日より早くすでに母の胸中に湧き出《い》でし問題なりき。それがために数多からぬ知己親類の嫁し得《う》べき嬢子《むすめ》を心の中《うち》にあれこれと繰り見しが、思わしきものもなくて、思い迷《まよ》える折りから、山木は突然娘お豊を行儀見習と称して川島家に入れ込みぬ。武男が母とて白痴にもあらざれば、山木が底意は必ずしも知らざるにあらず。お豊が必ずしも智徳兼備の賢婦人ならざるをも知らざるにはあらざりき。されど溺《おぼ》るる者は藁《わら》をも攫《つか》む。武男が妻定めに窮したる母は、山木が望《のぞみ》を幸い、試《こころみ》にお豊を預かれるなり。

試験の結果は、田崎が含笑《ほほえ》めるが如し。試験者も受験者も共に満足せずして、いわば婢《おんな》ばらが鬱散《うさはらし》の種となるに終れるなり。

初めは平和、次《つ》ぎに小口径の猟銃を用いて軽々《けいけい》に散弾を撒《ま》き、ついに攻城砲《こうじょうほう》の恐ろしきを打出《うちいだ》す。こは川島未亡人が何人《なんぴと》に対しても用うる所の法なり。浪子もかつてその経験を嘗《な》めぬ。しかしてその神経の敏《びん》に感の鋭かりしほどその苦痛を感ずる事も早かりき。お豊も今その経験を強《しい》られぬ。しかしてその無為にして化する底《てい》の性質は、散弾の飛ぶも殆《ほと》んどいずこの家に煎《い》る豆ぞと思い貌《がお》に過ぐるより、かの攻城砲は例よりも速やかに持出《もちいだ》されざるを得ざりしなり。

その心悠々として常に春霞《はるがすみ》の棚引《たなび》ける如く、胸中に一点の物のうして人我《にんが》の別定かならぬのみか、往々にして個人の輪廓消えて直《ただ》ちに動植物と同化せんとし、春の夕《ゆうべ》に庭などに立ちたらば霊《たま》も体《たい》もそのまま霞の中《うち》に融《と》け去りて掬《すく》うも手にはたまらざるべきお豊も恋に自己《おのれ》を自覚し初《そ》めてより、にわかに苦労というものも解《かい》し初めぬ。眠《ね》むき眼摩《こす》りて起き出《いず》るより、あれこれと追い使われ、その果《はて》は小言大喝《どなり》。もっとも陰口中傷《あてこすり》は概して解かれぬままに鵜呑《うのみ》となれど、連放《つるべ》つ攻城砲のみはいかに超然たるお豊も当りかねて、恋しき人の家《うち》ならずば夙《とく》にも逃げ出《いだ》しつべく思えるなり。さりながら父の戒《いましめ》、折々桜川町の宅《うち》に帰りて聞く母の訓《おしえ》はここと、健気《けなげ》にもなお攻城砲の前に陣取りて、日また日を忍びて過ぎぬ。時には耐《たま》り兼ねて思いぬ、恋はかくも辛きものよ、もはや二度とは人を恋わじと。憐《あわ》れむべきお豊は、川島未亡人のためにはその乱れがちなる胸の安全管にせられ、家内の婢僕《おんなおとこ》には日永《ひなが》の慰《なぐさみ》にせられ、恋しき人の顔を見ることものうして、生れ出でてより例《ためし》なき克己と辛抱をもって当《あて》もなきものを待ちけるなり。

お豊が来りしより、武男が母は新《あらた》に一の懊悩《おうのう》をば添えぬ。失える玉は大にして、去れる婦《よめ》は賢なり。比較になるべき人ならねども、お豊が来りて身近に使わるるに及びて、なす事ごとに気に入るはなくて、武男が母は堅くその心を塞《ふさ》げるにかかわらず、ともすれば昔わが叱りもし罵《ののし》りもせしその人を思い出でぬ。光を韞《つつ》める女の、言葉数多からず起居《たちい》に静淑《しとやか》なれば、見たる所は眼より鼻にぬけるほど華手《はで》には見えねど、不馴《ふなれ》ながらもよくこちの気を飲み込みて機転も利き、第一心がけの殊勝なるを、図に乗っては口汚く罵りながら、心の底にはあの年頃でよく気がつくと暗に白状せしこともありしが、今眼の前に同じ年頃のお豊を置きて見れば、是非なく比較はとれて、事ごとに思うまじと思う人を思えるなり。されば日々《にちにち》気に適《く》わぬ事の出で来るごとに、春霞の化けて出でたる人間の名をお豊と呼ばれて眼は細々と口も閉じあえず坐れる傍には、いつしか色少し蒼《あお》ざめて髪黒々と静淑なる若き婦人《おんな》の悧発《りはつ》らしき眼をあげてつくづくとわが顔を眺めつつ「いかがでございます？」というようなる心地して、武男が母は思わずもわななかれつ。「じゃって、病気をすっが悪かじゃなっか」と幾たびか陳弁《いいわけ》すれど、なお妙に胸先《むなさき》に込みあげて来るものを、自己《おのれ》は怒と思いつつ、果《はて》はまた大声あげて、お豊に当り散らしぬ。

　されば広島の旗亭に、山木が田崎に打向いて娘お豊を武男が後妻にと朧《おぼろ》げならずいい出でしその時は、川島未亡人とお豊の間は去る六月《げつ》における日清の間よりも危《あやう》く、彼出《いだ》すか、われ出《いず》るか、危機はいわゆる一髪にかかりしなりき。

三の一

枕辺近き小鳥の声に呼び醒《さま》されて、武男は眼を開きぬ。

床の上より手を伸して、窓帷引き退くれば、今向う山を離れし朝日花やかに玻璃窓《はりそう》にさし込みつ。山は朝霧なお白けれど、秋の空はすでに蒼々《あおあお》と澄み渡りて、窓前一樹染むるが如く紅《くれない》なる桜の梢《こずえ》を鮮やかに襯《しん》し出《いだ》しぬ。梢に両三羽の小鳥あり、相語りつつ枝より枝に躍《おど》れるが、ふといい合わしたるように玻璃窓の内を覗《のぞ》き、半身を擡《もた》げたる武男と顔見合わし、驚き起《た》って飛び去りし羽風《はかぜ》に、黄なる桜の一葉ばらりと散りぬ。

われを呼び醒ませし朝《あした》の使《つかい》は彼なりけるよと、武男は含笑《ほほえ》みつつ、また枕につかんとして、痛める所あるが如くいささか眉《まゆ》を顰《ひそ》めつ。すでにして漸《ようや》く身を床《ベッド》の上に安んじ、眼を閉じぬ。

朝静《しずか》にして、耳を擾《わずら》わす響《おと》もなし。鶏《とり》鳴き、欸乃《ふなうた》遠く聞《きこ》ゆ。

武男は眼を開いて笑み、また眼を閉じて思いぬ。

す。

＊　＊　＊　＊　＊　＊

武男が黄海に負傷して、ここ佐世保の病院に身を托せしより、すでに一月余過ぎんとす。

かの時、砲台の真中に破裂せし敵の大榴弾《だいりゅうだん》の乱れ飛ぶにうたれて、尻居《しりい》にどうと倒れつつ劇《はげ》しき苦痛に一時われを失いしが、苦痛の甚《はなは》だしかりし割に、脚部の傷は二か所とも幸《さいわい》に骨を避《よ》けて、その他はちとの火傷《かしょう》を受けたるのみ。分隊長は骸《がい》も留《とど》めず、同僚は戦死し、部下の砲員無事なるは稀《まれ》なりしが中に、不思議の命をとりとめて、この海軍病院に送られつ。最初《はじめ》はさすがに熱も劇しく上《のぼ》りて、床《ベッド》の上の譫言《うわごと》にも手を戟《ほこ》にして敵艦を罵《ののし》り分隊長と叫びては医員を驚かししが、素《もと》より血気盛《さかん》なる若者の、傷もさまで重きにあらず、時候も秋涼に向えるおりから、熱は次第に下《くだ》り、経過よく、膿腫《のうしょう》の患《うれい》もなくて、すでに一月あまり過ぎし今日この頃は、なお幾分の痛《いたみ》をば覚ゆれど、ともすれば石炭酸の臭《か》の満ちたる室をぬけ出でて秋晴《しゅうせい》の庭に下りんとしては軍医《い》の小言を吃《く》うまでになりつ。この上はただ速やかに戦地に帰らんと、ひたすら医の許容《ゆるし》を待てるなりき。

思い棄《す》てて塵芥《ちりあくた》よりも軽《かろ》かりし命は不思議に永らえて、熱去り苦痛薄らぎ食欲復すると共に、われにもあらで生を楽《たのし》む心は動き、従って煩悩《ぼんのう》も湧《わ》きぬ。蟬《せみ》は殻を脱げども、人は己を脱《のが》れ得ざれば、戦《たたかい》の熱病《やまい》の熱に中絶《なかた》えし記憶の糸はその体《たい》のやや癒《い》えてその心の平生《へいぜい》に復《か》えると共にまたおのずから掀《かか》げ起されざるを得ざりしなり。

されど大疾《たいしつ》よく体質を新《あらた》にするに斉《ひと》しく、僅《わず》かに一紙を隔てて死と相見たるの経験は、武男が記憶を別様に新ならしめたり。激戦、及びその前後に相ついで起りし異常の事と異常の感は、風雨の如くその心を簸《ふる》い憾《うご》かしつ。風雨はすでに過ぎたれど、余波はなお心の海に残りて、浮ぶ記憶はおのずから異なる態をとりぬ。武男は母を憤らず、浪子を思えば今は世になき妻を思うらんようにその心の龕《がん》に祭りて、浪子を思うごとにさながら遠き野末の悲歌を聞く如く、一種なつかしき哀《かなしみ》を覚えしなり。

田崎来《きた》り見舞いぬ。武男はよりて母の近況を知りまた仄《ほの》かに浪子の近況《ようす》を聞きぬ。(武男の気を損《そこな》わんことを恐れて、田崎はあえて山木の娘の一条をばいわざりき)武男は浪子の事を聞いて落涙し、田崎が去りし後も、松風淋しき湘南《しょうなん》の別墅《べっしょ》に病める人の面影は、黄海の戦とかわるがわる武男が宵々《しょうしょう》の夢に入りつ。

田崎が東に帰りし後数日《すじつ》にして、いずくよりともなく一包《ひとつつみ》の荷物武男が許《もと》に届きぬ。

＊　＊　＊　＊　＊　＊　＊

武男は今その事を思えるなり。

三の二

武男が思えるはこれなり。

一週前《ぜん》の事なりき。武男は読み竟(あ)きし新聞を投げやりて、床(ベッド)の上に欠伸しつつ、窓外を打眺めぬ。同室の士官昨日退院して、室内には彼一人なりき。時は黄昏《たそがれ》に近く、病室はほの闇《ぐら》くして、窓外には秋雨滝の如く降りしきりぬ。隣室の患者に電気かくるにやあらん、蟋々《じじ》の響絶間《ひびきたえま》なく雨に和して、転《うた》た室内の詫《わび》しさを添えつ。聞くともなくその響《おと》に耳を仮《か》して、眼は窓に向えば、吹きしぶく雨淋漓《りんり》として玻璃《ガラス》に滴《した》り、しとど濡《ぬ》れたる夕暮の庭は斑《まだ》らに現われてまた消えつ。

茫然《ぼうぜん》として眺め入りし武男は、たちまち頭《かしら》より毛布《ケット》を引被《ひきかつ》ぎぬ。

五分ばかりたちて、人の入り来る足音して、

「お荷物が届きました。……お眠《やすみ》ですか」

頭を出《いだ》せば、床《ベッド》の横側に立てるは、小使《こづかい》なり。油紙包を抱き、二十文字にからげし重やかなる箱を提げて立ちたり。

荷物？　田崎帰りてまだ幾日《いくか》もなきに、誰《た》が何を送りしぞ。

「ああ荷物か。どこからだね？」

小使が読める差出人は、聞きも知らぬ人の名なり。

「ちょっと開けてもらおうか」

油紙を解けば、新聞、それを解けば紫の包出《つつみいだ》でぬ。包を解けば出でたり、小絨《ネル》の単衣《ひとえ》、柔らかき絹物の袷《あわせ》、白縮緬《しろちりめん》の兵児帯《へこおび》、雪を欺《あざむ》く足袋《たび》、袖広き襦袢《じゅばん》は脱着《ぬぎき》容易《たやす》かるべく、真綿の肩蒲団《かたぶとん》は長き病床に床擦《とこずれ》あらざれと願うなるべし。箱の内は何ぞ。莎縄《くぐなわ》を解けば、なかんずく好める泡雪梨《あわゆき》の大なると芭蕉実《バナナ》の鮮《あざら》けきと溢《あふ》るるまでに満ちたり。武男が心臓《むね》の鼓動は急になりぬ。

「手紙も何も入っていないかね？」

彼をふるいこれを移せど寸の紙だになし。

「ちょいとその油紙を」

包紙をとりて、わが名を書ける筆の跡を見るより、たちまち胸の塞《ふさ》がるを覚えぬ。武男はその筆を認《したた》めたるなり。彼女《かれ》なり。彼女なり。彼女ならずして誰《たれ》かあるべき。その縫える衣の一針ごとに、痕《あと》はなけれどまさしく濺《そそ》げる千行《せんこう》の涙《なんだ》を見ずや。その病をつとめて書ける文字の震えるを見ずや。

人の去るを待ち兼ねて、武男は男泣に泣きぬ。

＊　＊　＊　＊　＊　＊　＊

素《もと》より涸《か》れざる泉は今新《あら》に開かれて、武男は限りなき愛の滔々《とうとう》として漲《みなぎ》るを覚えつ。昼は思い、夜《よ》は彼女《かれ》を夢みぬ。

されど夢ほどに世は自由ならず。武男は素より信じて思いぬ、二人が間は死だも劈《つんざ》くあたわじと。いわんや区々たる世間の手続をや。されどもその心を実《じつ》にせんとしては、その区々たる手続儀式が企望と現実の間に越ゆべからざる障壁として立てるを覚えざるあたわざりき。世はいかにすとも、彼女は限りなくわが妻なり。されど母はわが名によって彼女を離別し、彼女が父は彼女に代って彼女を引取りぬ。世間の前に二人が間は絶えたるなり。平癒《へいゆ》を待って一たび東に帰り、母に逢い、浪子を訪《と》うて心を語り、再び彼女を迎えんか。いかに自《みず》から欺くも、武男はいわゆる世間の義理体面の上よりさる事のなすべくまたなし得《う》べきを思い得ず、事は成らずして畢竟《ひっきょう》再び母とわれとの間を前にも増して乖離《かいり》せしむるに過ぎざるべきを思いぬ。母に逆うの苦はすでに嘗《な》めたり。

広き宇宙に生きて思わぬ桎梏《かせ》にわが愛をすら縛らるるを、歯痒《はがゆ》しと思えど、武男は脱《のが》るる路を知らず、やる方《かた》なき懊悩《おうのう》に日また日を送りつつ、ただ生死《しょうし》ともにわが妻は彼女と思いてわずかに自から慰め併《あわ》せて心に浪子をば慰めけるなり。

今朝も夢さめて武男が思える所は、これなりき。

この朝軍医が例の如く来《きた》り診《しん》して、傷のいよいよ全癒に向うに満足を表して去し後、一封の書は東京なる母より届きぬ。書中には田崎帰りていささか安堵《あんど》せるを書き、かついささか話したき事もあれば、医師の許可《ゆるし》次第一先《ひとま》ず都合して帰京すべしと書きたり。話したき事！　もしくは彼がもっとも忌みかつ恐るる或事《あること》にはあらざるか。武男は打案じぬ。

武男は終《つい》に帰京せざりき。十一月初旬、彼と斉《ひと》しく黄海に手負いし彼が乗艦松島の修繕終りて戦地に向いしと聞くほどもなく、わずかに医師の許容《ゆるし》を得たる武男は、請うて運送船に便乗し、あたかも大連湾《だいれん》*を取って同湾《ここ》に碇泊《ていはく》せる艦隊に復帰《かえ》り去りぬ。

佐世保を出発する前日、武男は二通の書を投函《とうかん》せり。一はその母に宛てて。

四の一

秋風吹き初《そ》めて、避暑の客《かく》は都に去り、病を養う客《ひと》ならでは留まる者なき九月初旬《はじめ》より、今ここ十一月初旬まで、日の温かに風なき時を撰《えら》みて、五十あまりの婢《おんな》に伴われつつ、そぞろに逗子の浜辺を運動する一人の淑女ありき。瘠《やせ》に痩《や》せて砂に落つ影も細々と傷《いた》わしき姿を、網曳《ひ》く漁夫、日ごと浜辺を歩む病客も皆見るに慣れて、逢うごとに頭《かしら》を下げぬ。誰《たれ》伝うともなく仄《ほの》かにその身の上をば聞き知れるなりけり。

こは浪子なりき。

惜からぬ命つれなくもなお永《なが》らえて、また今年の秋風を見るに及べるなり。

＊　　＊　　＊　　＊　　＊　　＊　　＊

浪子は去る六月の初《はじめ》、伯母に連れられて帰京し、思いも掛けぬ宣告を伝え聞きしその翌日より、病は見る見る重り、前後を覚えぬまで胸を絞って心血の紅《くれない》なるを吐き、医は黙し、家族《やから》は眉《まゆ》を蹙《ひそ》め、自己《おのれ》は旦夕《たんせき》に死を待ちぬ。命は実に一縷《いちる》に繋《つ》ながれしなりき。浪子は喜んで死を待ちぬ。死はなかなか嬉しかりき。何思う間もなくたちまち深井《しんせい》の暗黒《くらき》に堕ちたるこの身は、何の楽《たのしみ》あり、何の甲斐《かい》ありて、世に永らえんとはすべき。誰《たれ》を恨み、誰を恋う、さる念は形をなす余裕《ひま》もなくて、ただ身を繞《めぐ》る暗黒《あんこく》の恐ろしく厭《いと》わしく、早くこの裡《うち》を脱《のが》れんと思うのみ。死は実にただ一の活路なりけり。浪子は死を待ち詫びぬ。身は病の床に苦《くるし》み、心はすでに世の外《ほか》に飛びき。今日にもあれ、明日にもあれ、この身の絆《ほだし》絶えなば、惜からぬ世を下に見て、魂《こん》は千万里の空《くう》を天に飛び、懐かしき母の膝《ひざ》に心ゆくばかり泣きもせん、訴えもせん、と思えば待たるるは実に死の使なりけり。

あわれ、彼女《かれ》は死をだに心に任せざりき。今日、今日と待ちし今日は幾《いく》たびか空しく過ぎて、一月あまり経たれば、われにもあらで病やや間《かん》に、二月を経てさらに軽《かろ》くなりぬ。思い棄《す》てし命をまたさらにこの世に引き返えされて、浪子はまた薄命に泣くべき身となりぬ。浪子は実に惑《まど》えるなり。生の愛すべく死の恐るべきを知らざる身にはあらずや。何のために医を迎え、何のために薬を服し、何のために惜からぬ命を繋がんとするぞ。

されど父の愛あり。朝《あした》に夕《ゆうべ》に彼女が病床を省《せい》し、自ら薬餌《やくじ》を与え、さらに自ら指揮して彼女がために心静かに病を養うべき離家《はなれ》を建て、いかにもして彼女を生かさずばやまざらんとす。父の足音を聞き、わが病の間《かん》なるに欣《よろこ》ぶ慈《じ》顔《がん》を見るごとに、浪子は恨《うらみ》には堕《おと》さぬ涙の自《おの》ずから頰《ほお》に滴《したた》るを覚えず、漫《みだ》りに死を希《こいねが》うに忍びずして、父のために務めて病をば養えるなり。さらに一あり。浪子は良人《おっと》を疑うあたわざりき。海涸《か》れ山崩るるも固く良人の愛を信じたる彼女は、このたびの事一も良人の心にあらざるを知りぬ。病やや間になりて、仄かに武男の消息を聞くに及びて、いよいよその信に印捺《いんお》されたる心地して、彼女はいささか慰められつ。固《もと》よりこの後のいかに成り行くべきを知らず、よしこの疾痓《やまいい》ゆとも一たび絶えし縁は再び繋ぐ時なかるべきを感ぜざるにあらざるも、なお二人が心は冥々《めいめい》の間《うち》に通いて、この愛をば何人《なんぴと》も劈《つんざ》くあたわじと心にいいて、ひそかに自ら慰めけるなり。

されば父の愛と、この仄かなる望とは、手を尽したる名医の治療と相待ちて、消えんとしたる彼女が玉の緒を一たび繫ぎ留め、九月初旬《はじめ》より浪子は幾と看護婦を伴うて再び逗子の別墅《べっしょ》に病を養えるなりき。

四の二

逗子に来てよりは、症《やまい》やや快よく、四辺《あたり》の静かなるに、心も少しは静まりぬ。海の音遠き午後《ひるすぎ》、湯上《ゆあがり》の体《たい》を安楽椅子に倚《よ》せて、鳥の音《ね》の清きを聞きつつ恍然《うっとり》としてあれば、さながら去《い》にし春の頃ここにありける時の心地して、今にも良人《おっと》の横須賀より来《きた》り訪《と》わん思《おも》いもせらるるなりけり。

別墅《べっしょ》の生活は、去る四五月の頃に異ならず。幾と看護婦を相手に、日課は服薬運動の時間を違《たが》えず、体温を検し、定められたる摂生法《せっせいほう》を守る外《ほか》は、せめての心やりに歌詠み秋草を活《い》けなどして過せるなり。週に一二回、医は東京より来り見舞いぬ。月に両三回、或《あるい》は伯母、或は千鶴子、稀《まれ》に継母も来り見舞いぬ。その幼なき弟妹《はらから》二人は病める姉を懐かしがりて、しばしば母に請えど、病を忌み、かつは二人の浪子になずくを面白からず思える母は、ただ叱りて止《や》みぬ。今の身の上を聞き知りてか、昔の学友の手紙を送れるも少なからねど、大方は文字麗《うる》わしくして心を慰むべきものはかえって稀なる心地して、よくも見ざりき。ただ千鶴子の来るをば待ち詫びつ。聞きたしと思う消息は重《おも》に千鶴子より伝われるなり。

縁絶えしより、川島家は次第に遠くなりつ。幾百里西なる人の面影《おもかげ》は日夕《にっせき》心に往来するに引易《ひきか》えて、浪子はさらにその人の母をば思わざりき。思わずとにはあらで、思わじと務めしなりけり。心一たびその姑《しゅうと》の上に及ぶごとに、われながら恐ろしく苦き一念の抑《おさ》うれどむらむらと心に湧き来りて、気の怪しく乱れんとするを、浪子はふりはらいふりはらいて、心を他に転ぜしなり。山木の女《むすめ》の川島家に入り込みしと聞けるその時は、さすがに心地乱れぬ。しかもそはわが思う人の与《あずか》り知る所ならざるべきを思いて、強《し》いて心をそなたに塞《ふさ》げるなり。彼女《かれ》が身は湘南に病に臥《ふ》して、心は絶えず西に向いぬ。

この世において最も愛するなる二人は、現に征清の役《えき》に従えるならずや。父中将は浪子が逗子に来りしより間もなく、大元帥纛下《とうか》に扈従《こじゅう》して広島に赴《おも》むき、さらに遠く遼東《りょうとう》に向わんとす。せめて新橋までと思えるを、父は制して、くれぐれも自愛し、凱旋《がいせん》の日には全快して迎えに来《こ》よといい送りぬ。武男はあの後直《ただ》ちに戦地に向いて、現に聯合艦隊の旗艦にありと聞く。秋雨秋風身に恙《つつが》なく、戦闘の務《つとめ》に服せらるるや、いかに。日々夜《にちにちや》々陸《や》に海に心は馳《は》せて、世には要なしといえる浪子も躍《おど》る心に新聞をば読みて、皇軍連勝、わが父息災、武男の武運長久を祈らぬ日はあらざりしなり。

九月末《すえ》に到り、黄海の捷報《しょうほう》は聞え、さらに数日《すじつ》を経て負傷者の中《うち》に浪子は武男の姓名を見出しぬ。浪子は一夜眠らざりき。幸《さいわい》に東京なる伯母のその心を酌《く》めるありて、いずくより聞き得て報ぜしか、浪子は武男の負傷の太甚《はなはだ》しく重からずして現に佐世保の病院にある由《よし》を知りつ。生死《しょうし》の憂《うれい》を慰められしも、さてかなたを思いやりて、かくもしたしと思う事の多きにつけても、今の身の上の思うに任せぬ恨はまたむらむらと胸を塞ぎぬ。なまじいに夫妻の名義絶えしばかりに、まさしく心は通いつつ、彼は西に傷つき、われは東に病みて、行きて問うべくもあらぬのみか、明《あか》らさまには葉書一枚の見舞すら心に任せぬ身ならずや。かく思いてはやる方なく悶《もだ》えしが、なおやみ難き心より思いつきて、浪子は病の間々《ひまひま》に幾を相手にその人の衣を縫い、その好める品をも取り揃えつつ、裂けんとすなる胸の思《おもい》の万分一も通えかしと、名をば匿《かく》して、遥かに佐世保に送りしなり。

週去り週来りて、十一月中旬、佐世保の消印ある一通の書は浪子の手に落ちたり。浪子はその書をひしと握りて泣きぬ。

四の三

打連れて土曜の夕《ゆうべ》より見舞に来し千鶴子と妹《いもと》駒子は、今朝帰り去りつ。暫《しば》し賑《にぎ》やかなりし家の内また常の淋きに復《か》えりて、曇りがちなる障子の内、浪子は独《ひと》り床《とこ》にかけたる亡《なき》母の写真に対《むか》いて坐《ざ》しぬ。

今日、十一月十九日は亡母の命日なり。憚《はばか》る人もなければ、浪子は手匣《てばこ》より母の写真取り出でて床《い》にかけ、千鶴子が持て来し白菊のやや狂わんとするをその前に手向《たむ》け、午後には茶など点《い》れて、幾の昔語《むかしがたり》に耳傾けしが、今は幾も看護婦も罷《まか》りて、浪子は独り写真の前に残れるなり。

母に別れてすでに十年《とせ》にあまりぬ。十年の間、浪子は亡母を忘るるの日なかりき。されど今日この頃は懐しさの堪《た》え難きまで募りて、事ごとにその母を思えり。恋しと思う父は今遠く遼東にあり。継母は近く東京にあれど、中垣《なかがき》の隔《へだて》昔のままに、ともすれば聞きづらきことも耳に入《い》る。亡母の、もし亡き母の無事に永らえていたまわば、かの苦《くるし》みも告げ、この悲《かなし》さも訴えて、かよわきこの身に負いあまる重荷もすこしは軽く思うべきに、何故《なにゆえ》見棄てて逝《ゆ》きたまいしと思う下より涙は湧きて、写真は霧を隔てしように朦朧《おぼろ》になりぬ。

昨日のようなれど、指を折れば十年経ちたり。母上の亡なりたもうその年の春なりき。自身《みずから》は八歳《やっつ》、妹は五歳《いつつ》（その頃は片言雑《まじ》りの、今はかの通り大きくなりけるよ）桜模様の曙染《あけぼのぞめ》、二人揃うて美しと父上に誉《ほ》められて嬉しく、われは右妹は左母上を中に、馬車を軋《きし》らして、九段の鈴木に撮らしし中《うち》の一枚はここにかけたるこの写真ならずや。思えば十年は夢と過ぎて、母上はこの写真になりたまい、わが身は――。

わが身の上は思わじと定めながらも、味気なき今の境涯は生憎《あいにく》に歴々《ありあり》と眼の前に現われつ。思えば思うほど何の楽《たのしみ》も何の望もなき身は十重《とえ》二十重《はたえ》黒雲に包まれて、この八畳の間は日影も漏れぬ死囚牢《ろう》になりかわりたる心地すなり。

たちまち柱時計は家内《やうち》に響き渡りて午後二点《にじ》をうちぬ。愕《おどろ》かされし浪子は逭《のが》るる如く次の間に立てば、ここには人もなくて、裏の方《かた》に幾と看護婦と語る声す。聞《きく》ともなく耳傾けし浪子は、またこの室を出《い》でて庭に下り立ち、枝折戸《しおりど》あけて浜に出でぬ。

空は曇りぬ。秋ながらうっとりと雲立ち迷い、海は真黒に顰《ひそ》みたり。大気は恐ろしく静まりて、一陣の風なく、一波《いっぱ》だに動かず。見渡す限り海に帆影《はんえい》絶えつ。

浪子は次第に浜を歩み行きぬ。今日は網曳《あびき》する者もなく、運動する客《ひと》の影も見えず。孩《こ》を負える十歳《とお》あまりの女の子の歌いながら貝拾えるが、浪子を見て含笑《ほほえ》みつつ頭《かしら》を下げぬ。浪子は惨《さん》として笑みつ。また恍然《うっとり》と思いつづけて、俯《うつむ》きて歩みぬ。

たちまち浪子は立どまりぬ。浜尽き、岩起れるなり。岩に一条の路《みち》あり、そを辿《たど》れば滝の不動に到るべし。この春浪子が良人《おっと》に導かれて行きし処。

浪子はその路をとりて進みぬ。

四の四

不動祠《ふどうし》の下まで行きて、浪子は岩を払うて坐《ざ》しぬ。この春良人と共に坐したるもこの岩なりき。その時は春晴《しゅんせい》うららと、浅碧《あさみどり》の空に雲なく、海は鏡よりも光りき。今は秋《しゅう》陰暗《いんあん》として、空に異形《いぎょう》の雲満ち、海はわが坐す岩の下まで満々と湛《たた》えて、その凄《すご》きまで黵《くろ》き面《おもて》を点破《てんぱ》する一帆《いっぱん》の影だに見えず。

浪子は懐《ふところ》より一通の書を取り出《いだ》しぬ。書中はただ両三行、武骨なる筆跡の、しかも千万語にまさりて浪子を思《おもい》に堪《た》えざらしめつ。「浪さんを思わざるの日は一日もこれなく候《そろ》」。この一句を読むごとに、浪子は今さらに胸迫りて、恋しさの切らるるばかり身に染《し》みて覚ゆるなりき。

いかなればかく狂《まが》れる世ぞ。身は良人を恋い恋いて病よりも思に死なんとし、良人はかくも想《おも》いていたもうを、いかなれば夫妻の縁は絶えけるぞ。良人の心は血よりも紅《くれない》に注がれてこの書中にあるならずや。現にこの春この岩の上に、二人並びて、万世《よろずよ》までもと誓いしならずや。海も知れり。岩も記《き》すべし。さるをいかなれば世は擅《ほしい》ままに二人が間を裂きたるぞ。恋しき良人、懐かしき良人、この春この岩の上に、岩の上——。

浪子は眼を開きぬ。身は独り岩の上に坐せり。海は黙々として前に湛え、後《うしろ》には滝の音仄《ほの》かに聞ゆるのみ。浪子は顔打掩《うちおお》いつつ咽《むせ》びぬ。細々と痩せたる指を漏《も》りて、涙ははらはらと岩に堕《お》ちたり。

胸は乱れ、頭《かしら》は次第に熱して、縦横に飛びかう思は梭《おさ》の如く過去《こしかた》を一日に織り出《いだ》しつ。浪子は今年の春良人に扶《たす》け引かれてこの岩に来りし時を思い、発病の時を思い、伊香保に遊べる時を思い、結婚の夕《ゆうべ》を思いぬ。伯母に連れられて帰京せし時、昔し昔しその母に別れし時、母の顔、父の顔、継母、妹、を初めさまざまの顔は電光《いなずま》の如くその心の眼の前を過ぎつ。浪子はさらに昨日千鶴子より聞きし旧友の一人を思いぬ。彼方《かれ》は浪子より二歳《ふたつ》長けて一年早く大名華族の内にも才子の聞えある洋行帰りの某伯爵に嫁《とつ》ぎしが、舅姑《しゅうと》の気には入りて、良人に嫌われ、子供一人もうけながら、良人は内《うち》に妾《しょう》を置き外に花柳《かりゅう》の遊《あそび》に浸り今年の春離縁となりしが、ついこの頃病死したりと聞く。彼女《かれ》は良人に棄《す》てられて死し、われは相思う良人と裂かれて泣く。さまざまの世と思えば、彼も悲しく、これも辛く、浪子はいよいよ黝《くろ》うなり来る海の面《おもて》を眺めて太息《といき》をつきぬ。

思うほど、気はますます乱れて、浪子は身を容《い》るる余裕《ひま》もなきまで世の窄《せま》きを覚ゆるなり。身は何不足なき家に生れながら、懐かしき母には八歳《やっつ》の年に別れ、肩をすぼめて継母の下《もと》に十年《ととせ》を送り、漸《ようや》く良縁定まりて父の安堵《あんど》われも嬉しと思う間もなく、姑の気には入らずとも良人のためには水火も厭《いと》わざる身の、思い掛《がけ》なき大疾《だいしつ》を得て、その病も少しは痊《おこた》らんとするを喜べるほどもなく、死ねといわるるはなお慈悲の宣告を受け、愛し愛さるる良人はありながら容赦もなく間を裂かれて、夫と呼び妻と呼ばるることもならぬ身となり果てつ。もしそれほど不運なるべき身ならば、何故《なにゆえ》世には生れ来しぞ。何故母上と共に、われも死なざりしぞ。何故に良人の許《もと》には嫁《か》しつるぞ。何故にこの病を発せしその時、良人の手に抱《いだ》かれては死せざりしぞ。何故に、せめてかの恐ろしき宣告を聞けるその時、その場に倒れては死なざりしぞ。身には不治の病を懐《いだ》きて、心は添われぬ人を恋う。何のためにか世に永らうべき。よしこの病癒《い》ゆとも、添われずば思に死なん――死なん。

死なん。何の楽《たのしみ》ありて世に永らうべき。

はふり落つる涙を拭《ぬぐ》いもあえず、浪子は海の面を打眺めぬ。

伊豆大島の方《かた》に当りて、墨色に渦まける雲急にむらむらと立つよと見る時、いうべからざる悲壮の音は遥《はるか》の天空より落し来り、大海の面たちまち皺《しわ》みぬ。一陣の風吹き出《い》でけるなり。その風鬢《びん》を掠《かす》めて過ぎつと思うほどなく真黒き海の中央《まなか》に一団の雪湧くと見る見る奔馬《ほんば》の如く寄せて、浪子が坐したる岩も砕けよとうちつけつ。渺々《びょうびょう》たる相洋《そうよう》は一分時《ぶんじ》ならずして千波万波《せんばばんば》鼎《かなえ》の如く沸きぬ。

雨と散る飛沫《しぶき》を避けんともせず、浪子は一心に水の面《おも》を眺め入りぬ。かの水の下には死あり。死は或《あるい》は自由なるべし。この病を懐いて世に苦《くるし》まんより、魂魄《こんぱく》となりて良人に添うは優《まさ》らずや。良人は今黄海にあり。よし遥なりとも、この水も黄海に通えるなり。さらば身はこの海の泡と消えて、魂《たま》は良人の側《そば》に行かん。

武男が書をばしっかと懐に収め、風に乱るる鬢かき上げて、浪子は立ち上りぬ。風は颯々《ひょうひょう》として無辺の天より落し来り、辛うじて浪子は立ちぬ。眼を上ぐれば、雲は雲と相追うて空を奔《はし》り、海は眼の届く限り一面に波と泡と真白に煮えかえりつ。湾を隔つる桜山は悲鳴して馬鬣《たてがみ》の如く松を振《ふる》う。風吼《ほ》え、海哮《た》けり、山も鳴りて、浩々《こうこう》の音天地に満ちぬ。

今なり、今なり、今こそこの玉の緒は絶ゆる時なれ。導きたまえ、母。許したまえ、父。十九年の夢は、今こそ——。

襟《えり》引合せ、履物《はきもの》をぬぎ棄てつつ、浪子は今打ち寄せし浪の岩に砕けて白泡沸《しらあわたぎ》る辺《あたり》を目がけて、身を跳《おど》らす。

その時、あと背後《うしろ》に叫ぶ声して、浪子はたちまち抱き止められつ。

五の一

「姥《ばあ》や。お茶を入れるようにしてお置き。もうあの方がいらっしゃる時分ですよ」

かくいいつつ浪子はおもむろに幾を顧みたり。幾はそこらを片付ながら

「本当《ほんと》にあの方は好《い》い方でございますねエ。あれでも耶蘇《やそ》でいらッしゃいますッてねエ」

「ああそうだッてね」

「でもあんな方が切支丹《きりしたん》でいらッしゃろうとは思いませんでしたよ。それにあんなに髪を切ッていらッしゃるのですから」

「なぜかい？」

「でもね、あなた、耶蘇の方ではご亭主が亡《なく》なッても髪なんぞ切りませんで、なおのこと仮粉粧飾《おめかし》をしましてね、すぐとまたお嫁入の口を探しますとさ」

「ほほほほ、姥やは誰からそんな事を聞いたのかい？」

「イイエ、本当でございますよ。一体あの宗旨では、若い娘《もの》までがそれは生意気でございましてね、本当でございますよ。幾が親類《みうち》の隣家《となり》に一人そんな娘《こ》がございましてね、元はあなた温和《おとな》しい娘で、それがあの宗旨の学校に入《あが》るようになりますとね、あなた、すっかり容子《ようす》が変《かわっ》ちまいましてね、日曜日になりますとね、あなた、母親《おや》が今日は忙《せわ》しいからちっと手伝でもしなさいといいましてもね、平気でそのお寺に行《いっ》ちまいましてね、それから学校は奇麗《きれい》だけれども家《うち》は汚くていけないの、母上《おっかさん》は頑固《がんこ》だの、直《す》ぐ口を尖《とが》らしましてね、それに学校に上っていましても、あなた、受取証が一枚書けませんでね、裁縫《しごと》をさせますと、日が一日襦袢《じゅばん》の袖を捩《ひね》くっていましてね、お惣菜《そうざい》の大根を湯煮《ゆで》なさいと申《もうし》ますと、あなた、大根を俎板《まないた》に載せまして、庖丁《ほうちょう》を持ったきり呆然《ぼんやり》しておるのでございますよ。両親《おや》もこんな事ならあんな学校に入れるんじゃなかったと悔《くや》んでいましてね。それにあなた、その娘は私はあの二百五十円より下の月給の良人《ひと》には嫁《いか》ない、なんぞ申しましてね。本当にあなた、呆《あき》れかえるじゃございませんか。元は温和《やさ》しい娘でしたのに、どうしてあんなになったンでございましょうねエ。これが切支丹の魔法でございましょうね」

「ほほほほ。そんなでも困るのね。でも、何だッて、好所《いい》もあれば、欠点《わるいところ》もあるから、よく知らないではいわれないよ。ねエ姥や」

心得ずといわんが如く小首傾けし幾は、熱心に浪子を仰ぎつつ

「でもあなた、耶蘇だけはお止《よ》し遊ばせ」

浪子は含笑《ほほえ》みつ。

「あの方とお話してはいけないというのかい」

「耶蘇が皆《みんな》あんな方だとようございますがねエ、あなた。でも――」

幾は口を噤《つぐ》みぬ。噂をすれば影歴々《ありあり》と西側の障子に映り来《きた》れるなり。

「お庭口からご免下さい」

細く和《やわ》らかなる女の声響きて、忙《いそがわ》しく幾が起《た》ちて開けし障子の外には、五十あまりの婦人の小作りなるが佇《たたず》みたり。年よりも老《ふ》けて、多き白髪《しらが》を短く剪《き》り下げ、黒地の被布《ひふ》を着つ。痩《や》せたる上に憊《やつ》れて見ゆれば、打見《うちみ》にはやや陰気に思わるれど、眼に温かなる光ありて、細き口元におのずからなる微笑あり。

幾があたかも噂したるはこの人なり。いまだし。一週以前の不動祠畔《ふどうしはん》の水屑《みくず》となるべかりし浪子を折よくも抱き留めたるはこの人なりけり。

喇叭《ラッパ》を吹き鼓《つづみ》を鳴らして名を売ることをせざれば、知らざる者は名をだに聞かざれど、知れる者はその包むとすれど自《おの》ずから身に溢《あふ》るる光を浴びて、永くその人を忘るるあたわずというなり。姓は小川《おがわ》名は清子《きよこ》と呼ばれて、目黒の辺《あたり》に大勢の孤児女《こじじょ》と棲《す》み、一大家族の母として路傍に遺棄せらるる幾多の霊魂を拾いては覆翼《はぐく》み育つるを楽《たのしみ》としつ。肋《ろく》膜炎《まくえん》に悩みし病余の体《たい》を養うとて、去月の末より此地《ここ》に来《きた》れるなるが、かの日、あたかも不動祠にありて図《はか》らず浪子を抱《いだ》き止め、その主人を尋ねあぐみて狼狽《ろうばい》して来れる幾に浪子を渡せしより、おのずから往来の道は開けしなり。

五の二

茶を持て来て今罷《まか》らんとしつる幾はやや驚きて
「まあ、明日お帰《かえり》京遊ばすんで。ヘエエ。折角《せっかく》お馴染《なじみ》になりかけましたのに」

老婦人もその和らかなる眼光《まなざし》に浪子を包みつつ
「私《わたくし》もも少し逗留《とうりゅう》して、お話も致しましょうし、ご塩梅《あんばい》のいいのを見て帰りたいのでございますが――」

いいつつ懐中《ふところ》より小形の本を取り出《いだ》し、

「これは聖書ですがね。まだご覧になったことはございますまい」

浪子はいまださる書《もの》を読まざるなり。彼女《かれ》が継母は、その英国に留学しつる間は、信徒として知られけるが、帰朝の日その信仰とその聖書をば挙げてその古靴及《および》反故《ほご》と共に倫敦《ロンドン》の仮寓《やどり》に遺《のこ》し来《きた》れるなり。

「はい、まだ拝見致した事はございませんが」

幾はなお立去りかねて、老婦人が手中の書を、眼を円《つぶら》にして瞻視《うちまも》りぬ。手品の種はかの中《うち》に、と思えるなるべし。

「これからその何《なん》でございますよ、ご気分のよろしい時分に、読んでご覧になりましたら、きっとおためになることがあろうと思いますよ。私も今少し逗留していますと、色々お話も致すのですが——今日はお告別《わかれ》に私がこの書《ほん》を読むようになりましたその来歴《しまつ》をね、お話したいと思いますが。

あなたお疲れはなさいませんか。何ならご遠慮なくお臥《やすみ》なすッて」

しみじみと耳傾《かたぶ》けし浪子は顔を上げつ。

「いいえ、ちょっとも疲れは致しません。どうかお話し遊ばして」

茶を入れかえて、幾は次に立ちぬ。

小春日の午後は夜《よ》よりも静かなり。海の音遠く、障子に映る松の影も動かず。ただ遥《はる》かに小鳥の音《ね》の清きを聞く。東側の玻璃《ガラス》障子を透《すか》して、秋の空高く澄み、錦《にしき》に染まれる桜山は午後の日に燃えんとす。老婦人はおもむろに茶を啜《すす》りて、俯《うつむ》きて被布《ひふ》の膝《ひざ》をかい撫《な》で、仰いで浪子の顔うちまもりつつ、静かに口を開き始めぬ。

「人の一生は長いようで短く、短かいようで長いものですよ。

私の父は旗本で、まあ歴々の中《うち》でした。夙《とう》に人の有《もの》になってしまったのですが、ご存《ぞんじ》でいらッしゃいましょう、小石川《こいしかわ》の水道橋を渡って、少し参りますと、大きな榎《えのき》が茂っている所がありますが、私はあの屋敷に生れましたのです。十二の年に母は果てます、父は非常《ひどく》力を落しまして後妻《あと》も迎《と》らなかったのですから、子供ながら私が色々家事をやってましたね。それから弟に嫁をとって、私はやはり旗下《はたもと》の、格式は少し上でしたが小川の家《うち》に嫁《まい》ったのが、二十一の年、あなた方はまだなかなかお生れでもなかった頃でございますよ。

私も女大学*で育てられて、辛抱なら人に負けぬつもりでしたが、実際その場に当って見ますと、本当に身に浸《し》みて辛いことも随分多いのでしてね。時勢《とき》が時勢で、良人《おっと》は滅多に宅《うち》にいませず、舅姑《しゅうと》に良人の姉妹《きょうだい》が二人＝これは後で縁づきましたが＝ありまして、まあ主人を五人もった訳《わけ》でして、それは人の知らぬ心配も致したのですよ。舅《しゅうと》はそうもなかったのですが、姑《しゅうとめ》がよほど事《つか》え難《にく》い人でして、実は私の前に、嫁に来た婦人《ひと》があったのですが、半歳《はんとし》足らずの間に、逃げて帰ったということで、亡《なく》なッた人をこう申すのははしたないようですが、気暴《きあ》らな、押強《おしつよ》い、弁も達者で、まあ俗に背《せなか》を打って咽《のど》をしむるなど申しますが、ちょっとそんな人でした。私も十分辛抱をしたつもりですが、それでも時々は辛抱しきれないで、屏風《びょうぶ》の蔭で泣いて、赤い眼を見て叱られてまた泣いて、亡なった母を思い出すのもたびたびでした。

そうする内に維新の騒《さわぎ》になりました。江戸中はまるで鍋の中のようでしてね。良人も父も弟も皆彰義隊《みんなしょうぎたい》*で上野にいます、それに舅が大病で、私は懐妊《みもち》というのでしょう。本当《ほんと》に気は気でなかったのでした。

それから上野は落ちます、良人は宇都宮《うつのみや》から段々《だんだん》函館まで参り、父は行衛《ゆくえ》が分からなくなり、弟は上野で討死をいたして、その家族も失踪《なくな》ってしまいますし、舅もとうとう病死をしましてね、そのなかでわたくしは産を致しますし、何が何やらもう夢のようで、それから家禄《かろく》はなくなる、家財は奪《と》られますし、私は姑《しゅうと》と年寄の僕《ぼく》を一人連れましてね、当歳の児《こ》を抱いてあの箱根を踰《こ》えて静岡に落つくまで*では、恐ろしい夢を見たようでした」

この時看護婦入り来りて、会釈しつつ、薬を浪子にすすめ終りて、出で行きたり。暫時《しばし》瞑目《めいもく》してありし老婦人は眼を開きて、また語りつづけぬ。

「静岡での幕士の苦労は、それはお話になりません位で、将軍家が先《まず》あの通り、勝先*生なんぞも裏小路《うらこうじ》の小さな家に熕《くすぶ》っておいでの時節ですからね、五千石の私どもに三人扶持《ぶち》は勿体《もったい》ない訳ですが、しかし恥《はずか》しいお話ですが、その頃はお豆腐が一丁とは買えませんで、それに姑は贅沢《ぜいたく》に馴れておるのですから、本当に気を揉《も》みましたよ。で、私はね、町の女子供を寄せて手習や、裁縫《しごと》を教えたり、夜も晩《おそ》くまで、賃仕事をしましてね。それはいいのですが、姑はいよいよ気が荒くなりまして、時勢の所為《しわざ》を私に負わすような訳で、それはひどく当りますし、良人《おっと》はいませず＝良人は函館後は暫《しば》らく牢《ろう》に入っていました＝父の行衛も分かりませんし、こんな事なら死んだ方がと思ったことは日に幾たびもありましたが、それを思い返えし思い返えししていたのです。本当にこの頃は一年に年《とし》の十《とお》もとりましたのですよ。

そうする内に、良人も陸軍に召出《めしだ》さるるようになって、また箱根を踰えて、もう東京ですね、その東京に帰ったのが、さよう、明治五年の春でした。その翌春良人は洋行を命ぜられましてね。朝夕《ちょうせき》の心配はないようになったのですが、姑の気分は一向変りませず――それはいいのでございますが、気にかかる父の行衛がどうしても分かりません。

良人が洋行しましたその秋、非常《ひどい》雨の降る日でしたがね、小石川の知己《しるべ》まで参って、その家《うち》で雇ってもらった車に乗って帰りかけたのです。日は暮れます、ひどい雨風で、私は幌《ほろ》の内に小さくなっていますと、車夫《くるまや》はぽとぽとぽと引いて行きましょう、饅《まん》頭笠《じゅうがさ》を被《かぶ》って皺《しわ》だらけの桐油《とうゆ》合羽《がっぱ》*を被《き》ているのですが、雨がたらたらたらたら合羽から落ちましてね、提燈《ちょうちん》の火はちょろちょろ道の上に流れて、車夫は時々ほっほっ太息《といき》をつきながら引いて行くのです。ちょうど水道橋にかかると、提燈がふっと消えたのです。車夫は梶棒《かじぼう》を下して、奥様、お気の毒ですがその腰掛の下に和蘭陀附木《オランダつけぎ》(マッチの事ですよ)が入ってますから、というのでしょう。風がひどいのでよくは聞えないのですがその声が変に聞いたようでね、とやこうしてマッチを出して、蹴込《けこみ》の方に向いてマッチを擦る、その火光《あかり》で車夫の顔を見ますと、あなた、父じゃございませんか」

老婦人はわれにもあらず顔打掩《うちおお》いぬ。浪子は汪然《おうぜん》として泣けり。次の間にも飲泣《いきすすり》の声聞ゆ。

五の三

眼を拭《ぬぐ》いて、老婦人は語り続けぬ。

「同じ東京にいながら、知らずにいればいられるものですねエ。それから父と連立って、まあ近辺《ちかく》の蕎麦《そば》屋に参りましてね、様子を聞いて見ますと、上野の落ちた後は諸処方々を流浪《るろう》して、手習の先生をしたり、病気したり、今は昔の家来で駒込《こまごめ》の隅にごくごく小さな植木屋をしているその者にかかッて、自身はこう毎日貸車を引いているというのでございますよ。嬉しいやら、悲しいのやら、情けないのやら、込み上げて、碌《ろく》に話も出来ないのです。それからまあその晩は父に心づけられて別れましてね。

夜《よ》も大分《だいぶ》深《ふ》けていました。帰るとあなた姑《しゅうと》は待受けていたという体《てい》で、それは非道《ひど》い怒りよう苦《にが》りようで、情ないじゃございませんか、私に何か闇《くら》い、あるまじい所行《しわざ》でもあるようにいいましてね。胸をさすッて、父の事を打明けて申しますと、気の毒と思ってくれればですが、それはもう聞きづらい恥《はずか》しい事を——余り口惜《くちおし》くて、情なくて、今度ばかりは辛抱も何もない、もうもう此家《ここ》にはいない、今から直《す》ぐと父の側《そば》に行って、とそう思いましてね、姑が臥《ふ》せりましたあとで、そっと着物を着かえて、悴《せがれ》＝六《む》つでした＝がこう寝《やす》んでいます枕元で書置を書いていますと、悴が夢でも見たのですか、眠ったまま右の手を伸ばして「母上《かあさま》、行っちゃ嫌よ」と申すのですよ。その日小石川に参る時置いて行ったのですから、その夢を見たのでしょうが、喫驚《びっくり》して熟《じっ》とその寝顔を見ていますと、その顔が良人《おっと》の顔そのままになって、私は筆を落して泣いていました。そうすると、まあどうして思い出したのでございますか、まだ子供の時分にね、寝物語に母から聞いた嫁姑の話、あの話がこうふと心に浮《うか》みましてね、ああ私一人の辛抱で何も無事に治まることと、そう思い直しましてね――あなた、ご退屈でしょう？」

身に浸《し》みて聴ける浪子は、答うるまでもなくただ涙の顔を上げつ。幾が新《あらた》に汲める茶を啜《すす》りて、老婦人は再び談緒《だんちょ》をつぎぬ。

「それからとやかく姑に詫《わび》ましてね。しかしそんな次第《わけ》ですからなかなか父を引取るの貢《みつ》ぐのということは出来ません。で、まあごく内々《ないない》で身のまわり＝多くもありませんでしたが＝の物なんぞ売り払ったり、それも永くは続かないのですから、良人の知己《しるべ》に頼みましてね、或《ある》外国公使の夫人に物好きで日本の琴を習いたいという人がありましてね、それで姑の前をとやかくしてそれから月に幾たび琴を教えて、まあ少しは父を楽にすることが出来たのですが、そうする内に、その夫人と懇意になりましてね、それは珍《めず》らしいやさしい人でして、時々は半解《はんわかり》の日本語で色々話をしましてね、読んでご覧なさいといって本を一冊くれました。それがね、その頃初めて和訳になった馬太伝《マタイ》――この聖書の初《はじめ》にありますのでした。少し読みかけて見たのですが、何だか変な事ばかり書いてありまして、まあそのままに放棄《うっちゃ》って置いたのでした。

それから翌年《よくとし》の春、姑は突然《ふと》中風《ちゅうふう》になりましてね、気の強い人でしたが、それはもう子供のように、非常《ひどく》淋しがって、ちょいとでもはずしますと、お清《きよ》お清と直ぐ呼ぶのでございますよ。側に坐って、蠅《はえ》を追いながら、すやすや眠る姑の顔を見ていますと、本当にこうなるものをなぜ一度でも心に恨んだことがあったろう、出来ることならもう一度丈夫にして、とそう思いましてね、精一杯骨を折ったのですが、その甲斐《かい》もないのでした。

姑が亡《な》くなりますとほどなく良人が帰朝しましてね、それから引取るという際《きわ》になって、父も安心した故《せい》ですか、急に病気になって、僅《つい》二三日でそれこそ眠るように消えました。もう生涯会われぬと思った娘には会うし、やさしくしてくれるし、自分ほど果報者はないと、そう申しましてね。――でも私は思う十分一も出来ませんで、今でも思い出すたびにもう一度活《い》かして思う存分喜ばして見たいと思わぬ時はありませんよ。

それから良人は次第に立身致します、悴は大きくなりまして、私もよほど楽になったのですが、ただ気を揉《も》みましたのは、良人の大酒《たいしゅ》――軍人は多くそうですが――の癖《くせ》でした。それから今でもやはりそうですが、その頃は別してね、男子《おとこ》の方《かた》が不行跡《ふぎょうせき》で、良人なんぞはまあ西洋にも参りますし、少しはいいのでしたが、それでも恥《はずか》しい事ですが、私も随分心配を致しました。それとなく異見をしましても、あなた、笑って取合《とりあい》ませんのですよ。

そうする内にあの十年の戦争*になりまして、良人――近衛《このえ》の大佐《たいさ》でした――も参ります。そのあとに悴が猩紅熱《しょうこうねつ》で、まあ日夜《ひるよる》つきッきりでした。四月十八日の夜《ばん》でした、悴が少しいい方で眠《やす》んでいますから、婢《おんな》なぞも皆《みんな》寝せまして、私は悴の枕元に、行燈《あんどう》の光で少し縫物をしていますと、ついうとうと致しましてね。こう気が遠《とおー》くなりますと、すうと人の来る気《け》はいが致して、悴の枕元に坐る者があるのです。誰《たれ》かと思って見ますと、あなた、良人です、軍服のままで、血だらけになりまして、蒼《あお》ざめて――ま、良人《あなた》、思わずいったその声にふッと眼がさめて、四辺《あたり》を見ると誰《だれ》もいません。行燈の火がとろとろ燃えて、悴はすやすや眠っています。もうすっかり汗になりまして、動悸《どうき》が劇《はげ》しくうって――

その翌日から悴は急に悪くなりまして、とうとうその夕刻に息を引取りましてね。もう夢のようになりましてその骸《からだ》を抱いている内に、着《つい》たのが良人《おっと》が討死の電報《しらせ》でした」

話者は口を噤《つぐ》み、聴者は息をのみ、室内森《しん》として水の如くなりぬ。

やや久《ひさしゅ》うして、老婦人は再び口を開けり。

「それから一切夢中でしてね、日と月と一時《いちどき》に沈《い》ったと申しましょうか、何と申しましょうか、それこそ真《ほん》に真暗になりまして、辛抱に辛抱して結局《つまり》がこんな事かと思いますと、いっそこのまま癒《なお》らずに――すぐその後で臥病《わずらい》ましたのですよ――と思ったのですが、幸《しあわせ》か不幸《ふしあわせ》か病気は段々よくなりましてね。

病気はよくなったのですが、もう私には世の中がすっかり空虚《から》になったようで、ただ生きておるというばかりでした。そうする内に、知己《しるべ》の勧《すすめ》でとにかく家をたたんで暫くその宅《たく》に参ることになりましてね。病後ながらぶらぶら道具や何か取り細めていますと、いつでしたか簞笥《たんす》を明けますとね、亡《な》くなりました悴の袷《あわせ》の下から書《ほん》が出て参りましてね、ふと見ますと先年外国公使の夫人がくれましたその聖書でございますよ。読むでもなくつい見ていますと、ちょいとした文句が、こう妙に胸に響くような心地《こころもち》がしましてね――それはこの書にも符号《しるし》をつけて置きましたが――それから知己の宅《うち》に越しましても、時々読んでいました。読んでいます内に、山道に迷った者がどこかに鶏《とり》の声を聞くような、真闇《まっくら》な晩に微《かす》かな光がどこからか射すように思いましてね。もうその書をくれた公使の夫人は帰国して、いなかったのですが、誰かに話を聞いて見たいと思っています内に、知己の世話でその頃出来ました女の学校の舎監になって見ますと、それが耶蘇《やそ》教主義の学校でして、その教師の中にまだ若いご夫婦の方でしたが、それは熱心な方がありましてね、このご夫婦が私のまあ先達《せんだつ》になって下すったのですよ。その先達に初歩《ふみはじめ》を教わってこの道に入りましてから、今年でもう十六年になりますが、杖とも思うは実にこの書で、一日も傍《そば》を放さないのでございますよ。霊魂不死という事を信じてからは、死を限りと思った世の中が広くなりまして、天の父を知ってからは親を失ってまた大きな親を得たようで、愛の働《はたらき》を聞いてからは子を失《な》くしてまた大勢の子を持った心地《こころもち》で、望《のぞみ》という事を教えられてから、辛抱をするにも楽《たのしみ》がつきましてね――

私がこの書を読むようになりました来歴《しまつ》はまあざッとこんなでございますよ」

かくいい来《きた》りて、老婦人は熱心に浪子の顔打まもり、

「実は、ご様子は薄々承《うけたま》わっていましたし、ああして時々浜でお眼にかかるのですから、是非《ぜひ》伺いたいと思う事もたびたびあったのですが、――それがこうふとお心易く致すようになりますと、また直《す》ぐお別れ申すのは、寔《まこと》に残念でございますよ。しかしこう申してはいかがでございますが、私にはどうしても浅日《ちょっと》のお面識《なじみ》の方とは思えませんよ。どうぞお身を大事に遊ばして、必《かならず》気を永くお持ち遊ばして、ね、決して短気をお出しなさらぬように――ご気分のいい時《とき》分は御書《このほん》をご覧遊ばして――私は東京《あちら》に帰りましても、朝夕こちらの事を思っておりますよ」

＊　＊　＊　＊　＊　＊　＊

老婦人はその翌日東京に去りぬ。されどその贈れる一書は常に浪子の身近に置かれつ。世にはかかる不幸を経てもなお人を慰むる誠《まこと》を余せる人ありと思えば、母ならず伯母ならずしてなおこの茫々《ぼうぼう》たる世にわれを思いくるる人ありと思えば、浪子はいささか慰めらるる心地して、聞きつる履歴を時々思い出《いで》ては、心籠《こ》めたる贈物の一書を繙《ひもと》けるなり。

六の一

第二軍は十一月二十二日をもって旅順《りょじゅん》を攻落《せめおと》しつ。

「おかあさま、おかあさま」

新聞を持ちたるまま遽《あわただ》しく千鶴子はその母を呼びたり。

「何ですね。もっと静かに言《もの》をおいいなさいな」

水色の眼鏡《めがね》にちょっと睨《にら》まれて、さっと面《おもて》に紅潮《くれない》を散らしながら、千鶴子はほほと笑いしが、また真面目になりて、

「おかあさま、死《しに》ましたよ、彼男《あれ》が――あの千々岩《ちぢわ》が！」

「エ、千々岩！　あの千々岩が！　どうして？　戦死《うちじに》かい？」

「戦死《せんし》将校の中に名が出ているわ。――好《いい》気味！」

「またそんなはしたないことを。――そうかい。あの千々岩が戦死《うちじに》したのかい！　でもよく戦死したねエ、千鶴さん」

「好気味！　あんな人は生きていたッて、邪魔になるばかりだわ」

加藤子爵夫人は暫《しば》し黙然として沈吟しぬ。

「死んでも誰一人泣いてくれる者もない位では、生甲斐《いきがい》のないものだね、千鶴さん」

「でも川島の老媼《おばあさん》が泣きましょうよ。――川島てば、おかあさま、お豊《とよ》さんがとうと逃げ出したんですッて」

「そうかい？」

「昨日ね、また何か始めてね、もうもうこんな家《うち》にはいないッて、泣き泣き帰っちまいましたんですッて。ほほほほほほほ容子《ようす》が見たかったわ」

「誰が行ってもあの家では納るまいよ、ねエ千鶴さん」

母子《おやこ》相見て言葉途絶えぬ。

* * * * * *

千々岩は死せるなり。千鶴子母子が右の問答をなしつるより二十日《はつか》ばかり立ちて、一片の遺骨と一通の書と寂しき川島家に届きたり。骨《こつ》は千々岩の骨、書は武男の書なりき。その数節を摘みてん。

《前文略》

旅順陥落の翌々日、船渠船舶《せんきょせんはく》等艦隊の手に引取ることと相成《あいなり》、将校以下数名上陸致し、私儀《わたくしぎ》も上陸仕候《つかまつりそろ》。激戦後の事とて、惨状は筆紙に尽難《つくしがた》く《中略》仮設野戦病院の前を過ぎ候処、ふと担架にて人を運居《はこびい》候を見受申候。青毛布《ケット》を覆い、顔には白木綿《しろもめん》のきれをかけてこれあり、そのきれの下より見え候口元顋《あご》の辺《あたり》いかにも見覚えあるようにて、尋ね申候えば、これは千々岩中尉と申候。その時の喫驚御察《きっきょうおんさっし》下さるべく候。《中略》覆をとり申候えば、色蒼《あお》ざめ、緊《きび》しく歯を切り《くいしば》居申候。創《きず》は下腹部に一か所、その他二か所、いずれも椅子山《いすざん》砲台攻撃の際受け候弾創《だんそう》にて、今朝《こんちょう》まで知覚これあり候処、終《つい》に絶息致候由《よし》。《中略》なお同人の同僚につき色々承わり候処、彼は軍中の悪《にく》まれ者ながら戦争のみぎりは随分相働き、すでに金州攻撃の際も、部下の兵士と南門の先登《せんとう》を致候由にて、今回もなかなか働き候との事に御座《ござ》候。もっとも平生《へいぜい》は往々士官の身にあるまじき所行も内々これあり、陣中ながら身分不相応の金子《きんす》を貯《たくわ》え居申候。すでに一度は貔子窩《ひしか》*において、軍司令官閣下の厳令あるにかかわらず、何か徴発致候とて土民に対し惨刻《ざんこく》千万の仕打これありすでにその処分もこれあるべき処《中略》とにかく戦死は彼がために勿怪《もっけ》の幸《さいわい》にこれあるべく候。

母上様御承知の通り、彼は重々《じゅうじゅう》不埒《ふらち》の廉《かど》もこれあり、彼がためには実に迷惑も致し、私儀もすでに断然絶交致居《いたしおり》候事にこれあり候えども、死骸《しがい》に対しては恨《うらみ》も御座なく、昔兄弟のように育ち候事など思い候えば、不覚の落涙も仕《つかまつり》候事に御座候。よって許可《ゆるし》を受け、火葬致し、骨《こつ》を御送り申上候。しかるべく御葬り置下されたく

願奉《ねがいたてまつり》候。

《下略》

武男が旅順にて遭遇しつる事はこれに止《とど》まらず、故意《わざと》書中に漏らしし一の出来事あり

き。

六の二

武男が書中に漏《もれ》たる事実は、左《さ》の如くなりき。

千々岩の死骸に会えるその日、武男は独《ひと》り遅れて埠頭《はとば》の方《かた》に帰りいたり。日暮れぬ。舎営の門口《かど》の晃《きら》めく歩哨《ほしょう》の銃剣、将校馬蹄《ばてい》の響《ひびき》、下士を叱りいる仕官、呆《あき》れ顔《がお》に佇《たたず》む清人《しんじん》、縦横に行き違う軍属、それらの間を縫うて行けば、軍夫五六人、焚火《たきび》にあたりつつ。

「滅法《めっぽう》寒いじゃねエか。故国《うち》にいりゃ、葱鮪《ねぎま》で一盃《いっぺえ》てえ所《とこ》だ。吉《きち》、貴公《てめえ》アまた好《い》い物引《ひっ》かけていやがるじゃねえか」

吉といわれし軍夫は、分捕《ぶんどり》なるべし、紫緞子《どんす》の美々しき胴衣《どうぎ》を着たり。

「源公《げんこう》を見ねえ。狐裘《かわ》の四百両もするてえやつを着てやがるぜ」

「源か。やつ位《くれえ》馬鹿に運の強え奴アねえぜ。博《ぶっ》ちゃア勝つ、遊んで褒美《ほうび》は貰《もれ》えやがる、鉄砲玉ア中《あた》りッこなし。運の好《い》いたやつの事《こっ》だ。乃公《おいら》なんざ大連湾《だいれん》でもって、から負けちゃって、この袷《あわせ》一貫よ。畜生《ちきしょう》め、分捕でもやつけねえじゃ、本当《ほんと》にやり切れねえや」

「分捕もいいが、用心《きをつけ》ねえ。先刻《さっき》も乃公《おれ》アうっかり踏込《ふんご》むと、殺戮《ころし》に来たと思いやがったンだね、突然桶《いきなりおけ》の後《うしろ》から抜剣《ぬきみ》の清兵《やっ》が飛び出しやがって、乃公《おいら》アもうちっとで娑婆《しゃば》にお別れよ。ちょうど兵隊さんが来て清兵《やっ》め直《す》ぐ斃《くたば》っちまやがったが。乃公ア肝《きも》潰しちやったぜ」

「馬鹿な清兵《やっ》じゃねえか。まだ殺され足りねえてンだな」

旅順落ちていまだ幾日《いくか》もあらざれば、実《げ》に清兵《しんぺい》の人家に隠れて捜し出《いだ》されて抵抗せしため殺さるるも少なからざりけるなり。

聞くともなき話耳に入りて武男はいささか不快の念を動かしつつ、次第に埠頭《はとば》の方《かた》に近づきたり。このあたり人気《ひとけ》少なく、燈火《ともしび》疎《まば》らにして、一方に建て列《つら》ねたる造兵廠《ぞうへいしょう》の影黒く地に敷き、一方には街燈の立ちたるが、薄月夜ほどの光を地に落し、瘠《や》せたる狗《いぬ》ありて、地を嗅ぎて行けり。

武男はこの建物の影に沿うて歩みつつ、眼はたちまち二十間《けん》を隔てて先きに歩み行く二個《ふたつ》の人影に注ぎたり。後影《かげ》は確かにわが陸軍の将校士官の中《うち》なるべし。一人は闊大《かつだい》に一人は細小なるが、打連れて物語などして行くさまなり。武男はその一人をどこか見覚あるように思いぬ。

たちまち武男はわれとかの両人《ふたり》の間にさらに人ありて建物の蔭を忍び行くを認めつ。胸は不思議に躍《おど》りぬ。家の影さしたれば、明らかには見えざれど、影の中なる影は、一歩進みて止《とど》まり、二歩行きて覘《うかが》い、まさしく二人の後を追うて次第に近づきおるなり。たまたま家と家との間《なか》絶えて、流れ込む街燈の光に武男はその清人なるを認めつ。同時にものありて彼が手中に閃《ひらめ》くを認めたり。胸打騒ぎ、武男はひそかに足を早めてその後を慕いぬ。

最先《さき》に歩めるかの二人が今しも街の端に到れる時、闇中《あんちゅう》を歩めるかの黒影《こくえい》は猛然と暗《やみ》を離れて、二人を追いぬ。驚きたる武男がつづいて走り出《いだ》せる時、清人はすでに六七間の距離に迫りて、右手《めて》は上り、短銃響き、細長なる一人はどうと倒れぬ。驚きて振り顧《かえ》る他の一人を今一発、短銃の弾機をひかんとせる時、驀地《まっしぐら》に馳《は》せつきたる武男は拳《こぶし》をあげて折れよと彼が右腕《うで》を敲《たた》きつ。短銃落ちぬ。驚き怒《いか》りてつかみかかれる彼を、武男は打倒《うちたお》さんと相撲《すま》う。かの闊大なる一人も走《は》せ来《きた》りて武男に力を添《そえ》んとする時、短銃の音に驚かされしわが兵士ばらばらと走せ来り、武男が手にあまるかの清人を直《ただ》ちに蹴倒《けたお》して引《ひっ》くくりぬ。瞬間の争《あらそい》に汗になりたる武男が混雑の間より出でける時、倒れし一人を扶《たす》け起せるかの闊大なる一人はこなたに向い来りぬ。

この時街燈の光はまさしく片岡中将の面《おもて》をば照らし出《いだ》しつ。

武男は思わず叫びぬ。

「ヤッ、閣下《あなた》は！」

「おッ貴下《きみ》は！」

片岡中将はその副官といずくへか行ける帰途《かえり》を、殊勝にも清人の狙えるなりき。

副官の疵《きず》は重かりしが、中将は微傷だも負わざりき。武男は図らずして乃舅《たいきゅう》を救えるなり。

＊　＊　＊　＊　＊　＊　＊

この事いずれよりか伝わりて、浪子に達せし時、幾は限りなく欣《よろこ》びて

「ご覧遊ばせ。どうしてもご縁が尽きぬのでございますよ。精出してご養生遊ばせ。ねエ、精出して養生致しましょうねエ」

浪子は淋しく打含笑《うちほほえ》みぬ。

七の一

戦争の中《うち》に、年は暮れ、かつ明けて、明治二十八年となりぬ。一月より二月にかけて威海衛《いかいえい》落ち、北洋艦隊亡《ほろ》び、三月末には南の方澎湖《かたほうこ》列島*すでにわが有に帰し、北の方にはわが大軍潮《うしお》の如く進みて、遼河《りょうが》以東に隻騎《せきき》の敵を見ず。尋《つい》で媾和使来《きた》り、四月中旬には平和条約締結の報あまねく伝わり、三国干渉の噂についで、遼東還附の事あり。同五月末大元帥陛下凱旋《がいせん》したまいて、戦争はさながら大鵬《たいほう》の翼を収むる如く倏然《しゅくぜん》としてやみぬ。

旅順に千々岩の骨を収め、片岡中将の危厄《きやく》を救いし後、武男は威海衛の攻撃に従い、また遠く南の方澎湖島占領の事に従いしが、六月初旬その乗艦の一先《ひとま》ず横須賀に凱旋する都合となりたるより、久々ぶりに帰京して、絶《たえ》て久しきわが家の門を入りぬ。

想《おも》えば去年の六月、席を蹶《け》って母に辞したりしよりすでに一年を過ぎぬ。幾たびか死生の際《きわ》を通り来て、曩日《むかし》の不快は薄らぐともなく痕《あと》を滅し、佐世保病院の雨の日、威海衛港外風氷《かぜこお》る夜《よ》は想《おもい》のわが家に向って飛びしこと幾たびぞ。

一年ぶりに帰りて見れば、家の内何の変りたることもなく、わが車の音に出迎《いで》えつる婢《おんな》の顔の新しくかわれるのみ。母は例の如く肥え太りて、僂麻質斯《リュウマチス》起れりとて、一日床《とこ》にあり。田崎は例の如く日々《にちにち》来りては、六畳の一間に控え、例の如く事務をとりてまた例刻に帰り行く。型に入れたる如き日々の事、見るもの、聞くもの、さながらに去年のままなり。武男は望《のぞみ》を得て望を失える心地しつ。一年ぶりに母に逢いて、絶えて久しきわが家の風呂に入りて、堆《うずたか》き蒲団《ふとん》に安坐《あんざ》して、好める饌《ぜん》に向《むか》いて、さて釣床ならぬ黒天鵞絨《ビロード》の括《くく》り枕《まくら》に疲れし頭《かしら》を横《よこた》えて、しかも夢は結ばれず、枕辺近き時計の一二時を拍《う》つまでも、眼はいよいよ冴えて、心の奥に一種鋭き苦痛《くるしみ》を覚えしなり。

一年の月日は母子《ぼし》の破綻《はたん》を繕《つくろ》いぬ。少なくも繕えるが如く見えぬ。母もさすがに喜びてその独子《ひとりご》を迎えたり。武男も母に会うて一の重荷をば卸《おろ》しぬ。されど二人が間は、顔見合せしその時より、全く隔《へだて》なきあたわざるを武男も母も覚えしなり。浪子の事をば、彼も問わず、これも語らざりき。彼の問わざるは問うことを欲せざるがためにあらずして、これの語らざるは彼の聞かんことを欲するを知らざるがためにはあらざりき。ただかれこれ共にこの危険の問題をば務めて避けたるを、互にそれと知りては、相対《さしむか》いて話途絶ゆるごとにおのずから座の安からざるを覚えしなり。

佐世保病院の贈物、旅順のかの出来事、それはなくとも素《もと》より忘るる時はなきに、今昔共に棲《す》みし家に帰り来て見れば、見る物ごとにその面影《おもかげ》の忍ばれて、武男は怪しく心地乱れぬ。彼女《かれ》は今いずこにおるやらん。わが帰り来しと知らでやあらん。思《おもい》は千里も近しとすれど、縁絶《たえ》ては一里と距《はな》れぬ片岡家、さながら日よりも遠く、彼女が伯母の家は呼べば応《こた》うる近辺《ちかく》にありながら、何の顔ありて行きてその消息を問うべきぞ。想えば去年の五月艦隊の演習に赴《おもむ》く時、逗子に立寄りて別《わかれ》を告げしが一生の別離《わかれ》とは知らざりき。かの時別荘の門に送り出でて「早く帰って頂戴《ちょうだい》」と呼びし声は今も耳《みみ》底に残れど、今は誰《たれ》に向いて「今帰った」というべきぞ。

かく思いつづけし武男は、一日《あるひ》横須賀に赴きしついでに逗子に下りて、かの別墅《べっしょ》の方《かた》に迷い行けば、表の門は閉じたり。さては帰京せしかと思い詫《わ》びつつ、裏口より入り見れば、老爺《じじい》一人庭の草を拶《むし》りいつ。

七の二

武男が入り来る足音に、老爺はおもむろに振り顧《か》えりて、それと見るよりいささか驚

きたる体《てい》にて、鉢巻《はちまき》をとり、小腰を屈《かが》めながら

「これはおいでなさえまし。旦那様アいつお帰《けえ》りでごぜエましたんで？」

「二三日前に帰った。老爺《おまえ》も相変らず達者でいいな」

「どう致しまして、はあ、ねッからいけませんで、はあお世話様になりますでごぜエますよ」

「何かい、老爺はもうよっぽど長く留守をしとるのか？」

「いいや、何でごぜエますよ、その、先月《あとげつ》までは奥様――ウンニャお嬢――ごご病人様と姥《ばあ》やさんがおいでなさったんで、それからまア老爺《わたくし》がお留守を致しておるでごぜエますよ」

「それでは先月帰《かえ》ったンだね。――では東京《あっち》にいるのだな」

と武男は独語《ひとりご》ちぬ。

「はい、さよさまで。殿様が清国《あっち》からお帰《けえ》りなさるその前《めえ》に、東京にお帰りなさったでごぜエますよ。はア、それから殿様とご一処《いっしょ》に京都《かみがた》に行かっしゃりましたご様子で、まだ帰京《けえ》らっしゃりますめえと、はや思うでごぜエますよ」

「京都《かみがた》に？――では病気がいいのだな」

武男は再び独語ちぬ。

「で、いつ行ったのだね?」

「四五日前《しごんち》——」といいかけしが、老爺《じじい》はふと今の関係を思い出でて、いい過ぎはせざりしかと思い貌《がお》にたちまち口を噤《つぐ》みぬ。それと感ぜし武男は思わず顔を赧《あか》らめたり。ふたり相対《あいむか》いて暫《しば》し黙然《もくねん》としていたりしが、老爺はさすがに気の毒と思い返えししように、

「ちょいと戸を明けますべえ。旦那様、お茶でも上ってまあお休みなさッておいでなせエましよ」

「何、構わずに置いてもらおう。ちょっと通りかかりに寄ったんだ」

いい棄《す》てて武男はかつて来馴れし屋敷内《うち》を廻り見れば、さすがに守《も》る人あれば荒れざれど、戸は悉《ことごと》く閉めて、手水鉢《ちょうずばち》に水絶え、庭の青葉は茂りに茂りて、所々に梅子《うめのみ》こぼれ、青々としたる芝生《しばふ》に咲き残れる薔薇《ばら》の花半《なかば》は落ちて、ほのかなる香《かおり》は庭に満ちたり。いずくにも人の気《け》はなくて、屋後《おくご》の松に蟬《せみ》の音《ね》のみぞ喧《かしま》しき。

武男は匆々《そうそう》に老爺に別れて、頭《かしら》を垂れつつ出で去りぬ。

五六日を経て、武男はまた家を辞して遠く南征の途に上ることとなりぬ。家に帰りて

十余日、他の同僚は凱旋《がいせん》の歓迎のと面白く騒ぎて過せるに引易《ひきか》えて、武男は面白からぬ日を送れり。遠く離れてはさすがになつかしかりし家も、帰りて見れば思いの外《ほか》に面白き事もなくて、武男は終《つい》にその心の欠陥《あき》を満すべきものを得ざりしなり。

母もそれと知りて、苦々しく思える容子《ようす》は自《おの》ずから言葉の端にあらわれぬ。武男も母のそれと知れるをば知り得て、相対《さしむか》いて語るごとに、ものありて間を隔つるように覚えつ。されば母子《ぼし》の間は曩時《もと》の如き破裂こそなけれ、武男は一年後の今のかえって曩時よりも母に遠《とお》ざかれるを憾《うら》みて、なお遠かるをいかんともするあたわざりき。母子は冷然として別れぬ。

横須賀より乗るべかりしを、出発に垂《なん》とし《なん》て障《さわ》りありて一日《いちじつ》の期を愆《あや》まりたれば、武男は呉《くれ》より乗ることに定め、六月の十日というに孤影蕭然《しょうぜん》として東海道列車に乗りぬ。

八の一

宇治《うじ》の黄檗山《おうばくざん》を今しも出《い》で来《きた》りたる三人《みたり》連れ。五十余《あまり》と見ゆる肥満の紳士は、洋装して、金頭《きんがしら》のステッキを持ち、二十《はたち》ばかりの淑女は黒綾《くろあや》の洋傘《パラソル》を翳《かざ》し、その後より五十あまりの婢《おんな》らしきが信玄袋を提げて従いたり。

三人の出で来ると共に、門前に待ちいし三輌《りょう》の車ががらと引き来るを、老紳士は洋傘の淑女を顧みて

「好《いい》天気じゃ。すこし歩いて見てはどうか」

「歩きましょう」

「お疲れは遊ばしませんか」と婢は口を添えつ。

「いいよ、少しは歩いた方が」

「じゃ疲れたら乗るとして、まあぶらぶら歩いて見るもいいじゃろう」

三輌の車を後に従えつつ、三人はおもむろに歩み初めぬ。いうまでもなく、こは片岡中将の一行なり。昨日奈良より宇治に宿りて、平等院を見、扇の芝*の昔を弔《とむら》い、今日は山科《やましな》の停車場《ステーション》より大津《おおつ》の方《かた》へ行かんとするなり。

片岡中将は去《さんぬ》る五月に遼東より凱旋《がいせん》しつ。一日浪子の主治医を招きて書斎に密談せしが、その翌々日より、浪子を伴い、婢《ひ》の幾を従えて、飄然《ひょうぜん》として京都に来つ。閑静なる河添《かわぞい》の宿を択《えら》みて、ここを根拠地と定めつつ、軍服を脱ぎ棄《す》てて平服に身を包み、人を避け、公会の招《まねき》を辞して、ただ日々《にちにち》浪子を連れては彼女《かれ》が意の嚮《むか》うままに、博覧会を初

め名所古刹《こさつ》を遊覧し、西陣に織物を求め、清水《きよみず》に土産《みやげ》を買い、優遊《ゆうゆう》の限りを尽して、ここに十余日を過ぎぬ。世間《よ》は暫《しば》し中将の行衛《ゆくえ》を失いて、浪子独《ひと》りその父を占めけるなり。

「黄檗を出れば日本の茶摘かな」茶摘の盛季《さかり》は夙《とく》過ぎたれど、風は時々焙炉《ほうろ》の香《か》を送りて、ここそこに二番茶を摘む女の影も見ゆなり。茶の間々《あいあい》は麦黄《きいろ》く熟《う》れて、さくさくと鎌《かま》の音聞ゆ。眼を上ぐれば和州の山遠く夏霞《なつがすみ》に薄れ、宇治川は麦の穂末《ほずえ》を渡る白帆にあらわれつ。かなたに屋根のみ見ゆる村里より午鶏《ごけい》の声緩《ゆる》く野づらを渡り来て、打仰ぐ空には薄紫に焦《こが》れし雲浮々《ふわふわ》と漂いたり。

浪子は吐息つきぬ。

たちまち左手《ゆんで》の畑路《はたけみち》より、夫婦と見ゆる百姓二人話しもて出で来りぬ。午餉《ひるげ》を終えて今しも圃《はた》に出で行くなるべし。男は鎌を腰にして、女は白手拭《てぬぐい》を冠《かむ》り、歯を染め、*土瓶《どびん》の大《おおい》なるを手に提げたり。出会いざまに、立《たち》どまりて、暫し一行の様子を見し女は、行き過ぎたる男の後小走りに追いかけて、何か囁《ささや》きつ。二人共に振り顧《かえ》りて、女は美《うつくし》く染めたる歯を見せて含笑《ほほえ》みしが、また相語りつつ花茨《はないばら》こぼるる畦路《あぜみち》に入り行きたり。

浪子の眼はその後を追いぬ。竹の子笠と白手拭は、次第に黄ばめる麦に沈みて、やがて影も見えずなりしと思えば、たちまち畑《はた》のかなたより

「郎《ぬし》は正宗《まさむね》、儂《わし》ア錆刀《さびがたな》、郎は切れても、儂ア切れエ――ぬ」*

歌う声哀々として野づらに散りぬ。

浪子はさし俯《うつ》むきつ。

ふりかえり見し父中将は

「草臥《くたび》れたじゃろう。どれ――」

いいつつ浪子の手をとりぬ。

八の二

中将は浪子の手をひきつつ

「年の経つは早いもンじゃ。浪、おまえは記憶《おぼ》えておるかい、おまえが幼少《ちっちゃ》かった頃、よくおとうさんに負《おぶ》さって、ぽんぽんおとうさんが横腹を蹴《け》ったりしおったが。そうじゃ、おまえが五つ六つの頃じゃったの」

「おほほほほ、さようでございましたよ。殿様が負《おんぶ》遊ばしますと、少嬢様《ちいおじょうさま》がよくおむずかり遊ばしたンでございますね。――ただ今もどんなにお羨《うらや》ましがっていらッしゃるかも分かりませんでございますよ」と気軽に幾が相槌《あいづち》うちぬ。

浪子はただ淋しげに含笑《ほほえ》みつ。

「駒か。駒にはお詫《わび》に沢山土産《どっさりみやげ》でも持って行くじゃ。なあ、浪。駒よか千鶴さんが羨ましがっとるじゃろう、一度こっちに来たがっておったのじゃから」

「さようでございますよ。加藤《あちら》のお嬢様がおいで遊ばしたら、どんなにお賑《にぎ》やかでございましょう。――本当に私《わたくし》なぞがまあこんな珍しい見物さして戴《いただ》きまして――あの何《なん》でございますか、先刻《さっき》渡りましたあの川が宇治川で、あの蛍《ほたる》の名所で、ではあの駒沢《こまざわ》が深雪《みゆき》に逢《あ》いました所*でございますね」

「ははは、幾はなかなか学者じゃの。――いや世の中の変移《うつりかわり》は甚《ひど》いもンじゃ。おとうさんなぞが若かった時分は、大阪から京へ上るというと、いつもあの三十石*で、鮓《すし》のごと詰められたもンじゃ。いや、それよかおとうさんがの、二十《はたち》の年じゃった、大西《おおさい》郷《ごう》*と有村《ありむら》――海江田《かえだ》*と月照師《げっしょうさん》*を大阪まで連出《つれだ》した後で、大事な要が出来《でけ》て、おとうさんが行くことになって、さあ後追《おっ》かけたが、余《あん》まり急いで一文《いちもん》なしじゃ。とうとう頬冠《ほおかぶり》をして跣足《はだし》で――夜じゃったが――伏見《ふしみ》から大阪まで川堤《かわどて》を走ったこともあったンじゃ。ははは。――暑いじゃないか、浪、草臥《くたび》れるといかん、もう少し乗ったらどうじゃ」

後《おく》れし車を幾が手招けば、からからと挽《ひ》き来つ。三人《みたり》は乗りぬ。

「じゃ、そろそろ挽《や》ってくれ」

車は徐々《じょじょ》に麦圃《ばくほ》を穿《うが》ち、茶圃を貫きて、山科の方《かた》に向《むか》いつ。

前なる父が項《うなじ》の白髪《しらが》を見つめて、浪子は思《おもい》に沈みぬ。良人《おっと》に別れ、不治の疾《やまい》を懐《いだ》いて、父に伴わるるこの遊《あそび》を、嬉しといわんか、哀しと思わんか。望《のぞみ》も楽《たのしみ》も世に尽き果てて遠からぬ死を待つわれを不幸といわば、そのわれを思い想う父の心も酌《く》むに難《かた》からず。浪子は限りなき父の愛を想うにつけても、今の身はただ慰めらるる外《ほか》に父を慰むべき道なきを哀しみつ。世を忘れ人を離れて父子《おやこ》ただ二人名残《なごり》の遊をなす今日この頃は、せめて小供の昔にかえりて、物見遊山《ものみゆさん》もわれから進み、やがて消ゆべき空蟬《うつせみ》の身には要なき唐《から》織物《おりもの》も、末は妹《いもと》に紀念《かたみ》の品と、殊《こと》に華美《はで》なるを選みしなり。

父を哀しと思えば、恋しきは良人武男。旅順に父の危難《あやうき》を助けたまいしとばかり、後の消息は誰《たれ》伝うる者もなく、思は飛び夢は通えど、今はいずくにか居たもうらん。逢《あ》いたし、一度逢いたし、生命《いき》ある中《うち》に一度、ただ一度逢いたしと思うにつけて、先刻《さきに》聞きつる鄙歌《ひなうた》の生憎《あいにく》耳に響き、かの百姓夫婦の睦《むつま》じく語れる面影は眼前《めさき》に浮び、楽しき粗布《あらぬ》に引かえて憂《うれい》を包む風通《ふうつう》の袂《たもと》恨めしく――

せぐり来る涙を手巾《ハンケチ》に抑えて、泣かじと唇《くちびる》を嚙《か》めば、生憎咳嗽《せき》のしきりに漏れぬ。

中将は気遣わしげに、回顧《ふりか》えりつ。

「もうようございます」

浪子はわずかに笑《えみ》を作りぬ。

＊　＊　＊　＊　＊　＊　＊　＊

山科に着きて、東行の列車に乗りぬ。上等室は他《た》に人もなく、浪子は開ける窓の側《そば》に、父はかなたに坐《ざ》して新聞を広げつ。

折から煙を噴《は》き地を轟《とどろ》かして、神戸行の列車は東より来《きた》り、まさに出でんとするこなたの列車と相双《あいなら》びたり。客車《かくしゃ》の戸を開閉《あけたて》する音、プラットフォームの砂利《じゃり》踏にじりて駅夫の「山科、山科」と叫び過ぐる声あなたに聞ゆると共に、汽笛鳴りてこなたの列車はおもむろに動き初めぬ。開ける窓の下《もと》に坐して、浪子はそぞろに移り行くあなたの列車を眺めつ。あたかもかの中等室の前に来し時、窓に頰杖《ほおづえ》つきたる洋装の男と顔見合わしたり。

「まッ良人《あなた》！」

「おッ浪さん！」

こは武男なりき。

車は過ぎんとす。狂せる如く、浪子は窓の外にのび上りて、手に持てる菫《すみれ》色の手巾《ハンケチ》を投げつけつ。

「お危《あぶの》うございますよ、お嬢様」

幾は驚きて確《しか》と浪子の袂を握りぬ。

新聞手に持ちたるまま中将も立上りて窓の外を望みたり。

列車は五間《けん》過ぎ――十間過ぎぬ。落つばかりのび上りて、回顧《ふりかえ》りたる浪子は、武男が狂える如くかの手巾を振りて、何か呼べるを見つ。

たちまち軌道《レール》は山角《さんかく》を轡《めぐ》りぬ。両窓の外《ほか》青葉の山あるのみ。後《うしろ》に聞ゆる帛《きぬ》を裂く如き一声は、今しもかの列車が西に走れるならん。

浪子は顔打掩《うちおお》いて、父の膝に俯《うつむ》きたり。

九の一

七月七日の夕《ゆうべ》、片岡中将の邸宅《やしき》には、人多く集《つど》いて、皆低声《こごえ》に言《もの》えり。令嬢浪子の疾《やまい》革《あらた》まれるなり。

予《かね》ては一月《ひとつき》の余《よ》もと期せられつる京洛《けいらく》の遊《ゆう》より、中将父子《ふし》の去月下旬にわかに帰り来《きた》れる時、玄関に出《い》で迎えし者は、医ならざるも浪子の病勢大方ならず進めるを疑うあたわざりき。果《はた》して医師は、一診して覚えず顔色を変えたり。月ならずして病勢にわかに加われるが上に、心臓に著しき異状を認めたるなりき。これより片岡家には、深夜も燈《ともしび》燃えて、医は間断なく出入りし、月末より避暑に赴くべかりし子爵夫人もさすがに暫《しば》しその行を見合しつ。

名医の術も施すに由《よし》なく、幾が夜ごと日ごとの祈念も甲斐《かい》なく、病は日《ひび》に募りぬ。数度の喀血《かっけつ》、その間々《あいあい》には心臓の痙攣《けいれん》起り、劇《はげ》しき苦痛のあとはおおむね惛々《こんこん》として囈言《うわごと》を発し、今日は昨日より、翌日《あす》は今日より、衰弱いよいよ加わりつ。その咳嗽《がいそう》を聞いて連夜睡《よごとねむ》らぬ父中将のわが枕頭《まくらべ》に来るごとに、浪子は仄《ほの》かに笑《え》みて苦しき息を忍びつつ明《あきら》かに言《ものい》えど、うとうととなりては絶えず武男の名をば呼びぬ。

＊　＊　＊　＊　＊　＊

今日明日と医師の殊《こと》に戒《いまし》めしその今日は夕となりて、部屋部屋は燈《ともしび》あまねく点《つ》きたれど、声高《こわだか》に言《ものい》う者もなければ、森々《しんしん》として人ありとは思われず。今皮下注射を終えたるあとを暫し静かにすとて、廊下伝いに離家《はなれ》より出で来し二人の婦人は、小座敷の椅子《いす》に倚《よ》りつ。一人は加藤子爵夫人なり。今一人はかつて浪子を不動祠畔《ふどうしはん》に救いしかの老婦人なり。去年の秋の暮に別れしより、暫らく相見ざりしを、浪子が父に請いて使《つかい》して招けるなり。

「種々《いろいろ》ご親切に——有り難うございます。姪《あれ》も一度はお目にかかってお礼を申さなければならぬと、そう言い言い致しておりましたのですが——お眼にかかりまして本望でございましょう」

加藤子爵夫人はわずかに口を開きぬ。

答うべき辞《ことば》を知らざるように、老婦人はただ太息《といき》つきて頭《かしら》を下げつ。ややありて声を

低くし

「で――はどちらにおいでなさいますので？」

「台湾に参ったそうでございます」

「台湾！」

老婦人は再び吐息つきぬ。

加藤子爵夫人は湧き来る涙を辛うじて抑えつ。

「でございませんと、あの通り思っているのでございますから、世間体はどうとも致して、逢わせもいたしましょうし、暇乞《いとまごい》も致させたいのですが――何をいっても昨日今日台湾に着いたばかり、それが外《ほか》と違って軍艦に乗っているのでございますから――」

折から片岡夫人入り来つ。その後より眼を泣腫《なきは》らしたる千鶴子は急ぎ足に入り来りて、その母を呼びたり。

九の二

日は暮れぬ。去年の夏新《あらた》に建てられし離家《はなれ》の八畳には、燭台《しょくだい》の光ほのかにさして、大《おおい》なる寝台《ねだい》一つ据えられたり。その雪白《せっぱく》なる敷布《シーツ》の上に、眼を閉じて、浪子は横《よこた》わりぬ。

二年に近き病に、瘠《や》せ果てし軀《み》はさらに瘠せて、肉という肉は落ち、骨という骨は露《あら》われ、蒼白《あおじろ》き面《おもて》のいとど透き徹りて、ただ黒髪のみ昔ながらに艶々《つやつや》と照れるを、長く組みて枕上《まくら》に垂らしたり。枕頭《まくらもと》には白衣の看護婦が氷に和せし赤酒《せきしゅ》*を時々筆に含まして浪子の唇《くちびる》を湿《うるお》しつ。こなたには今一人の看護婦と共に、眼凹《くぼ》み頰落ちたる幾が俯《うつむ》きて足を摩《さす》りぬ。室内森々《しんしん》として、ただたちまち急にたちまち微《かす》かになり行く浪子の呼吸《いき》の聞ゆるのみ。

たちまち長き息つきて、浪子は目を開き、微かなる声を漏らしつ。

「伯母さまは――？」

「来ましたよ」

言いつつ徐《しず》かに入り来りし加藤子爵夫人は、看護婦が薦《すす》むる椅子をさらに臥床《とこ》近く引寄せつ。

「少しは睡れましたか。――何？　そうかい。では――」

看護婦と幾を顧みつつ

「少しの間《ま》あっちへ」

三人《みたり》を出しやりて、伯母はなお近く椅子を寄せ、浪子の額にかかる後《おく》れ毛《げ》を撫《な》で上げて、しげしげとその顔を眺めぬ。浪子も伯母の顔を眺めぬ。

ややありて浪子は太息《といき》と共に、わなわなと戦《ふる》う手をさしのべて、枕の下より一通の封ぜし書《もの》を取り出《いだ》し

「これを――届けて――私がなくなった後で」

ほろほろとこぼす涙を拭《ぬぐ》いやりつつ、加藤子爵夫人は、さらに眼鏡《めがね》の下よりはふり落つる涙を拭いて、その書《しょ》を確《しか》と懐《ふところ》に蔵《おさ》め、

「届けるよ、きっと私が武男さんに手渡すよ」

「それから――この指環《ゆびわ》は」

左手《ゆんで》を伯母の膝《ひざ》にのせつ。その第四指に燦然《さんぜん》と照るは一昨年《おととし》の春、新婚の時武男が贈りしなり。去年去られし時、かの家に属するものをば尽《ことごと》く送りしも、独《ひと》りこれのみ愛《おし》みて手離すに忍びざりき。

「これは――持って――行きますよ」

新《あらた》に湧き来る涙を抑えて、加藤夫人はただ頷《うなず》きたり。浪子は眼を閉《とじ》ぬ。ややありてまた開きつ。

「どうしていらッしゃる――でしょう？」

「武男さんはもう台湾《あちら》に着いて、きっと種々《いろいろ》こっちを思いやっていなさるでしょう。近くにさえいなされば、どうともして、ね、――そうおとうさまも仰っておいでだけれども――浪さん、あんたの心尽しはきっと私が――手紙も確かに届けるから」

仄《ほの》かなる笑《えみ》は浪子の唇に上りしが、たちまち色なき頰のあたり紅《くれない》をさし来《きた》り、胸は波うち、燃《もゆ》ばかり熱き涙はらはらと苦しき息をつき、

「ああ辛《つら》い！　辛い！　もう――もう婦人《おんな》なんぞに――生れはしませんよ。――あああ！」

眉《まゆ》を攢《あつ》め胸を抑えて、浪子は身を悶《もだ》えつ。急に医を呼びつつ赤酒を含ませんとする加藤夫人の手に縋《すが》りて半《なかば》起き上り、生命《いのち》を縮むる咳嗽《せき》と共に、肺を絞って一盞《いっさん》の紅血を吐きつ。惛々《こんこん》として臥床《とこ》の上に倒れぬ。

医と共に、皆入りぬ。

九の三

医師は騒がず看護婦を呼びて、応急の手段《てだて》を施しつ。指図して寝床に近き玻璃窓《はりそう》を開かせたり。

涼しき空気は一陣水の如く流れ込みぬ。真黒き木立《こだち》の背《うしろ》ほのかに明《あか》みたるは、月出《い》でんとするなるべし。

父中将を首《はじめ》として、子爵夫人、加藤子爵夫人、千鶴子、駒子、及び幾も次第に臥床《ベッド》を繞《めぐ》りて居流れたり。風はそよ吹きてすでに死せるが如く横《よこた》わる浪子の鬢髪《びんぱつ》を戦《そよ》がし、医はしきりに患者の面《おもて》を覗《うかが》いつつ脈をとれば、こなたに立てる看護婦が手中の紙燭《しょく》はたはたとゆらめいたり。

十分過ぎ十五分過ぎぬ。寂《しず》かなる室内幽《かす》かに吐息聞えて、浪子の唇わずかに動きつ。医は手ずから一匕《ひとさじ》の赤酒を口中に注ぎぬ。長き吐息は再び寂《しずか》なる室内に響きて、

「帰りましょう、帰りましょう、ねエあなた――おかあさま、来ますよ来ますよ――おお、まだ――ここに」

浪子はぱっちりと眼を開きぬ。

あたかも林端に上れる月は一道の幽光を射て、惘々《もうもう》*としたる浪子の顔を照せり。

医師は中将に眴《めくば》せして、片隅《かたえ》に退きつ。中将は進みて浪子の手を執《と》り、

「浪、気がついたか。おとうさんじゃぞ。——皆《みんな》ここにおる」

空《くう》を見詰めし浪子の眼は次第に動きて、父中将の涙に曇《くも》れる眼と相会いぬ。

「おとうさま——お大切《だいじ》に」

ほろほろ涙をこぼしつつ、浪子はわずかに右手《めて》を移して、その左を握れる父の手を握りぬ。

「おかあさま」

子爵夫人は進みて浪子の涙を拭いつ。浪子はその手を執り
「おかあさま——ご免——遊ばして」

子爵夫人の唇は顫《ふる》い、物も得言わず顔打掩《うちおお》いて退きぬ。

加藤子爵夫人は泣き沈む千鶴子を励ましつつ、かわるがわる進みて浪子の手を握り、駒子も進みて姉の床側《とこぎわ》に跪《ひざまず》きぬ。顫《わなな》く手をあげて、浪子は妹の前髪をかい撫でつ。

「駒《こう》ちゃん——さよなら——」

言いかけて、苦しき息をつけば、駒子は打震いつつ一匕《ひとさじ》の赤酒を姉の唇に注ぎぬ。浪子は閉じたる眼を開きつつ、見廻して
「毅一《きい》さん——道《みい》ちゃん——は?」

二人の小児《こども》は子爵夫人の計らいとして、すでに月の初めより避暑に赴けるなり。浪子は頷《うなず》きて、やや恍惚《うっとり》となりつ。

この時座末に泣き浸りたる幾は、つと身を起して、力なく垂れし浪子の手をひしと両手に握りぬ。

「姥《ばあ》や――」

「お、お、お嬢様、姥《ばあや》もご一処《いっしょ》に――」

泣き崩るる幾をわずかに次へ立たしたるあとは、森《しん》として水の如くなりぬ。浪子は口を閉じ、眼を閉じ、死の影は次第にその面《おもて》を掩《おおわ》んとす。中将はさらに進みて

「浪、何も言遺《いいのこ》す事はないか。――確《しっ》かりせい」

なつかしき声に呼びかえされて、わずかに開ける眼は加藤子爵夫人に注ぎつ。夫人は浪子の手を執り、

「浪さん、何も私がうけ合った。安心して、おかあさんの所においで」

幽かなる微咲《えみ》の唇に上ると見れば、見る見る瞼《まぶた》は閉じて、眠るが如く息絶えぬ。

さし入る月は蒼白き面《おもて》を照らして、微咲はなお唇に浮べり。されど浪子は永《なが》く眠れるなり。

＊　＊　＊　＊　＊　＊　＊

三日を隔てて、浪子は青山墓地に葬られぬ。

交遊広き片岡中将の事なれば、会葬者は極めて衆《おお》く、浪子が同窓の涙を掩うて見送れるも多かりき。少しく仔細を知れる者は中将の暗涙を帯びて棺側《かんそく》に立つを見て断腸の思《おもい》をなせしが、知らざる者も老女の幾がわれを忘れて棺に縋り泣き口説《くど》けるに袖を濡らしたり。

故人《なきひと》は妙齢の淑女なればにや、夏ながらさまざまの生花《いけばな》の寄贈多かりき。その中に四十あまりの羽織袴《はかま》の男が齎《もた》らしつるもののみは、中将の玄関より突き返えされつ。その生花には「川島家」の札ありき。

十の一

四月《よつき》あまり過ぎたり。

霜に染《そ》みたる南天の影長々と庭に臥《ふ》す午後四時過ぎ、相も変わらず肥えに肥えたる川島未亡人は、やおら障子を開けて縁側に出《い》で来《きた》り、手水鉢《ちょうずばち》に立寄りて、水なきに舌鼓《したつづみ》を鳴らしつ。

「松《まアっ》、——竹《たけエ》」

呼ぶ声に一人は庭口より一人は縁側より遽《あわただ》しく走り来つ。恐慌の色は面《おもて》にあらわれたり。

「汝達《わいども》は何《なあに》をしとッか。先日《こないだ》もいっといたじゃなっか。こ、これを見なさい」

柄杓《ひしゃく》をとって、空虚《から》の手水鉢をからからとかき廻わせば、色を失える一人はただ息を呑みつ。

「早よせんか」

耳近き落雷にいよいよ色を失いて、二人は去りぬ。未亡人は何か口の中《うち》に唸《つぶや》きつつ、やがて齎《もた》らし来し水に手を洗いて、入らんとする時、他の一人は入り来りて小腰を屈《かが》めたり。

「何か」

「山木様と仰います方が——」

言《こと》終らざるに、一種の冷笑は不平と相半ばして面積広き未亡人の顔を蔽《おお》いぬ。実を言えば去年の秋お豊《とよ》が逃げ帰りたる以後は自《おの》ずから山木の足も遠かりき。山木は去年以後《このかた》の戦争に幾万の利を占めける由《よし》を聞き知りて、川島未亡人はいよいよもって山木の仕打に不満を懐《いだ》き、召使に対《むか》いて恩の忘るべからざるを説法するごとに、暗《あん》に山木を実例にとれるなりき。しかも習慣は終《つい》に勝《かち》を占めぬ。

「通しなさい」

やがて座敷に通れる山木は幾《いく》たびかかの赤黒子《あかぼくろ》の顔を上げ下げつ。

「山木さん、久しぶりごあんすな」

「いや、ご隠居様、どうも申訳《もうしわ》けないご無沙汰を致しました。是非《ぜひ》お伺申すでございましたが、その、戦争後は商用でもって始終あちこち致しておりまして、――先《ま》ずご壮健でおめでとう存じます」

「山木さん、戦争じゃしっかい儲《もうか》ったでごあんそいな」

「へへへへ、どう致しまして――まあお蔭さまでその、とやかく、へへへへへ」

折りから小間使が水引かけたる品々を腕も撓《たわわ》に捧げ来つ。

「お客様の――」と座の中央《もなか》に差出《さしいだ》して、罷《まか》りぬ。

じろり一瞥《いちべつ》を台の上の物にくれて、やや満足の笑《えみ》は未亡人の顔にあらわれたり。

「これは種々《いろいろ》気の毒でごあんすの、ほほほほ」

「いえ、どう仕《つかまつ》りまして。ついほンの、その――いや、申し後《おく》れましたが、武――若旦那様も大尉にご昇進遊ばして、ご勲章やご賜金《しきん》がございましたそうで、実は先日新聞で拝見致しまして――おめでとうございました。で、ただ今はどちら――佐世保においでございましょうか」

「武でごあんすか。武は昨日帰って来申《きも》した」

「ヘエ、昨日？　昨日お帰りで？　ヘエ、それはそれは、それはよくこそ、お変りもございませんで？」

「相変らず坊ちゃまで困いますよ。ほほほほ、今日は朝から出て、まだ帰いません」

「ヘエ、それは。先《ま》ずお帰《かえり》でご安心でございます。いやご安心と申しますと、片岡様でも誠に早お気の毒でございました。たしかもう百か日もお過ぎなさいましたそうで――しかしあのご病気ばかりはどうも致し方のないもので、ご隠居様、さすがお眼が届きましたね」

川島未亡人は顔膨《ふく》らしつつ。

「彼女《あい》の事じゃ、私も実に困いましたよ。銭は遣う、悴《せがれ》と喧嘩《けんか》までする、その結句《あげく》にゃ鬼婆のごといわるる、得《とく》のいかン娘御《よめご》じゃってな、山木さん――。そいばかいか彼女《あい》が死んだと聞いたから、弔儀《くやみ》に田崎をやって、生花《はな》をなあ、やったと思いなさい。礼所《どころ》か――突返《つっか》えして来申《きも》した。失礼じゃごあはんか、なあ山木さん」

浪子が死せしと聞きしその時は、未亡人もさすがによき心地はせざりしが、そのたま贈りし生花《せいか》の一も二もなく突返えされしにて、万《よろず》の感情はさらりと消えて、ただ苦味のみ残りしなり。

「ヘエ、それは――それはまた余《あん》まりな。――いや、ご隠居様――」

小間使が捧げ来《きた》れる一碗《わん》の茗《めい》に滑らかなる唇を湿《うるお》し

「昨年来は長々お世話に相成りましてございますが、娘――豊も近々に嫁にやることに致しまして――」

「お豊どんが嫁に？――それはまあ――そして先方《むこう》は？」

「先方は法学士で、目下《ただいま》農商務省の○○課長を致しておる男で、ご存《ぞん》じでございましょうか、○○と申します人でございまして、千々岩《ちぢわ》さんなども元世話に――や、千々岩さんと申しますと、誠にお気の毒な、まだ若いお方を、残念でございました」

一点の翳《かげ》未亡人の額を掠《かす》めつ。

「戦争《いくさ》は嫌なもんでごあんすの、山木さん。——そいでその婚礼は何日《いつ》?」

「取り急ぎまして明後々日に定《き》めましてございますが——ご隠居様、どうか一《ひ》とつ御来駕《おいで》下さいますように、——川島様のご隠居様がお坐り遊ばしておいで遊ばすと申しますれば、へへへ手前どもの鼻も高うございます訳《わけ》で、——どうか是非——家内も出ますはずでございますが、その、取り込んでいますで——武——若旦那様もどうか——」

未亡人は頷《うなず》きつ。折から五点をうつ床《とこ》上の置時計を顧みて、

「おおもう五時じゃ、日が短いな。武はどうしつろ?」

十の二

白菊を手に提げし海軍士官、青山南町《みなみちょう》の方《かた》より共同墓地に入り来《きた》りぬ。

あたかも新嘗祭《にいなめさい》*の空青々と晴れて、午後の日光《ひかり》は墓地に満ちたり。秋はここにも紅《くれない》に照れる桜の葉はらりと落ちて、仕切の籬《かき》に咲《え》む茶山花《さざんか》の香《かおり》ほのかに、線香の煙立上る辺《あたり》には小鳥の声幽《ゆう》に聞えぬ。今笄町《こうがいちょう》の方に過ぎし車の音微《かす》かになりて消えたる後は、

寂《しず》けさひとしお増《まさ》り、ただ遥《はる》かに響く都城《みやこ》の囂々《どよみ》の、この寂寞《せきばく》に和して、かの現《うつつ》とこの夢と相共に人生の哀歌を奏するのみ。

生籬《いけがき》の間より衣の影閃々《ちらちら》見えて、やがて出で来し二十七八の婦人、眼を赤うして、水兵服の七歳《ななつ》ばかりの男児《おのこ》の手を引きたるが、海軍士官と行きすりて、五六歩過ぎし時、

「かあさん、あのおじさんもやっぱし海軍ね」

という子供の声聞えて、婦人は手巾《ハンケチ》に顔を抑えて行きぬ。それとも知らぬ海軍士官は、道を考うるようにしばしば立留《たちどま》りては新しき墓標を読みつつ、ふと一等墓地の中に松桜を交え植えたる一画《ひとしきり》の塋域《はかしょ》の前に到り、頷《うなず》きて立止まり、垣《かき》の小門の門《かんぬき》を揺《うご》かせば、手に従って開きつ。正面には年経たる石塔あり。士官はつと入りて見廻し、横手になお新しき墓標の前に立てり。松は墓標の上に翠蓋《すいがい》を翳《かざ》して、黄ばみ紅《あか》らめる桜の落葉点々としてこれを繞《めぐ》り、近頃立てしと覚ゆる卒塔婆《そとば》は簇々《ぞくぞく》としてこれを護《まも》りぬ。墓標には墨痕《こん》《ぼっ》鮮やかに「片岡浪子之墓」の六字を書けり。海軍士官は墓標を眺めて石の如く突立《つった》ちたり。

やや久しゅうして、唇顫《ふる》い、嗚咽《おえつ》は喰いしばりたる歯を漏れぬ。

＊　＊　＊　＊　＊　＊　＊　＊

武男は昨日帰れるなり。

五か月前山科《やましな》の停車場に今この墓標の下《もと》に臥《ふ》す人と相見し彼は、征台の艦中に加藤子爵夫人の書に接して、浪子のすでに世にあらざるを知りつ。昨日帰りし今日は、加藤子爵夫人を訪《と》いて、午過《ひるす》ぐるまでその話に腸《はらわた》を断ち、今ここに来《きた》れるなり。

武男は墓標の前に立ちわれを忘れてやや久しく哭《こく》したり。

三年の幻影はかわるがわる涙の狭霧《さぎり》の中《うち》に浮《うか》みつ。新婚の日、伊香保の遊、不動祠畔《ふどうしはん》の誓、逗子の別墅《べっしょ》に別れし夕《ゆうべ》、最後に山科に相見しその日、これらは電光《いなずま》の如く漸次《しだい》に心に現われぬ。「早く帰って頂戴《ちょうだい》！」といいし言《ことば》は耳にあれど、一たび帰れば彼女《かれ》はすでにわが家《や》の妻ならず、二たび帰りし今日はすでにこの世の人ならず。

「ああ、浪さん、なぜ死んでしまった！」

われ知らず言いて、涙《なんだ》は新《あらた》に泉と湧きぬ。

一陣の風頭上を過ぎて、桜の葉はらはらと墓標を撲《う》って翻《ひるがえ》りつ。ふと心づきて武男は涙を押拭《おしぬぐ》いつつ、墓標の下《もと》に立寄りて、やや萎《しお》れたる花立《はなたて》の花を抜き棄《す》て、持て来し白菊を挿《さしはさ》み、手ずから落葉を掃《はら》い、内衣兜《ポッケット》をかい探りて一通の書を取り出でぬ。

こは浪子の絶筆なり。今日加藤子爵夫人の手より受取りて読みし時の心はいかなりしぞ。武男は書を披《ひら》きぬ。仮名書の美しかりし手跡は痕《あと》もなく、その人の筆かと疑うまで字は震《ふる》い墨は泥《にじ》みて、涙の痕斑《はんはん》々として残れるを見ずや。

もはや最後も遠からず覚え候まま一筆《ひとふで》残しあげ参らせ候　今生《こんじょう》にては御目《おんめ》もじの節《ふし》もなきことと存じおり候ところ天の御憐《おんあわ》れみにて先日は不慮の御目もじ申しあげ嬉しく嬉しくしかし汽車内《きしゃのうち》のこととて何も心に任せ申さず誠に誠に御残《おんのこり》多く存じ上げ参らせ候

車の窓に身を悶《もだ》えて、菫《すみれ》色の手巾《ハンケチ》を投げしその時の光景《ありさま》は、歴々と眼前に浮びつ。武男は眼を上げぬ。前にはただ墓標あり。

ままならぬ世に候えば何も不運と存じ誰《たれ》も恨み申さずこのままに身は土と朽ち果て候うとも魂《たま》は永《なが》く御側《おんそば》に附き添い――

「おとうさま、誰か来てますよ」と涼しき子供の声耳近に響きつ。引きつづいて同じ声の

「おとうさま、川島の兄君《にいさん》が」と叫びつつ、花を提げたる十ばかりの男児《おのこ》武男が側に走り寄りぬ。

驚きたる武男は、浪子の遺書を持ちたるまま、涙《なんだ》を払ってふりかえりつつ、あたかも墓門に立ちたる片岡中将と顔見合したり。

武男は頭《かしら》を低《た》れつ。

たちまち武男は無手《むず》とわが手を握られ、ふり仰げば、涙を浮べし片岡中将の双眼と相《あい》対《むか》いぬ。

「武男さん、わたしも辛《きつ》かった！」

互に手を握りつつ、二人が涙は滴々として墓標の下《もと》に落ちたり。

漸《やや》ありて中将は涙《なんだ》を払いつ。武男が肩を敲《たた》きて

「武男君《さん》、浪は死んでも、な、わたしはやっぱいあんたの爺《おやじ》じゃ。確《しっ》かい頼んますぞ。――前途遼遠《とお》しじゃ。――ああ、久しぶり、武男さん、一処《いっしょ》に行って、寛々《ゆるゆる》台湾の話でも聞こう！」

岩波文庫「不如帰」あとがき

徳冨愛子

小説「不如帰」が、明治三十一年の秋、国民新聞に掲載されて、当時各階級を通じて、非常な感激をもって迎えられて以来、いつしか四十年の月日が流れている。

この小説の由来については、著者自ら巻首にのべているように、湘南の地に私どもの仮寓《かぐう》中、ある婦人の夏の一夕話をもととし、私どもの最初の行遊に、感興新たな伊香保を、武男浪子の新婚の初舞台につかったり、逗子海岸の波に戯《たわむ》る「ナミコ」という美しい可憐《かれん》な貝の名を、女主人公の名につけたり、執筆の当初彼は、ほんの即興的のつもりでいたが、項を重ね、場面を広むるほどに、彼はいつしか引き入れられて、彼自身二十年代になめた悲恋の鬱血《うっけつ》が、不知不識《しらずしらず》に解《ほ》ぐれゆくのを覚えたであろう。筆は原稿紙の上をおもしろくすべって、彼にはモデルの実相何かと詮索《せんさく》の要はなかった。「不如帰」をかりて彼自身の情懐を演《の》べればよかった。しかし天人相通ずで、愛の糸を手繰《たぐ》り手繰り編む想像は、事実に近い経緯を現象せずにはおかぬと見えて、後来聞知した実話の、あまりに小説に符合する点の多いのに、私は驚いた。

不思議といえば「浪さん」と私との縁もないではない。明治二十三年、私がお茶の水女高師に在学中の一日、赤坂青山の大山元帥邸そのころは中将邸へ、陛下(明治天皇)の行幸があり、聖座の御跡を拝観のため、私どもの舎監であった中将夫人の令姉、山川双《ふた》葉刀自《ばとじ》に引率されて、行幸の翌日、一同と同邸に伺候した事がある。富士の高嶺《たかね》を日夕に仰ぐ高台に、緑の木立《こだち》をめぐらした洋館の二階へ導かれ、檜《ひのき》造りの能舞台に前日の荘厳な光景をしのび、高価な花が馥郁《ふくいく》の美を競っている雪白の長卓で、茶菓のごちそうになった。その時十五六かとおぼしき振り袖の令嬢が、当時としては最珍果の、バナナなどを勧められたが、その令嬢が後年私どもの「浪さん」であろうとは!

蘆花《ろか》が二十一歳、故郷熊本英学校に教鞭をとっていたころ、「文海思藻《しそう》」という回覧雑誌に、「女」に対する同情の一文を載せた事がある。

「婦人の心は悲哀の庫なり、苦痛の家なり。かれあえてその哀を告げず、されどもその心中に深く隠れたる悲哀の念は、あたかも薔薇《ばら》花中の小虫のごとく、その淡紅の両《りょう》頰《きょうか》を嚙み去るなり(中略)爾《なんじ》が悲哀万斛《ばんこく》の泉、これを斟《く》んで共に泣く者は、それ誰《たれ》ぞ」と結んでいる。

後十年、彼三十一歳、たまたま「浪子」の物語を物して、昔自分が書いた右の文に、彼は答えているといえよう。彼の胸にわだかまる情懐のレコードを、針となって、涙の曲を奏《かな》でさしたのがすなわち「浪さん」であった。

先ごろこの「不如帰」について、再検討の座談会が、内々に催された。その節の話に、「涙など渇《か》れた自分と思っていたが、久しぶりに読んで、さんざ泣かされた。あれは全編立派な詩である」「あれは文字の音楽といってよい」「劇や映画等によって、本来の詩の香《かおり》を伝えられず、そのために著作の感触をあやまらしてしまっている」「不如帰といえば、あああの浪さんか、といったふうに、軽々に観過《みす》ごしにするきらいがある」などとさまざま論評されたが、時代は移り、思想は変わることありとも、人情のかわらぬ限り、清純の涙はつねにとこしえに、世の人の心霊を潔《きよ》め、荒《すさ》む心をなだめずにはおかぬであろう。

私はさきに本著が定本不如帰として、岩波書店にて出版されたのを喜んだが、今度はまた同書店が、世界古今の著作の粋をあつめて、日本における新文化の基礎魂を築きつつある岩波文庫の中に新たに加えられるに至った事を心からうれしく思う。

終わりに私はこの小説の読者が、先入をさけ、虚心に本著の持ち味を吟味されんことを切に願うてやまない。

昭和戊寅春

白梅かおる恒春園にて

注

一八頁　江田島　広島県呉市の西方、広島湾にある島。海軍士官を養成する海軍兵学校があった。
二一　香炉峰の雪に簾を捲く　『枕草子』二八〇段に出る、清少納言が白居易の詩を踏まえて、御簾を巻き上げて中宮に雪を見せた故事。
三一　高麗交趾　朝鮮の高麗時代に作られた磁器。日本で珍重された。
三五　桫欏　ヘゴ科の常緑シダ植物。食用にはならない。
三六　猿猴　サル類の総称。
〃　干城　たてと城との意。国を守護する武士・軍人をいう。
三八　一楽　一楽織。綾織の絹織物。
四三　蠣殻町　東京都中央区の一地区。東京米穀商品取引所があった。
四三　巣鴨だね　「巣鴨」は東京都豊島区の一地区。当時有名な精神病院があった。
四七　丑の時参　嫉妬深い女などが、恨む相手を呪い殺すため、丑の時(午前二時頃)に神社に参拝し、相手を模した藁人形を釘で木に打ちつけること。
四八　小浪御寮　「小浪」は浄瑠璃『仮名手本忠臣蔵』に出る桃井若狭之助家老、加古川本蔵の娘小浪。許婚者大星力弥と添い遂げることが出来ず死を決意する。「御寮」は貴人の子女の尊敬語。

四九　亜剌比亜種の逸物　アラビア原産の優れた乗用馬。

〃　安禄山風　「安禄山」は唐代の武将。玄宗皇帝に重用されるも叛いて安史の乱を起こし、大燕皇帝と称したが、子の慶緒に殺された。太っていたことで知られる。

五〇　微服　お忍びで服装をやつすこと。

五一　南洲　西郷隆盛《さいごうたかもり》(一八二七―七七)の号。薩摩藩士で維新の功労者。征韓論に敗れ下野、一八七七年(明治一〇)に西南戦争を起こし自刃した。

五六　ローヤルの第三読本　明治期に用いられた英語教科書の一つ。

五八　死せる孔明のそれならねども　「死せる孔明生ける仲達を走らす」(『三国志』に出る、蜀の諸葛《しょかつ》孔明が魏の司馬仲達《しばちゅうたつ》と対陣中に没したが、仲達はその死を謀略と思って恐れ退却したという故事に依る)を踏まえる。

六五　麑藩　薩摩藩。

〃　大久保甲東　大久保利通《としみち》(一八三〇―七八)。甲東は号。薩摩藩士で西郷隆盛とともに維新の功労者となり、明治新政府の要職を占めるが、西南戦争後に暗殺された。

〃　令尹　地方の長官。

〃　探題　鎌倉・室町幕府における、遠隔の要地の政務・訴訟・軍事を司る職の総称。ここでは明治政府の出先機関の要職の意。

六六　**韓信流**　「韓信の股くぐり」の故事（漢代の武将韓信が青年時代、衆人の前でならず者の股をくぐらせられる辱めを甘受した）を踏まえる。

六七　**高利貸《アイスクリーム》**　読み仮名は、「高利貸」の音が「氷菓子」に通じるところから。

六八　**タスカローラ**　タスカローラ海淵。太平洋西部、千島・カムチャツカ海溝のほぼ中央にある深所。一八七四年に発見された。

〃　**師直**　高師直《こうのもろなお》。足利尊氏に仕えた南北朝時代の武将。『太平記』巻二一に、塩冶判官高貞の妻に横恋慕し、「兼好と云ひける能書の人」に艶書の代作をさせるが効なく、「物の用に立たぬ物は手書きなりけり」と怒ったとある。

六九　**丸髷を揚巻にかえし**　「丸髷」は既婚女性の代表的な髪の結い方。「揚巻」は明治時代の髪の結い方で、束髪の一種。

七三　**衽**　和服の前面の左右にあり、上は襟に続き、下は褄《つま》に至る半幅の布。

七六　**遮莫家郷思遠征**　上杉謙信の詩「九月十三夜陣中作」の一節。全文は「霜は軍営に満ちて秋気清し／数行の過雁月三更／越山併せ得たり能州の景／遮莫家郷遠征を憶うを」。

八七　**楣間**　長押《なげし》の間。

九七　**新日高川**　「日高川」は安珍・清姫伝説（僧安珍を恋う清姫が、蛇体となって追いかけ、安珍が潜んだ道成寺の釣鐘ごと焼き殺す）を元にした浄瑠璃・歌舞伎などの俗称。

九九　**内地雑居**　外国人の居留地を定めず、自由に国内に住まわせること。一八九九年（明治三二）から実施された。物語中のこの場面は一八九四年である。

一〇七　槎枒たる　木の枝が角だって入り組んでいるさま。

〃　南縁暄を迎うる　南の縁側があたたかくなってくる。

一一〇　おこそ頭巾　四角い切れ地に紐をつけた頭巾の一種。顔だけを出し、頭から襟・肩を包むように着用する。主に女性が防寒用に用いた。

一一一　お百度参　寺社に参り、境内の一定の距離を百度往復してその都度拝むこと。転じて、同じ所へ幾度も通うこと。

一三七　蓮月　太田垣蓮月(一七九一―一八七五)。江戸末期の女流歌人。夫の死後尼となり蓮月と号した。

〃　皮切だから　初めて詠むのだから。

〃　梨本跣足　柿本人麻呂を「梨本」ともじり、人麻呂ほどではないが、「梨本」程度ならばはだしで逃げるほどには上手い、というユーモアを込める。

一四三　羅宇　煙管の火皿と吸い口をつなぐ竹管の部分。

〃　国分　国分煙草。鹿児島県国分地方(現、霧島市)で産する。上等の煙草として江戸時代から推賞された。

一五七　東学党　朝鮮李朝末期、西洋文化・西学(キリスト教)を排斥して急速に広まった民族的宗教を奉じる一派。一八九四年に農民戦争を起こし、その鎮圧のため清国に出兵を求めた朝鮮政府に対抗して日本が出兵、これが日清戦争の発端となった。

一六一　槽櫪　飼い葉桶。

一七七　御納戸色　鼠色がかった藍色。

一八三　七月のお槍　七月は盆のある月なので、「ぼんやり」に掛ける。

一八四　樺山中将　樺山資紀《すけのり》(一八三七—一九二二)。薩摩藩士で、戊辰・西南戦争で軍功をあげ、日清戦争時は海軍軍令部長。のち海軍大将となり、海相・文相・初代台湾総督を歴任。

一八五　大纛　「纛」は天子の馬車に立てる大旗。ここでは天皇が率いる軍をいう。

〃　扈従　貴人につき従うこと。

〃　大山大将　大山巌《いわお》(一八四二—一九一六)。薩摩藩士で、西郷隆盛の従弟。日清戦争時は陸軍大将として第二軍司令官をつとめた。陸相・参謀総長・内大臣などを歴任。

〃　山地中将　山地元治《もとはる》(一八四二—九七)。土佐藩士。日清戦争時に第二軍第一師団長をつとめた。

一八六　大同江　朝鮮半島北西部を流れる大河。小白山に源を発し、平壌市街を貫流して黄海に注ぐ。

〃　鴨緑江　朝鮮と中国との国境をなす川。白頭山に源を発し、黄海に注ぐ。

一八七　太沽　大沽に同じ。中国河北省天津市、海河河口の港。諸外国からの攻撃に備えるため砲台が設置されていた。

一八九　威海衛　中国山東省北東岸にある港。現在の威海市。北洋艦隊の軍港であり、日清戦争の際日本軍による攻略を受けた。

〃　白河　中国を流れる大河の一つ、海河の近代初期における呼称。河北省を流れ、北京市、天津市を貫いて渤海に注ぐ。

〃　李爺　李鴻章《りこうしょう》（一八二三―一九〇一）のこと。清国末期の政治家。直隷総督・北洋大臣などを歴任、日清戦争に至る外交を一手に担い、日清戦争後は全権大使として来日し下関条約に調印した。

〃　ガリバルジー　イタリアの愛国者ガリバルディ（一八〇七―八二）。イタリア統一戦争に参加し、翌年義勇兵からなる千人隊（赤いシャツを着たことから「赤シャツ隊」とも呼ばれる）を率いて南イタリア統一に貢献した。

一九一　見えみ見えずみ　見えたり見えなくなったりして。

一九四　海洋島　中国遼東半島の南岸沖、黄海にある島。北西に象登湾がある。

〃　大孤山　中国遼東半島の黄海沿岸にある山。

一九六　立花宗茂　豊臣秀吉に仕えた武将。筑後柳川城主。秀吉の朝鮮出兵時の文禄・慶長の役で勇名をはせた。

二〇七　金州半島　中国遼東半島、金州湾付近の先端部分をいう。

〃　参謀総長宮殿下　有栖川宮熾仁親王《ありすがわのみやたるひと》（一八三五―九五）。

〃　伊藤内閣総理大臣　伊藤博文《ひろぶみ》（一八四一―一九〇九）。長州藩士。維新後、明治政府の中心となり、首相・枢密院議長・貴族院議長を歴任。四度組閣し、日清戦争時は第二次内閣であった。

〃　**川上陸軍中将**　川上操六《そうろく》（一八四八－九九）。薩摩藩士。のち陸軍大将。日清戦争では参謀本部に属し作戦を指導。

二〇八　**宇品**　広島市南部の港。一九三二年広島港と改称。日清戦争から第二次大戦まで陸軍の輸送基地であった。

〃　**蹴込**　人力車の座席の前にあり、乗客が足を置く所。

二二五　**方寸**　心、胸中。

二二六　**豊島牙山の号外**　一八九四年（明治二七）七月二五日、日本軍は朝鮮半島の西岸牙山湾外の豊島沖で清国艦隊を攻撃、三〇日に牙山を占領した。これらのニュースを伝える号外。八月一日、日本は清国に宣戦を布告する。

二三八　**大連湾**　遼東半島の末端近くにある湾。

二四六　**女大学**　江戸時代に広く用いられた封建道徳的な女子の修身書。貝原益軒『和俗童子訓』を元に作られ、享保年間に刊行された。

二四七　**彰義隊**　一八六八年（慶応四）二月、旧幕臣が新政府に抗して結成した。五月の上野戦争で滅ぼされた。

〃　**静岡に落つく**　大政奉還の後、徳川家達が駿河府中七〇万石に封じられ静岡に移ると、多くの幕臣も従って移住した。

〃　**勝先生**　勝海舟《かいしゅう》（一八二三－九九）。幕府側代表として江戸城明け渡しの任にあたった。維新後は参議・海軍卿・枢密顧問官を歴任。

二四八　桐油合羽　雨を防ぐため、桐油をひいた美濃紙で作った合羽。人足などが用いた。

二五三　十年の戦争　西南戦争。一八七七年(明治一〇)、征韓論に敗れて官職を辞した西郷隆盛を盟主に不平士族が挙兵した、明治政府に対する最大かつ最後の武力反乱。

二五九　貔子窩　遼東半島南岸の港。日清戦争時、日本軍はここから上陸し旅順の後方を襲った。

二六四　澎湖列島　台湾の西方、台湾海峡上の島嶼群。一八九五年(明治二八)三月二三日、日本軍が上陸した。

二七〇　扇の芝　平等院にある名所で、源頼政が扇を敷いて自刃した場所といわれる。

二七一　歯を染め　お歯黒をしていること。江戸時代には結婚した女性すべてが行った。

二七二　郎は正宗……　都々《どど》逸《いつ》(主に男女の愛情を歌う俗謡)の一。この曲は刀の「切れる」に「縁が切れる」の意を掛けている。

二七三　駒沢が深雪に逢いました所　近松徳叟作の浄瑠璃「生写朝顔話《しょううつしあさがおばなし》」で、駒沢次郎左衛門と深雪が出会う宇治川の蛍狩りの場面のこと。

〃　三十石　三十石船。大坂と伏見の間を往復した乗合船。

〃　大西郷　西郷隆盛。五一ページ「南洲」の注を参照。

〃　有村——海江田　有村俊斎(一八三二—一九〇六。後に海江田家を継ぎ海江田信義と改名)。薩摩藩士、政治家。江戸城明け渡しの際には西郷隆盛を補佐した。

〃　月照師　一八一三―五八。尊皇派の僧。安政の大獄で追われ、親交のあった西郷隆盛と薩摩に逃れ、ともに入水したが、西郷だけが命をとりとめた。

二八〇　赤酒　赤ぶどう酒。

二八三　惘々　ぼんやりとしてうつろなさま。

二九一　新嘗祭　宮中の祭儀。天皇が新穀を神々に供え、自らも食して収穫を感謝し、来年の豊作を祈念する。近代では一一月二三日に行われる。

徳冨蘆花略年譜

一八六八年(明治元)
一〇月二五日、熊本県葦北郡水俣《みなまた》(現、水俣市)に、父一敬、母久子の三男として生まれる。本名健次郎。四女三男の末子で、五歳年上の長男が猪一郎《いいちろう》(蘇峰)。徳冨家は代々細川家の惣庄屋および代官をつとめる家柄であった。母方の叔母に横井津世子(横井小楠の妻)・矢島楫子《かじこ》(女子教育家)がいる。

一八七〇年(明治三)　二歳
六月、父が熊本藩庁出仕となり、一家で大江村(現、熊本市)に移る。

一八七四年(明治七)　六歳
本山小学校に入学。

一八七六年(明治九)　八歳
この年、兄猪一郎が京都同志社英学校(明治八年創立)に転校。一二月、猪一郎受洗。

一八七八年(明治一一)　一〇歳

六月、猪一郎に伴われて京都に行き、同志社に入学。

一八八〇年(明治一三)　一二歳

五月、猪一郎が同志社を退学し上京。六月、兄の退学に伴い同志社を退学し熊本に帰郷。前年に父が設立した熊本共立学舎に入る。一〇月、猪一郎帰郷。

一八八二年(明治一五)　一四歳

三月、兄の設立した大江義塾に入る。この年、猪一郎上京し、中江兆民・板垣退助らと知りあう。

一八八五年(明治一八)　一七歳

三月、前年の母の受洗を契機として、熊本のメソジスト教会で姉とともに受洗。今治教会の従兄・横井時雄宅に寄寓し、伝道と英語教師の職に従事。この頃から蘆花の号を用いる。

一八八六年(明治一九)　一八歳

九月、同志社に再入学。この年、山本久栄(新島襄夫人の姪)と出会い、恋愛感情を抱くようになる。一〇月、猪一郎が『将来之日本』を刊行。一二月、大江義塾を閉鎖し一家上京、東京赤坂霊南坂に住む。

一八八七年(明治二〇)　一九歳

二月、猪一郎、民友社を設立し『国民之友』を創刊(明治三一年まで刊行)。夏休みに上京、久栄との恋愛について両親に説諭され、九月、久栄に訣別の手紙を送る。一二月、精神的・経済的な行き詰まりから鹿児島に出奔。

一八八八年(**明治二一**)　**二〇歳**

二月、水俣に帰り熊本英学校の教員となる。

一八八九年(**明治二二**)　**二一歳**

五月、上京して民友社社員となり、校正・翻訳のかたわら文筆活動を開始。『如温武雷士《ジョンブライト》伝』(九月)、『理査士格武電《リチャードコブデン》』(一二月)を民友社より刊行。

一八九〇年(**明治二三**)　**二二歳**

二月、猪一郎が創刊した『国民新聞』に移り、翻訳・評論などを担当。

一八九二年(**明治二五**)　**二四歳**

一一月、『グラッドストーン伝』を民友社より刊行。

一八九三年(**明治二六**)　**二五歳**

七月、『近世欧米　歴史之片影』を民友社より刊行。この頃より自然に親しみ、各地を旅する。

一八九四年(**明治二七**)　**二六歳**

五月、縁談により原田愛子と結婚、徳冨家と同じ赤坂氷川町の勝海舟邸内の借家に住む。

一八九六年（明治二九）　二八歳

この年、和田英作に師事し洋画を習いはじめる。夏、神経衰弱になり、伊豆・房州などで静養。この頃から「刀禰河上の一昼夜」（一一月）、「水国の秋」（一二月）など、後に『自然と人生』に収める文章を『国民新聞』に発表しはじめる。

一八九七年（明治三〇）　二九歳

この年、逗子の柳屋に転居。四月、『トルストイ』（十二文豪叢書第十巻）を民友社より刊行。

一八九八年（明治三一）　三〇歳

後に『自然と人生』に収める「写生帖」の諸篇の発表が続く。文芸小品集『青山白雲』（三月）、『世界古今　名婦鑑』（四月）、『外交奇譚』（一〇月）を民友社より刊行。一一月より「不如帰」を『国民新聞』に連載（翌年五月完結）。

一九〇〇年（明治三三）　三二歳

一月、半年がかりの全面改稿ののち『不如帰』を民友社より刊行、大きな反響を得る。三月、「灰燼」を『国民新聞』に連載（同月完結）。「おもひ出の記」を『国民新聞』に連載（翌年三月完結）。八月、『自然と人生』を民友社より刊行。民友社を退社し、文筆に専念する。一〇月、逗子から東京原宿に転居。一一月、『探偵異聞』を匿名で民友社より刊行。

一九〇一年（明治三四）　三三歳

二月、高田実一座により、「不如帰」大阪で初演。五月、『思出の記』を民友社より刊行。

一二月、日本基督教青年会の依嘱で書き下ろした『ゴルドン将軍伝』を警醒社より刊行。

一九〇二年(**明治三五**)　三**四歳**

一月、猪一郎の示唆により「黒潮」(第一篇)を『国民新聞』に連載(六月中絶)。八月、随筆小品集『青蘆集』を民友社より刊行。一二月、『国民新聞』に発表した「霜枯日記」の字句無断削除を機に、猪一郎と絶縁状態になる。

一九〇三年(**明治三六**)　三**五歳**

一月、民友社と決別し自宅に黒潮社を設立。二月、兄蘇峰への「告別の辞」を巻頭に載せた『黒潮　第一篇』を自費刊行。五月、劇団新派で「不如帰」上演。

一九〇四年(**明治三七**)　三**六歳**

この頃各地を旅行する。一二月、「不如帰」の英訳『Namiko』が蘆花の序文を付して米国ターナー社より刊行される。

一九〇五年(**明治三八**)　三**七歳**

八月、愛子と富士山に登り、頂上近くで人事不省に陥る。一二月、猪一郎と和解。生活の転換を志し、日記などの記録を焼却して再び逗子に転居。

一九〇六年(**明治三九**)　三**八歳**

三月、愛子受洗。四月、単身西遊の途につく。パレスチナを巡り、六月、ロシアのヤスナヤ・ポリヤナにトルストイを訪ね、シベリア経由で八月帰国。まもなく青山高樹町に転居。
一二月、『順礼紀行』を警醒社より刊行。

一九〇七年(明治四〇)　三九歳

二月、東京府北多摩郡千歳村粕谷(現、世田谷区粕谷)に転居、戸籍を移す。四月、父受洗。

一九〇八年(明治四一)　四〇歳

猪一郎の六女鶴子を養女に迎える。

一九〇九年(明治四二)　四一歳

二月、『不如帰』百版となる。中国語訳・フランス語訳・ポーランド語訳などが刊行される。一二月、『寄生木』を警醒社より刊行。

一九一一年(明治四四)　四三歳

一月一八日、前年六月に発覚した大逆事件の被告二六名に判決が下り、二四、二五日に一二名の死刑執行。猪一郎や朝日新聞社を通じて助命を図るも果たせず、二月一日、第一高等学校での講演会において「謀叛論」と題して処刑された幸徳秋水らを弁護、校長新渡戸稲造らの譴責問題に発展。四月、自宅の書院を秋水書院と命名。

一九一三年(大正二)　四五歳

二月、憲政擁護・第三次桂内閣排撃の国民運動の余波で、桂を支持する猪一郎の国民新聞社が襲撃される。同社再建のため兄との交流を復活。三月、武蔵野での田園生活の記録『み、ずのたはこと』を刊行。九月からの旅行の途次、朝鮮京城で猪一郎と会見、以後臨終の時まで会わなかった。

一九一四年(大正三)　四六歳

五月、養女鶴子(八歳)を猪一郎のもとに帰す。父一敬死去(九二歳)、葬儀に参列せず親族との交渉を絶つ。一二月、山本久栄との恋愛に取材した『黒い眼と茶色の目』を愛子との確執の末に新橋堂より刊行。

一九一七年(大正六)　四九歳

二月、来日したトルストイ二世の訪問を受ける。三月、『死の蔭に』を大江書房より刊行。

一九一八年(大正七)　五〇歳

四月、『新春』を福永書店より刊行。

一九一九年(大正八)　五一歳

一月、愛子とともに第二のアダム(日子《ひこ》)とイブ(日女《ひめ》)であるとの自覚を得、新紀元第一年を宣言して世界一周の旅に出る(翌年三月帰国)。二月、母久子(九十歳)の訃報を洋上で受け取る。

一九二一年（大正一〇）　五三歳
三月、前年五月から執筆の、世界旅行の経験をまとめた『日本から日本へ』東の巻・西の巻（愛子との共著）を金尾文淵堂より刊行。
一九二三年（大正一二）　五五歳
四月、伯母の伝記『竹崎順子』を福永書店より刊行。九月、関東大震災により、国民新聞社・民友社焼失。
一九二四年（大正一三）　五六歳
一月、『冨士』起稿。前年一二月の「虎の門事件」（摂政宮裕仁親王狙撃未遂）を起こした難波大助助命の意見書を宮内省に上申。九月、アメリカの排日運動に憤り、内村鑑三らと執筆した論文集『太平洋を中にして』を文化生活研究会より刊行。
一九二五年（大正一四）　五七歳
五月、自伝的著述『冨士』第一巻（愛子との共著）を福永書店より刊行。
一九二六年（大正一五・昭和元）　五八歳
二月、『冨士』第二巻を福永書店より刊行。この年、長期間にわたる執筆の疲労から千葉県勝浦に転地。
一九二七年（昭和二）　五九歳

一月、『冨士』第三巻を福永書店より刊行（第四巻は翌年二月刊行）。東京粕谷に帰宅。二月、心臓発作が起きる。七月より伊香保にて療養。九月一七日、猪一郎との会見を希望し、一八日、至急電報により駆けつけた猪一郎と再会。同夜死去。二三日、東京青山会館にて葬儀、自宅に葬られる。

解説

高橋　修

『不如帰』は、徳冨蘆花の兄徳富蘇峰が主宰する『国民新聞』に明治三十一年(一八九八)十一月二十九日から、翌三十二年五月二十四日まで断続的に連載され、大幅な改稿を経て明治三十三年一月十五日に民友社から『小説 不如帰』として刊行された。定価三十銭、初版二千部とされる。黒田清輝による口絵には、逗子と思われる海浜でうつむき加減で物思いに沈む浪子の姿が描かれている。小説としては、明治末までに百十八刷りに達する明治期最大のベストセラーであり、上篇冒頭の舞台である伊香保温泉の名を一躍全国に知らしめるほどの人気を博した。

しかし、新聞連載時にはさほど注目を浴びていたわけではない。むしろ、明治三十年代中期の「家庭小説」の隆盛と相乗して販売部数を伸ばした。蘆花も民友社から単行本として出版するさい、『国民新聞』に掲載した広告で、自らの書を「不健全の文学を断ちて清浄なる家庭にも入り得る」ものを目指したと述べている。明治民法が施行されたのが明治三十一年七月、それによって家族関係のすみずみにまで法律が入り込み、新旧の価値観の対立をはじめ、家庭内での人間関係が小説の新しいテーマとして浮上してきた。愛によって結ばれた男女が、さまざまな障害によって目前にある幸福な家庭に容易に到達できず引き裂かれる。こうした「家庭」をめぐるテーマは、新しい演目を求めていた新派劇の眼目にもそうもので、新派悲劇なる新しいジャンルを確立させることになった。明治三十四年(一九〇一)に、高田実一座によって大阪朝日座で初演された『不如帰』の上演は、明治末年までに百回になんなんとしていたという。このような演劇化は単行本の発行部数拡大に大きく貢献し、小説と演劇のメディアミックスによって、それまで一部の書生たちが主な読者であった小説享受層を、女性を含め一般読者にまで押し広げることになった。家庭小説は時に通俗的だとして軽んじられることが多いのだが、小説読者の裾野を広げることにより文学出版産業の成立に大きな役割を果たしたのである。『不如帰』は、時代の好尚に投じたにとどまらず、新しい文学の潮流をも作り上げるプレテクストたりえていたといえよう。

しかし、『不如帰』を「家庭小説」の枠におさめてしまうのにも無理がある。本書にも掲載されている「第百版不如帰の巻首に」にもあるように、蘆花がこの書を執筆するきっかけになったのは、相州逗子に仮寓している折りに、ある婦人から聞いた話だという。『不如帰』の片岡中将のモデルである、日清戦争では陸軍大臣で第二軍司令官を務めた軍人（大山巌陸軍大将）の先妻の長女が、同郷で福島県令、栃木県令を務めた人物（三島通庸）の長男のもとに嫁いだが、わずか七ヶ月で結核を理由に離縁され、二年後には薄命の生涯を閉じたというものである。婦人は涙ながらに、この女性（浪子のモデル）が臨終の折りに、「もうもう二度と女なんかに生れはしない」という悲痛な声をあげたと語ったという。これを聞いた蘆花は「自分の脊髄《せきずい》をあるものが電《いなずま》の如く走」るのを感じ、強いインスピレーションに促されるように、二ヶ月後から小説『不如帰』として連載することになる。この部分は下篇九の二にあたり、やはり物語の中心的部分になっている。

小説の時間では明治二十八年七月七日の夕べ、赤坂の片岡中将の邸宅には多くの家族たちが集まっている。浪子は駆けつけた伯母の加藤子爵夫人に夫武男への手紙を託し、安堵したところで激しい発作に襲われる。「ああ辛《つら》い！　辛い！　もう——もう婦人《おんな》なんぞに――生れはしませんよ。――あああ!」と、浪子は身悶《みもだ》えながら怨嗟《えんさ》の声を上げて卒倒する。夫婦愛の賛美という家庭小説が好む定番テーマからすると、あまりに重い運命に対する呪詛のようなことばである。先に引用した蘆花自筆と思われる広告には「明治の齢《よわい》は三十を超へたれども社会の「繊維《せんい》には恐る可《べ》き旧習の猶勢《なおいきおい》を逞《たくまし》ふする」者少なからず」と記されており、社会の「恐る可き旧習」を批判的に問題化しようというねらいが窺《うかが》える。ここに、『不如帰』が民友社の主導しようとした「社会小説」の試みとしばしば重ね合わせられながら評されるゆえんがある。

浪子は、臨終のきわに、武男から新婚のときに贈られた指輪をさし、「これは――持って――行きますよ」と伯母に語る。継母に対しても姑に対しても語るべきことばを奪われ、徹底して受動的な位置におかれていたヒロインが、唯一自分の意思を表明する場面である。浪子は、物語の構造の上からいえば、父の娘から、武男の妻となり、ふたたび父の娘に差し戻される。いわば、男性たちの間を家制度という父性的な原理に従って移動しただけである。しかし、本来離縁されたときに婚家に返すべきもの(指輪)をあの世に持って行く。現世の論理では叶わぬにしろ、武男の妻のままで死に、来世でこそ結ばれたいという強い〈愛〉への意志のようにみえる。

これに対して、武男は浪子との離縁を母から迫られたとき、家の論理にどう対抗したのか。母は結核という病の伝染によって血縁が途絶え、川島家が潰《つい》えることを恐れ、父の位牌を持ち出しながら「親が育てた体を粗略《そまつ》にして、ご先祖代々の家を潰す奴は不孝者じゃなッか」（中篇六の四）と肉迫する。武男は、浪子を自分の妻のままで死なせたいとして、病気だから離縁するという「不人情な不義理な事」はできない、「人情に背いて、義理を欠いて、決して家のためにいい事はありません」（中篇六の三）と反論する。武男にあっては、母が述べ立てる「家」の論理に抗するのは「不人情」「不義理」というモラルからである。だが、こうしたゆるやかな社会生活上の行動規範から、母の拠って立つ「孝」と絡みつく圧倒的に強固な「家」の論理を押し返すべくもない。

また、この時、夫婦間の絆である〈愛〉ということばが、武男の口から語られることもない。この時代には、〈愛〉が「家」の論理に対抗するイデオロギーたりえていなかったというべきか。あるいは、物語展開上の必然として意識的に排されたというべきか。明治二十年代後半以降、「家」の対概念として広がりつつあった、夫婦間の〈愛〉に基づく「家庭」（ホーム）という新しい家族の関係を表す語が、意外にも家庭小説とされる『不如帰』では一回も使われていない。そこには特別な意味があると考えるべきであろう。いずれにしろ、「家」の論理に対抗する論理を持ちえなかったがゆえに「社会」の「恐る可き旧習」に押し潰されることになった。それが『不如帰』の悲劇をとおく招来していると言えよう。

さらに、『不如帰』は「家庭小説」という枠では捉えきれない戦争文学としての特徴も色濃く持っている。むろん、単に日清戦争を物語の時間軸とし、戦闘の場面が詳細に書き込まれているから戦争文学というのではない。『不如帰』において、「結核」が物語の動力であることは間違いないが、この病は武男との関係を引き裂き浪子を孤立させていくのみならず、戦争をめぐるメタファーと深く結びついているのである。

もともとこの小説にはメタファーが溢れている。冒頭において、浪子は「夏の夕闇にほのかに匂う月見草」と「品定め」され、浪子が伊香保の旅館の一室から眺める「夕景色」に漂う「雲」には、武男と離ればなれになり、ついには消えてしまう運命が比喩的にイメージ化されている。ここには作中人物の心象風景の描写を超えた意味が込められていると思われる。こうした表現のありかたは、小説技法としては常套的なことであり、通俗性の表れと指摘する向きもあるが、題名そのものが「不如帰＝血を吐きながら鳴く鳥」と多分に比喩的であり、意図的にメタファーの連鎖が作り上げられ、それが物語の構成にも食い込んでいるとみるべきであろう。たとえば、結核を浪子が自覚する場面は次のように述べられる。

肺結核！　茫々《ぼうぼう》たる野原にただ独り立つ旅客《たびびと》の、頭上に迫り来る夕立雲の真黒きを望める心こそ、もしや、もしやとその病を待ちし浪子の心なりけれ。今は恐ろしき沈黙はすでにとく破れて、雷《らい》鳴り電《でん》ひらめき黒風吹き白雨迸《ほとば》しる真中に立てる浪子は、ただ身を賭《と》して早く風雨の重囲《ちょうい》を通り過ぎなんと思うのみ。それにしても第一撃のいかに凄まじかりしぞ。（中篇四の二）

「結核」を自覚することは、まさに「茫々たる野原にただ独り立つ旅客」たる自分を自覚することに他ならない。そして、ここでなされる自然の事象と心的表象のメタフォリカルな表現は、次章の武男と浪子が逗子の「別墅《べっしょ》」で嵐に降り込められる場面へとつながっている。こうした浪子に襲いかかる病との戦いの喩は、時代を覆っていた戦争のメタファーともクロスしていくことになるのだ。戦いの喩は、小説のいたるところに見いだすことができる。上篇三の二の武男と浪子が伊香保の山で蕨《わらび》採りに興じる場面、同五の一の赤坂の片岡邸で浪子の弟と妹が読書中の父中将に甘えかかるシーン、浪子の伯母である加藤子爵夫人と継母繁子との角逐《かくちく》、下篇二の四でなされる武男の母お慶の、行儀見習いに来ている山木の娘お豊への攻撃など、枚挙に暇がない。なかでも、悪玉としての役割を割り振られた千々岩の心理の動きは、ことさらに強大な武器をもって、悪辣《あくらつ》さ深刻さが示される。浪子を武男に奪われたことと、私印偽造の件で武男より辱めをうけたことに対する復讐の念は次のように述べられている。

復讐《ふくしゅう》、復讐、ああいかにして復讐すべき、いかにして怨み重なる片岡川島両家を微《み》塵《じん》に吹き飛ばすべき地雷火坑を発見し、なるべく自己《おのれ》は危険なき距離より糸をひきて、憎しと思う輩の心傷《やぶ》れ腸《はらわた》裂け骨摧《くじ》け脳塗《まみ》れ生きながら死ぬ光景を眺めつつ、快よく一盃を過ごさんか。（中篇四の一）

千々岩は悪玉としての役割を十分に引き受けている。悪玉は悪玉らしく善玉に理不尽な戦いを挑みかけようとする。具体的には「結核」をネタに武男の母をけしかけ、浪子と武男を引き裂こうとするのだ。比喩的にいえば、悪玉の千々岩と「結核」の〈悪〉が手を組んで、か弱き浪子に襲いかかることになる。結核をめぐるメタファーは、千々岩の理不尽な復讐〈悪〉と結びつくことによって、いよいよ猛威を揮い浪子を押し潰すのである。のみならず、それは邪悪で卑怯な「清」と、正々堂々と戦う正義の「日本」という日清戦争の構図へ容易にスライドされ、重ねられることになる。こうした意識は繰り返される「征清」という語にすでに認められるのだが、黄海の海戦において、敵艦である清の艦船「定遠鎮遠」が「やみ難き嫌厭と憎悪」の念とともに形象化されることにつながっている。語り手は二重三重の意味で、〈善〉と〈悪〉との戦いの物語を引き受けようとしているのである。ここに戦争をめぐるナラトロジーの持つ問題性の一端を窺い知ることができる。それは、まさに悪は悪らしく善は善らしく語る語り口に表れているといえよう。このような、世界をあらかじめ善悪に二分化して語る語り、しかも作中人物たちをして境界を越境させない語りは、勧善懲悪小説の構図にも近い。

ならば、この小説において善がすべからく勝利をおさめているといえるのか――。結核に冒され、武男とも離縁させられ、死んでいく浪子の姿を思い浮かべれば、単純に善が悪を打ち負かしているとは言い難い。先行する結核をめぐる小説、広津柳浪の『残菊』(明治三十二)——夫婦の愛によって結核が治癒する——とも異なる。また、最後には予定調和的に美徳が勝利し、夫婦愛が賛美されるというメロドラマ的なあるいは家庭小説的な期待も裏切っている。むしろ、逆らえない運命(病魔)に滅ぼされるという意味では文字通り〈悲劇〉的である。浪子の避けがたい死が視界に入ってきた下篇にいたると、語り手は敗れるものの〈悲劇〉をいよいよ悲劇的に語り出す。しかも、敗れるものの側から語る。それが『不如帰』のモチーフであったことは間違いない。ならば、なぜこうした分かりやすい悲劇的な浪子の死をもって小説を閉じることができなかったのか。

スーザン・ソンタグは、結核をめぐる歴史的メタファーを論じ「結核の場合、外にあらわれる熱は内なる燃焼の目印とされた。結核患者とは情熱に、肉体の崩壊につながる情熱に「焼き尽くされた」人とされた」(『隠喩としての病い』富山太佳夫訳、みすず書房、一九八二)と述べている。浪子も、山科駅での武男とのすれ違い以来強まった、夫への思いゆえにさらに消耗し燃え尽きようとしている。まさに結核という病をめぐるロマンチックな物語に身を委ね、冒頭の隠喩にもつながるヒロインにふさわしい悲劇的な最期を迎えんとしている。父、継母、妹、伯母、下女の幾、そして小川清子など主要な人物が一堂に会するという、申し分のない大団円的な〈終り〉がここにある。しかし、浪子の死をもってしてもこの小説は終れない。浪子の死だけでは背負いきれないエネルギーが残っているからである。

物語の内容に即せば、やり場のない怒りと悔恨に苛まれている武男の思い、娘の無念の死を悼む父親の気持、片岡家からも息子からも和解を拒否されたお慶の感情がそれである。いわば仕掛けられた物語のエネルギーが燃焼し尽くされてはいないのだ。大団円的な〈終り〉を目指したとするならば、なおのこと燻《くすぶ》っている物語の残滓が意識される。また、「征清戦争」を勝ち抜きながらも、三国干渉（明治二十八年四月）の恥辱のまっただなかにある読者が共有している、〈善〉と〈悪〉の戦い――国家間の利害の衝突による敵と味方の戦いではなく――という戦争のメタファーのエネルギーからしても、善なるものが悪なるものによって打ち負かされたまま物語が閉じられることはありえない。ヒロイン浪子の死は何らかの形で贖《あがな》われなければならない。そこであらためて戦争をめぐる想像力が必要となってくる。

蘆花は『不如帰』の終りについての回想のなかで、「武男は死んではならぬ。武男は生きねばならぬ。生きる力は、何処《どこ》から湧く？　男を男にするには、女の愛の外《ほか》、更《さら》に男の力を要する」(『富士(第二巻)』福永書店、一九二六)と述べている。武男を「男にする」とは――。それは、妻を二重の意味で失い世をはかなんでいる、いわば女々しい気持からいち速く脱するために、武男に「男児」として「軍人」として生き直す契機を与えることに他ならない。そのためには「女の愛の外、更に男の力を要する」とされる。ここに家同士が絶縁していながらも、武男と片岡中将が男と男、いや、軍人と軍人として和解する理由がある。

武男君《さん》、浪は死んでも、な、わたしはやっぱいあんたの爺《おやじ》じゃ。確《しっ》かい頼んますぞ。――前途遼遠《とお》しじゃ。――ああ、久しぶり、武男さん、一処《いっしょ》に行って、寛々《ゆるゆる》台湾の話でも聞こう!(下篇十の二)

浪子の死は新たな戦いを挑む男同士(陸軍中将と海軍少尉)を和解に導く。娘であり、妻である浪子こそが、義絶した二人の軍人を結びつけることができるのだ。そこに、浪子を媒《なかだち》にして両者があらためて父子関係のアナロジーをもとに語り直される意味がある。これによって、病魔に敗れた浪子の死は、戦争遂行を肯定する機能を担わせられると同時に、一転して受け容れるべき勝利の表徴に転化できる。そう語ることによってしかこの小説は終れなかったのだ。浪子の死は単なる病死ではない。戦争と「家」とに翻弄された浪子の悲劇的な死は、男たちを新たな戦いに駆り立てる意味ある死に祭り上げられなければならなかったのである。三国干渉のあと、「臥薪嘗胆《がしんしょうたん》」というスローガンのもとに〈終り〉は先延ばしにされ、国民は新たな戦い（日露戦争）に駆り立てられていく。まさに、『不如帰』の結末には「征清戦争」の〈終り〉をめぐる、世を蓋《おお》う同時代的な想像力が関わっていた。この意味でこそ「戦争文学」ということができよう。近代日本文学の中でも稀有な、戦間期の文学とされる『不如帰』の独自の位置がここにある。

〔編集付記〕

一、本書の底本には、岩波書店刊『小説 不如帰』(一九三六年)を用いた。
二、原則として、漢字の旧字体は新字体に、旧仮名づかいは現代仮名づかいに改めた。
三、読みやすさを考慮し、漢字語のうち代名詞・副詞・接続詞など、使用頻度の高いものを一定の基準で平仮名に改めた。平仮名を漢字に変えることは行わなかった。
四、底本は総振り仮名であるが、適宜取捨選択を加えて整理を行った。
五、題名の読み方について、作者は後に序文で「ふじょき」と振り仮名をしているが、本書では通行してきた初出の振り仮名「ほととぎす」に従った。

(岩波文庫編集部)

不如帰《ほととぎす》

1938年7月1日　第1刷発行
2012年7月18日　改版第1刷発行
2023年4月14日　第8刷発行

作　者　徳冨蘆花《とくとみろか》

発行者　坂本政謙

発行所　株式会社　岩波書店
〒101-8002 東京都千代田区一ツ橋 2-5-5
案内 03-5210-4000　営業部 03-5210-4111
文庫編集部 03-5210-4051
https://www.iwanami.co.jp/

印刷 製本・法令印刷　カバー・精興社

ISBN 978-4-00-310151-3　Printed in Japan

読書子に寄す

──岩波文庫発刊に際して──

岩波茂雄

真理は万人によって求められることを自ら欲し、芸術は万人によって愛されることを自ら望む。かつては民を愚昧ならしめるために学芸が最も狭き堂宇に閉鎖されたことがあった。今や知識と美とを特権階級の独占より奪い返すことはつねに進取的なる民衆の切実なる要求である。岩波文庫はこの要求に応じそれに励まされて生まれた。それは生命ある不朽の書を少数者の書斎と研究室とより解放して街頭にくまなく立たしめ民衆に伍せしめるであろう。近時大量生産予約出版の流行を見る。その広告宣伝の狂態はしばらくおくも、後代にのこすと誇称する全集がその編集に万全の用意をなしたるか。千古の典籍の翻訳企図に敬虔の態度を欠かざりしか。さらに分売を許さず読者を繋縛して数十冊を強うるがごとき、はたしてその揚言する学芸解放のゆえんなりや。吾人は天下の名士の声に和してこれを推挙するに躊躇するものである。このときにあたって、岩波書店は自己の責務のいよいよ重大なるを思い、従来の方針の徹底を期するため、すでに十数年以前より志して来た計画を慎重審議この際断然実行することにした。吾人は範をかのレクラム文庫にとり、古今東西にわたって文芸・哲学・社会科学・自然科学等種類のいかんを問わず、いやしくも万人の必読すべき真に古典的価値ある書をきわめて簡易なる形式において逐次刊行し、あらゆる人間に須要なる生活向上の資料、生活批判の原理を提供せんと欲する。この文庫は予約出版の方法を排したるがゆえに、読者は自己の欲する時に自己の欲する書物を各個に自由に選択することができる。携帯に便にして価格の低きを最主とするがゆえに、外観を顧みざるも内容に至っては厳選最も力を尽くし、従来の岩波出版物の特色をますます発揮せしめようとする。この計画たるや世間の一時の投機的なるものと異なり、永遠の事業として吾人は微力を傾倒し、あらゆる犠牲を忍んで今後永久に継続発展せしめ、もって文庫の使命を遺憾なく果たさしめることを期する。芸術を愛し知識を求むる士の自ら進んでこの挙に参加し、希望と忠言とを寄せられることは吾人の熱望するところである。その性質上経済的には最も困難多きこの事業にあえて当たらんとする吾人の志を諒として、その達成のため世の読書子とのうるわしき共同を期待する。

昭和二年七月